に与える恩寵はソウルマスター。
魂を喰らい、
の
か持つスキルを一つだけ手に入れる力じゃ。
無限の可能性を持った恩寵であるぞ？」
冥府の神
イヴリーザー
英霊たちの盟主《ソウルマスター》
Fランク冒険者、死者のスキルを引き継ぐ無双の力で一撃必殺

キナン
レッドとチームを組む魔法使い。
ロートルだが腕は立つ。
レッド
元は魔法もスキルも使えない
落ちこぼれだった冒険者。
試練を乗り越え、冥府の神から
ソウルマスターの恩寵を授かる。
ラスティ
レッドとチームを組む軽戦士。
面倒見のいい兄貴分。

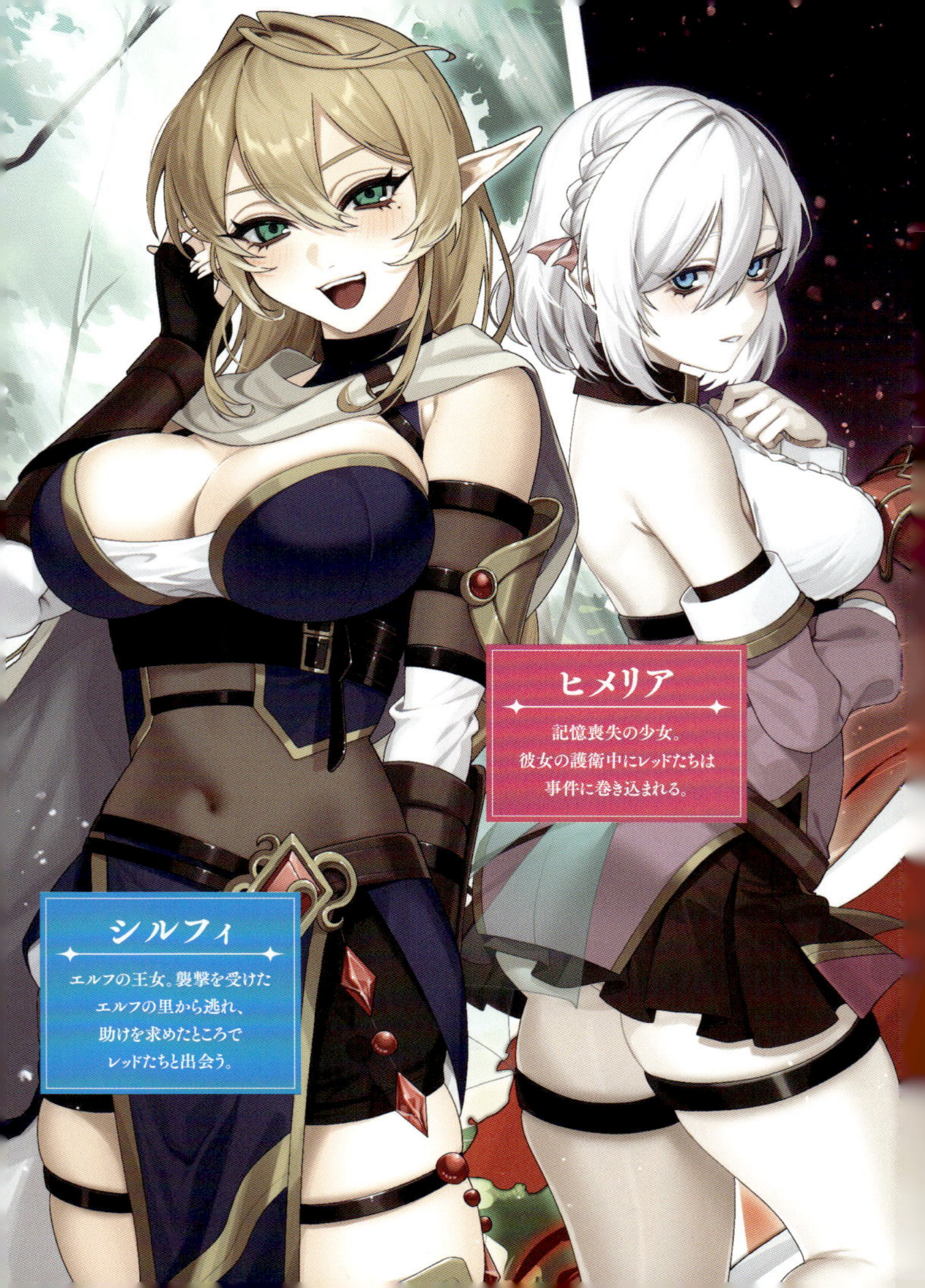
ヒメリア
記憶喪失の少女。
彼女の護衛中にレッドたちは
事件に巻き込まれる。
シルフィ
エルフの王女。襲撃を受けた
エルフの里から逃れ、
助けを求めたところで
レッドたちと出会う。

レッドは、自分の剣に、友より受け継いだ恩寵を乗せた。
ラスティが法と秩序の女神キルゾナから授かった
絶対処刑の必殺剣。
「ディヴァイン・
エクスキューション！」

英霊《ソウルマスター》たちの盟主 1

Fランク冒険者、
死者のスキルを引き継ぐ無双の力で一撃必殺

太陽ひかる

HJ文庫
1233

口絵・本文イラスト　辰馬大助

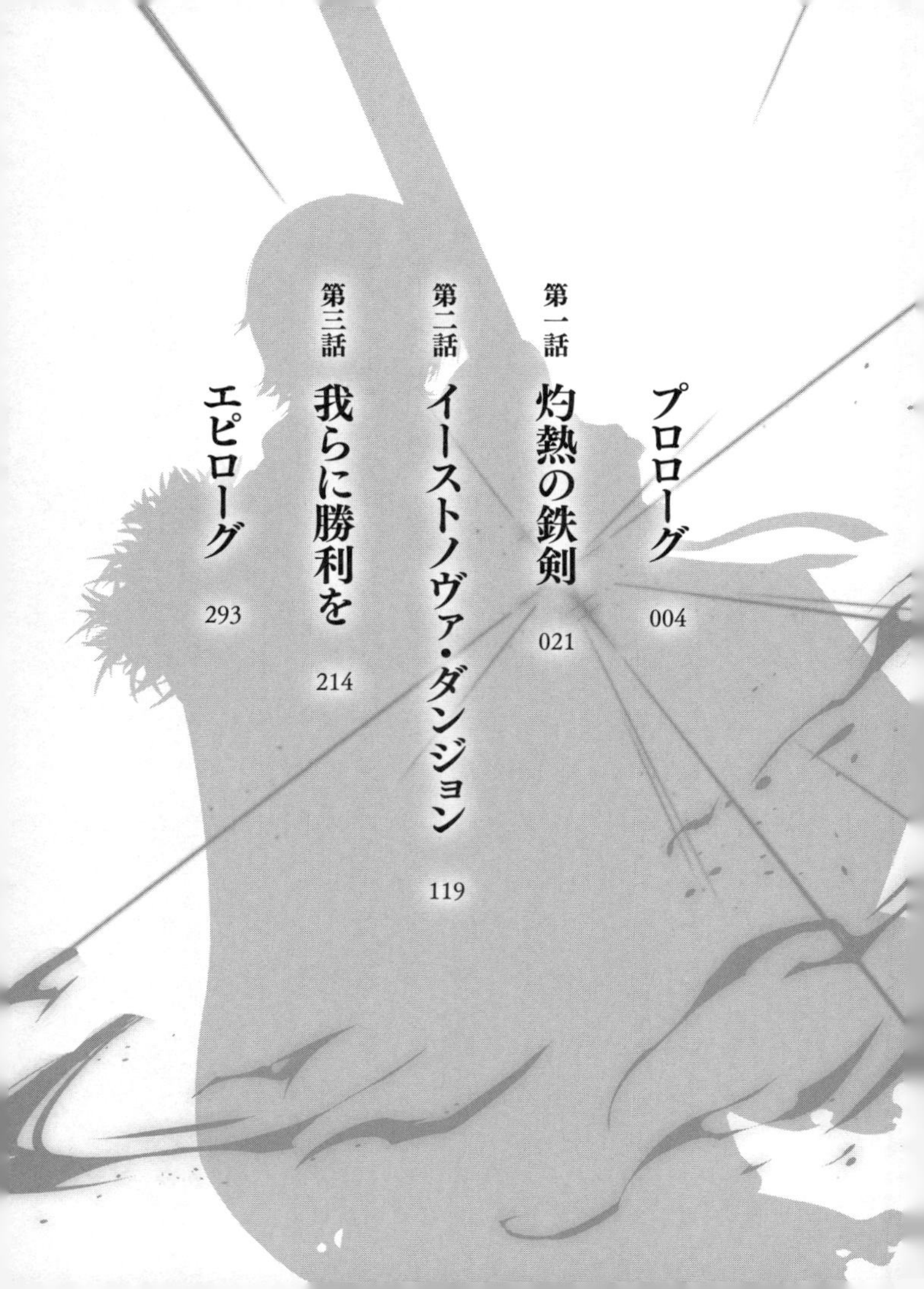

プロローグ

かつて神々の王ルクシオンが地上を人間たちに譲《ゆず》り渡《わた》して天界へ去ると決めたとき、それに最後まで反対した十二柱の神々がいた。彼《かれ》らはルクシオン神と決別して地上に残り、自らダークロードを名乗るとモンスターを率いて人間たちに戦いを挑《いど》んだ。

——この地上は我らのもの。人間たちは一掃《いっそう》する！

神を名乗らずとも、神に等しき存在であるダークロードは不死不滅《ふめつ》。その圧倒的《あっとうてき》な力の前に、人間たちは次から次へと殺されていった。

この惨状《さんじょう》を見かねた天界の神々は、契約《けいやく》によって人間たちに力を与《あた》えることにした。

それがレベルだ。

人間たちは神と契約し、レベルシステムの枠《わく》に入ることで本来の生物的限界を超《こ》えて強くなり、モンスターと戦えるようになった。そして奇跡《アクティブスキル》や加護《パッシブスキル》といった特殊《とくしゅ》能力を覚え、魔法《まほう》も使えるようになり、さらに神に愛された者は世界にたった一人、特別な恩寵《ユニークスキル》を授《さず》かったのだ。

人間たちはそれらの力を駆使《くし》してダークロードと戦った。その戦いは千年に及《およ》び、ダークロードたちも時の流れのなかで一人また一人と姿を消していった。ある者は倒《たお》されて封《ふう》印《いん》され、ある者は戦いに飽《あ》きて雲隠《くもがく》れし、またある者は人間たちと和解して……。

そして今、十二人のダークロードは伝説となったが、彼らの残したモンスターは世界の脅威《きょうい》として健在である。ゆえに人は自分の道を志すと、まず神との契約を結ぶのだ。

レッドもまた剣術《けんじゅつ》の修行《しゅぎょう》に明け暮れ、大きくなったら戦士の神と契約して、力を授かろうと思っていた。それなのに八歳《さい》の今、原因不明の高熱で死にかけている。

今夜が峠《とうげ》ですと医者に告げられた母親は、涙《なみだ》を流して天に慈悲《じひ》を乞《こ》うた。

「偉大《いだい》なるルクシオンよ、まだ息子《むすこ》を連れていかないでください。慈悲深《じひぶか》き女神《めがみ》ユグディアよ、息子の命を救いたまえ。そして忌《い》まわしき死神よ、息子の前から去るがいい」

しかしそんな母親の願いもむなしく、レッドは死の国で死神と対面していたのである。

……。

そこは古びた書斎《しょさい》のようで、天井《てんじょう》まで届くほどの本棚《ほんだな》が四方の壁《かべ》を埋《う》め尽《つ》くしており、書物は本棚から溢《あふ》れて床《ゆか》にまで積み上がっていた。部屋の真ん中には大きな執務机《しつむづくえ》が据《す》えられていて、レッドと同い年くらいに見える幼女が本を読んでいる。明るい紫色《むらさきいろ》の髪《かみ》に氷の瞳《ひとみ》、紫紺《しこん》のローブを身にまとった美しいその娘《むすめ》は、目を上げてレッドを見た。

「ほう、こんなところに生きている人間が迷《まよ》い込《こ》んでくるとはのう。我としたことが戸締《とじま》りを忘れたかな。最近忙《いそが》しくて疲《つか》れておったからのう」

「えっと、あの、ぼく、お母さんとはぐれてずっと暗いところを歩いていて、気がついたらここにいたんだ。君は……？」

「我はイヴリーザー。冥府《めいふ》の王である」

レッドは目をぱちくりさせた。この世界には実に多くの神々がいて、戦士の神だけでも百は下らない。ほかにも商売や芸術の神など数え上げたらきりがなく、ほとんどすべての神は尊敬されているが、一方で恐怖《きょうふ》され、忌み嫌《きら》われている神もいた。邪神《じゃしん》、悪神のたぐい、そして死神イヴリーザーだ。

「ぼ、ぼく、死んだの？」

「いや、まだ生きておる。生死の境をさまよううちに、ここへ迷い込んだのじゃろう。しかし時間の問題じゃ。おまえ、厄介《やっかい》な呪《のろ》いを受けておるぞ」

「呪い？」

「うむ。どうやら、おまえにいなくなってほしい者がいるようじゃな」

「そうか……ぼく、呪いで死んじゃうんだ。そして死神様に魂《たましい》を取られちゃうんだね」

「はあ？　誰《だれ》が死神じゃ」

イヴリーザー神は気色ばみ、本を閉じて椅子《いす》から立ち上がるとレッドに詰《つ》め寄ってきた。

「我は厳格なる冥府の王ぞ。偉《えら》いのじゃ」

と、レッドより背の低い娘は胸を張って得意顔をする。きょとんとしてしまったレッドを、イヴリーザー神は嘲笑《あざわら》った。

「なにも知らんようじゃの。ならば我の信者数を教えてやろう。千年続いたダークロードとの戦いがほぼ終結してから、さらに千年経《た》ったんじゃっけ？　我はそのあいだずっと真面目に働いておったから、きっとすごい数になっておるはずじゃ」

イヴリーザー神はふふふと笑って、どこからともなく取り出した光《ひか》り輝《かがや》く書類に目を通し、次の瞬間《しゅんかん》、顔色を変えた。

「ええっ！　我の信者数、少なすぎ！」

「そりゃそうでしょ。死神なんか信仰《しんこう》するのは、死はやすらぎとか、みんなで死の国に行こうとか云《い》ってる、変な人だけだよ」

「馬鹿な……ほかの神々が信者を増やして人間に巨大《きょだい》な神殿《しんでん》を建てさせたり、賑《にぎ》やかな祭典を催《もよお》させたりして自慢《じまん》してるのを、くだらんことをしておるのうと小馬鹿にしながら、我だけは真面目に働いておったのに……宗教ゲームで遊んでおる連中に負けるとは！」

「しゅ、宗教ゲーム？　神様って、そんなことしてるの？」

「しておる。ほとんどの神々にとって人間たちに信仰されるのは気分がいい。レベルシステムの契約をして力を与える見返りに、自分の宗教を広める遊びをやっておるのじゃ」

「でも黄金の戦神ベルウィック様は違《ちが》うでしょ？」

「あやつは何百年か前に妻の女神と夫婦喧嘩《ふうふげんか》をしてのう。神同士が直接戦うことは禁忌《きんき》とされておるから、互《たが》いの信者をけしかけて地上で人間たちに代理戦争をさせておったぞ。あのときは死者が増えたせいで我の仕事も増えて大変だったので、よく憶《おぼ》えておる」

「えええ……」

レッドはたいへんな衝撃《しょうげき》を受けた。ずっとベルウィック神を尊敬していたのに、まさか夫婦喧嘩で地上に戦争を引き起こすような神だとは。

絶句しているレッドを、イヴリーザー神が意地悪く笑う。

「なんじゃ、がっかりしたか？　だが神とて正邪《せいじゃ》はいろいろよ。そこへ行くと我は偉い。真面目だ。死者の裁判官であり、魂と転生の管理者であり、死後の世界を運営する冥府の王である。はっきり云って神々の王ルクシオンにも引けをとらん。偉いのじゃ。毎日毎日、何千何万とやってくる死者たちを裁いてあの世を回しておるのじゃぞ。分霊《ぶんれい》してまで」

「分霊？」

「こうしておまえと話している一方で、我は数多《あまた》の死者たちと対話しておる。我にはそういうことができるのじゃ」

レッドはイヴリーザー神の云っていることを半分も理解していなかったが、話しているうちに、どうやらそんなに怖《こわ》くなさそうだと思えてきた。

「なんだかイヴリーザー様って面白《おもしろ》いね」

「お、面白い？　いや、そこは偉大とか、かっこいいとか、別の表現があるじゃろ？」

「でも怖い死神よりはいいでしょ？」

「それじゃ。なぜ我が死神として恐《おそ》れられているのじゃ？」

「だってみんな死ぬの怖いし……それにイヴリーザー様の妹って、ダークロードになっちゃったんでしょう？　有名だよ。姉は死の神イヴリーザー、地の底で人の魂を喰《く》らう邪悪《じゃあく》な骸骨《がいこつ》。妹は眠《ねむ》りの神エヴァニーナ、悪魔《あくま》となって地上を闇《やみ》に閉ざそうとした、って」

「……いや、我は我、妹は妹なのじゃが？　だいたい骸骨ってなんじゃ？　裁判のときにそういう仮面をつけておるだけで、素顔《すがお》はこれこの通り、絶世の美女なんじゃが？」

「だけどレベルシステムの契約に応じてくれたこともないし……ないよね？　ぼく、いろんな本を読んだけど、イヴリーザー様と契約した人の話って聞いたことがないもん」

今の時代、戦士や魔法使《まほうつか》いはもちろん、商人や学者や踊《おど》り子《こ》であっても神と契約してスキルを獲得《かくとく》し、それを仕事や生活のために役立てるのが普通《ふつう》だ。有名な神はあちこちに神《しん》殿《でん》があるし、神は信者が増えることを喜ぶから、契約自体は簡単である。

一方、神殿のないマイナーな神との契約は困難だ。その神と契約している誰かを見つけて仲介《ちゅうかい》してもらうか、神と偶然《ぐうぜん》出会うかのどちらかしかない。ゆえに冥府の王たるイヴリーザー神と契約した者はいないのだ。死神と出会うときは、死ぬときなのだから。

「イヴリーザー様、生きてる人間やエルフやドワーフに会ったことないでしょう?」

「うむ。たしかに云われてみれば、我が人間たちと対面するのは死後の裁きを云い渡すときだけじゃな。生きながらにして冥府に迷い込んでくる者はたまにおるが、息を吹《ふ》き返す者は、冥府に深入りする前に戻《もど》る道を見つけて帰っていく。冥府の奥《おく》まで来てしまったなら、それはもう死んだということ。生きて我の前に立ったのは、おまえが初めてじゃ」

「それだよ、原因は。レベルシステムは神々が人間たちを救うために考えてくれた手立てなんだ。その契約を一度もしたことがないってことは、人間たちに無関心な冷たい神様と思われてるってことなんだから、それは尊敬されないよ。悪人ですら契約神がいるのに」

「悪人と契約する神を悪神と云うのじゃ! 我は善神! そして契約をしたことがないのは、仕事が忙しくて出会いがなかっただけじゃ!」

「そうなんだ……」

話しているうちに、レッドは地上で邪悪な骸骨として描《えが》かれる死神と、実際のイヴリーザー神はかなり違うことがわかってきた。紫紺のローブくらいしか共通点がない。

「でもそれなら、本当のことはなにも伝わってないね」

「な、なん、じゃと……！」

イヴリーザー神は本気で打ちのめされたようによろめいた。ローブの裾《すそ》を踏《ふ》んづけて転びそうになり、さっきまで座《すわ》っていた椅子に尻餅《しりもち》をつく。

「どうりで、たまに我にお祈《いの》りを飛ばしてくるやつが、暗殺者とか邪教徒とか変なのばっかりなわけじゃ……世も末じゃと思っておったが、そういうことか……」

そんなイヴリーザー神を可哀想《かわいそう》に思ったレッドは、彼女《かのじょ》に近づき、手に手を重ねた。

「元気を出して、イヴリーザー様。大丈夫《だいじょうぶ》。もしもぼくがこのまま死なずに元気になったら、イヴリーザー様は全然怖い神様じゃなかったよって、みんなに広めてあげるから」

するとイヴリーザー神は顔を上げ、面白い冗談《じょうだん》でも聞かされたように微笑《ほほえ》んだ。

「ふっ、子供の浅知恵《あさぢえ》じゃの。しかしその気持ちだけは受け取っておこう」

「気持ちだけ？」

「うむ。たしかに我が崇《あが》められておらんのはショックじゃったが、それならそれでまあよいわ。別に大したことではない。そう、大したことでは、ないのじゃ……」

そう嘯《うそぶ》くイヴリーザー神の寂《さび》しげな顔が、レッドの心にずぶりと切なく突《つ》き刺《さ》さる。

「……よくない。だってイヴリーザー様はずっと真面目に働いてきたんでしょ？　それなのに邪神と思われているなんて、そんなの、ぼくはいやだ」

レッドはなぜ自分がこんな気持ちになるのか、わかっていなかった。ただ幼い心の歯車は激しく回り始め、イヴリーザー神の心の歯車と噛《か》み合い、彼女を動かし始める。

「おまえ……いや、そういえばまだ、おまえの名を聞いておらなんだな」

「ぼくはレッド」

「よろしい、レッドよ。それならば、我とレベルシステムの契約を結ばんか？　レベル1では常人と大して変わらんが、呪いに対する加護《パッシブスキル》をやろう。冥府の王たる我の加護は絶対じゃ。呪いをはねのけ、生きて地上に帰ることもできよう」

「えーっ、それはちょっと……まだ呪いで死ぬって決まったわけじゃないし、ぼくは契約するならベルウィック神がいい。だってダークロードを三人もやっつけた伝説の英雄《えいゆう》ベルセリス様の主神なんだ！」

「ベルセリスか……懐《なつ》かしいのう。我はあやつに二度ほど会ったことがあるぞ」

「本当？」

「うむ。だがそれはさておき、なぜ断る？　おまえにかけられた呪いは強力じゃ。我と契約する以外に助かる術はない。どうやら天と地の交わるところに生まれたようじゃが、このまま死んでもいいのか？」

　天と地の交わるところに生まれし者——そう云われて、レッドは驚《おどろ》き、後ずさった。

「イヴリーザー様……もしかして、わかるの？」

「当然じゃ。我の目はごまかせぬ。おまえは半神じゃな。人間の血の方が濃《こ》いが、それでも神の血が流れておる。生きてここまで辿《たど》り着けたのも、そしておまえが呪われたのも、その辺りに理由がありそうじゃ」

　やっぱりそうなのか……と、レッドは肩《かた》を落とし、ぽつりぽつりと語り始めた。

「ぼくのお母さんはね、とても立派なお姫様《ひめさま》だったんだよ。結婚《けっこん》も決まっていたんだ。でもぼくが生まれたせいで、全部駄目《だめ》になっちゃった」

「男の神が美しい人間の娘に自分の子を産ませることは、たまにあるからのう。そうして生まれてきた子は、善かれ悪《あ》しかれ、人の世を揺《ゆ》るがすような大人物になる」

「だからぼくは辺境のお城に追放されて、そこで一生大人しくしていなくちゃいけないの。なにもせず、生まれてきたことを忘れて生きろって、おじいさまが……」

「しかし戦士の神であるベルウィックと契約したがっておる。ということは、おまえにも、なにか夢があるんじゃろう？」

　その言葉がレッドの胸に火を灯《とも》した。夢が燃え上がり、頭上には星が輝く。レッドは顔を上げると目をきらきらさせて叫《さけ》んだ。

「うん、あるよ。ぼくね、本当は冒険者《ぼうけんしゃ》になりたい！　だって冒険者はみんな自分の力で自由に生きているんだ！　ぼくもそうなりたいよ！」

母に別れを告げ、見果てぬ大地で自分の力を試《ため》してみたい。そうした冒険心《ぼうけんしん》は、レッドの心に自然に備わっている天性の欲望であった。

「よし、ならばその夢を叶《かな》えよ！　ただし卑怯《ひきょう》な手を使ってはならん。正々堂々と叶えるのじゃ。そしていつか多くの人間に信頼《しんらい》され、慕《した》われる立派な男となれ。そんなおまえの契約神が我であると人々が知ったら、どうなる？」

「みんながイヴリーザー様をすごい神様だって思うようになる！」

「その通りじゃ！」

イヴリーザー神はにんまり笑って椅子から立ち上がると、レッドに面と向かって云う。

「ゆえに！　我と契約せよ、レッド。おまえが夢を叶えれば、おのずと我も善神として知られるようになる。お互いにとって悪い話ではない。そうじゃろう？」

「うん、そうだね。でも……」

呪いをはねのけ、生きて地上に戻り、冒険者になる夢を叶えて、イヴリーザー神を喜ばせられたら、きっと幸せだと思う。レッドはいつの間にか、この冥府の王をすっかり好きになっている自分に気がついた。それでも。

――でもやっぱり、ぼくは冒険者になっちゃ駄目なんだ。お母さんを困らせちゃう。

そう云ってきっぱり断るべきなのに、なぜだろう、声にならない。

イヴリーザー神こそが自分の運命であり、それに背を向けた瞬間、自分の心を裏切ってしまうことが、レッドにはわかっていた。このままでは、たとえ呪いに打ち克《か》って生き延びたところで、自分に嘘《うそ》をつく大人になってしまう。

いったい、どうすれば？

「偽《いつわ》りの人生を生きるか、真実の人生を生きるか、それを選ぶだけじゃぞ？」

その瞬間、レッドはまさに翼《つばさ》をひろげて、少年なら誰もが夢見るあの空へと向かって飛び出したのである。

「……イヴリーザー様、ぼくと契約して。そしてぼく以外の人とは契約しないで」

「なに？」

「だって、イヴリーザー様はぼくだけの神様なんだ。そうじゃないと、いやだ」

レッドが思い切ってそう云うと、イヴリーザー神が嬉《うれ》しそうに笑う。

「ほほう。ほほう、ほうほう。なるほどのう。我を独占《どくせん》しようとは大胆《だいたん》なやつじゃ。よかろう、ならば我もおまえに注文をつけるぞ。たとえ夢が叶わなくとも決して諦《あきら》めるな。つらいことがあっても心に明るい炎《ほのお》を灯して前進せよ。希望を信じ続けるのじゃ」

「はい、わかりました!」

「うむうむ、よい返事じゃ。それでは決まりじゃな!」

イヴリーザー神は気合いの入った様子で、レッドの顔を両手で挟《はさ》み持った。

「ではこれより契約を交《か》わすぞ。初めてだから我もやり方がよくわからんが、たぶんあれでいいはずじゃ」

「あれって?」

「女神たちのお茶会で聞いたやり方があるのじゃ。とにかく、おまえは我に奉仕《ほうし》し、我はおまえに恩恵《おんけい》を与える。いずれ恩寵を授ける日もあろう」

「恩寵? 恩寵って、ユニークスキル? くれるの?」

「しかるべきとき、しかるべき運命においてな。その日を我も楽しみにしておるぞ」

にっこり笑ったイヴリーザー神は、そのままレッドに顔を近づけ、キスをした。その瞬間、レッドの心で生まれたなにかは火の鳥となって舞《ま》い上がり——。

……。

ふと気がつくと、見慣れた天井が見えた。ここは古い城の一室だ。ベッドの傍《そば》にはつきっきりで看病をしてくれていたらしい母がいて、レッドを見て嬉しそうな顔をする。

「レッド、気がついたのね！」

「お母さん……」

起き上がろうとしたレッドを手で制した母は、すぐに医者を呼んだ。その医者によると、どうやら峠は越《こ》したらしい。もっとも高熱の本当の原因は病ではなく呪いだったのだが、それを黙《だま》っておくくらいの分別はある。

医者を丁重《ていちょう》に見送った母が戻ってくると、レッドは待ちかねたように云った。

「あのね、お母さん、ぼく冥府で死神様に会ったよ。そしてレベルシステムの契約を結んだんだ。本当だよ」

「なにを馬鹿なことを。夢でも見たのよ」

「夢じゃないよ、本当なんだって」

レッドは体を起こし、幼いなりに言葉を尽くして先刻の出来事を話し始めた。自分は病気ではなく呪いで死にかけたのだ。そして冥府で死神と出会い、彼女と契《ちぎ》りを交わしたのだ。

……と、そんな話を、果たして母はどう受け止めたろうか。

「……夢よ、絶対に夢。でももし本当なのだとしたら、それを人に云ってはいけません。死を呼ぶ邪悪な女神と契約したなんて知られたら、平穏無事《へいおんぶじ》ではいられませんからね」

母はそう云うと、食事を用意すると云って部屋を出て行ってしまった。

一人残されたレッドは茫然《ぼうぜん》とした。云うまでもなく母は善良で良識のある人である。その母をしてこの反応ならば、世間の人はどうだろう。レッド自身、最初にイヴリーザー神と会ったときは恐れおののいていたではないか。

『御母堂《ごぼどう》の云う通り、我のことは秘密にしておくがよい。その方がよさそうじゃ』

突然《とつぜん》、頭のなかにイヴリーザー神の声が響《ひび》き、レッドはびっくりして固まった。

『これ、そう驚くでない。神とはこうやって人間に声をかけるものじゃ』

『……イヴリーザー様、やっぱり夢じゃなかったんですね！』

『もちろんじゃ。それより体の調子はどうじゃ？』

『もうすっかり大丈夫です。でものんびりはしていられないと思うんですよ。ぼくを呪った人が、また別の方法でぼくの命を狙《ねら》ってくるだろうから……』

『それは心配いらぬ。呪いというものは、失敗したら呪詛《じゅそ》した本人に返るものじゃ。ゆえにその者はまもなく冥府へ来る。死のさだめが決したゆえ、我にはそれがわかるのじゃ。ゆえおまえの父親となったかもしれぬ者じゃが、哀《あわ》れよの』

『えっ、それはどういう——』

レッドの問いかけに、イヴリーザー神の返事はなかった。

それから数日後、床上《とこあ》げをしたレッドは母に元気な姿を見せて安心させようとしたが、母の目が赤くなっているのに気がついて不安になった。

「お母さん、なにかあったんですか？」

「……都から手紙が来たの。私の婚約者《こんやくしゃ》だった人が、死んだのよ。突然の病に倒れて、高熱が三日も続いて、駄目だったって」

その瞬間、先日のイヴリーザー神の言葉が稲妻《いなずま》のように駆《か》け抜《ぬ》け、レッドは戦慄《せんりつ》した。

母の元婚約者は政略で選ばれた男ではなく、本当に恋人《こいびと》だったと云う。しかしレッドを身ごもったことで人生が一変した。レッドの祖父は、母にレッドを捨てるよう迫《せま》った。

――神の子を殺せばいかなる呪いが降りかかるかわからぬ。辺境の城に幽閉《ゆうへい》し、そこで一生を終えさせよう。おまえもこの子のことは忘れよ。

母はそれを承知せず、レッドと一緒《いっしょ》に辺境へ追放されることになった。地位も未来もすべて失ったし、結婚も破談になった。だから婚約者だったという男が、こう考えても不思議はない。レッドが消えればすべて元に戻る、と。

「お母さん、ごめんなさい」

「なにを謝《あやま》ることがあるの。あなたのせいじゃないわ」

「でも……」

――ぼくが生まれてきたせいで、本当に不幸せにしてしまいました。

その言葉をレッドはかろうじて呑《の》み込み、代わりにこう云った。

「ぼくは、どうすれば……」

「あなたのしたいことをすればいいのよ。あなたに夢があるのは知ってたわ。だって剣《けん》の修行をして、ベルセリスの冒険譚《ぼうけんたん》ばかり読んでいるんだもの。ねえ、聞かせてちょうだい。あなたは大人になって、どうしたいの?」

「ぼくは……」

今までのレッドだったら、夢を隠《かく》そうとしたかもしれない。だが今は違う。イヴリーザー神と契約した時点で、レッドはもう明日へ向かって飛び出している。だから母にも打ち明けねばならない。たとえ祖父に背《そむ》くことになっても、冒険が自分を呼んでいるのだ!

「ぼくは冒険者になりたい。いつかここを出て、自分の力で自由に生きるよ」

レッドがそう高らかに宣言すると、母は実に嬉しそうに笑った。

「運命に負けないでね」

レッドが母に別れを告げ、冒険者の街イーストノヴァへとやってきたのは六年後、十四歳の春のことだった。

それからさらに二年の月日が流れ——。

冒険者レッド、十六歳。運命の扉《とびら》が開こうとしていた。

第一話　灼熱の鉄剣

「鉄剣レッドを知ってるか？

　普通、レベルが上がるとなんらかのスキルや魔法を覚えるもんだ。ところがレッドはどれだけレベルを上げてもなにも覚えなかった。レベル１のときから覚えてたっていう呪い無効の加護も、いつのまにかなくなっていたらしい。まさに神に見放されし者だ。このイーストノヴァの冒険者たちも、レッドを落ちこぼれと嘲笑い、仲間と認めようとはしなかった。だがこれで終わりじゃない。いや、ここからが始まりだ。

　見返してやろうと思ったんだろう、レッドはノースキル・アタッカーにもかかわらず戦い続け、レベルを上げ続けた。危険をものともせず、一人でダンジョンにもぐり、そして弱冠《じゃっかん》十六歳ながらレベル50に到達《とうたつ》したんだ。

　ここまで来ると奴《やつ》の評価は変わった。

　スキルも魔法もないのにレベル50まで行くって、逆に凄《すご》くないか、ってな。

　もちろんノースキルじゃ、やれることは限られている。純粋《じゅんすい》な戦士として剣で戦うことしかできないやつにトップチームの席はない。冒険者ランクも下から数えて三つ目のFだ。

それでも努力だけは認められた。ついた二つ名が『鉄剣』だ。派手さはないが、愚直《ぐちょく》に自らを鍛《きた》え上げたレッドに相応《ふさわ》しい呼び名だと思うぜ。

その鉄剣レッドに感化されたのが、ラスティっていうイカしたおっさんさ。以前は、はっきり云ってひどかった。四十歳目前だってのに目立った功績もなく、夢も野望も忘れて毎日酒場で飲んだくれている、どうしようもないEランク冒険者。それがレッドに出会って変わったんだ。自分の年齢《ねんれい》の半分も行ってないようなガキが、スキルにも魔法にも恵《めぐ》まれないのにレベル30の壁を越え、40に達するのを見て、恥《は》ずかしくなった。そして自分ももう一度がんばってみようと思い、生まれ変わった気持ちでレッドに声をかけたのさ。

レッドがレベル50になって鉄剣と呼ばれるようになったころには、二人はもうコンビだったね。

ところでレッドはどっしり構える重戦士、ラスティは身軽で小粋《こいき》な軽戦士。パーティのバランスを考えると魔法使いがほしいところだ。

そこで二人はキナンという爺《じい》さんに声をかけた。

この爺さん、ギルドに冒険者登録をしたのはうんと若いころだが、結婚も早かった。そのとき嫁《よめ》さんの父親に、うちの娘と結婚するなら冒険者なんて危険な仕事はやめて店を手伝えと云われて、はいわかりましたと素直《すなお》に頷《うなず》いちまったらしい。男が女と結婚するために夢を諦めるなんて、情けねえ話じゃねえか。だが五十年以上も連れ添《そ》ったんだから、きっと幸せだったんだろう。

さて、キナンの爺さんだが、嫁さんに先立たれたあと、なにを思ったか店を畳《たた》んで冒険者に復帰してきやがった。五十年前にちょこっと活動してただけの魔法使いだ。ロートルもいいところだが、なかなかどうして腕《うで》が立つ。店で酔《よ》っぱらって暴れる冒険者とかを魔法で懲《こ》らしめていたからかな？　それでレッドたちが仲間に誘《さそ》うと、レッドをリーダーとするなら仲間になってやってもいいぞ――なんて、偉そうな態度だったなあ。

だがレッドをリーダーとするってことには、ラスティも賛成だった。ラスティはレッドのことを、俺《おれ》よりすごい男と思っていたからな。コンビを組んだときも、俺のことは舎弟《しゃてい》と思ってくれていいと自分から云ったくらいだ。レッドも最初は年上のラスティ相手にやりにくそうだったが、最近じゃもう年齢のことなんて忘れてるくらいさ。

ともあれ、こうしてこの三人がパーティを組んだのさ。チーム『鉄剣』の誕生だ。Fランク冒険者とEランク冒険者の混成でチームランクはF、トップクラスの冒険者と比《ひ》較《かく》したら色あせて見えるのは仕方ない。だが評判はいいんだぜ？　引き受けた仕事はきっちりこなすし、ぼったくりもしない。信義に厚く、依頼人《いらいにん》とは適度に距離《きょり》を取る。Fランクチームとしては、イーストノヴァで最優のチームであることは間違《まちが》いない。

この俺が、太鼓判《たいこばん》を捺《お》すぜ！」

男は自信たっぷりの顔をして、自分の胸をどんと叩《たた》いた。茶色い髪に明るい青色の目をした、四十歳くらいの痩《や》せた男だ。長身だが少し猫背《ねこぜ》で、顔や腕に向こう傷が多い。

「……というわけで、こちらの冒険者ギルドにお立ち寄りの際は、是非《ぜひ》とも我ら『鉄剣』をご指名ください！」

男がそう話を結ぶと、女はため息をついて肩をすくめた。

「でもFランクじゃね、やっぱりパッとしないわ。お金はあるんだし、一流の冒険者チームに仕事を依頼《いらい》します。じゃあね、イカしたおじさん」

女はそう云うと、颯爽《さっそう》とした足取りで冒険者ギルドのなかへと姿を消していった。

うらうらとした春の午後、大都市イーストノヴァの冒険者ギルド前でのことである。

「いや、ちょっと待ってよ、お姉さん！　俺たち本当に頼《たよ》りになるんだって！」

「やめてくれ、ラスティ。みっともない」

レッドはそう云って、追いすがろうとしているラスティの肩を掴《つか》んだ。

レッドは赤い髪に金色の目をした十六歳の少年だ。鉄の鎧《よろい》を着込《きこ》んでおり、剣と盾《たて》を背負った戦士の装《よそお》いである。

ラスティはレッドを睨《にら》みつけた。

「最近ろくな仕事がないから、がんばって宣伝してるんだろうが！」

「好みの女性だったからだろ？」

「いいじゃん！　なにが悪いの？　美女の依頼だったら俺はいつもの三倍がんばっちゃうよ？」

そうアピールするラスティに、白髪《はくはつ》の老人が声をかけた。キナンだ。魔法使いらしい帽《ぼう》子《し》を被《かぶ》り、杖《つえ》を手にしたローブ姿である。

「ラスティよ、チームの営業活動とナンパを同時にやろうとするな」

「だけど美女との出会いは一期《いちご》一会《いちえ》だぜ？　なあ、レッド。おまえも女は嫌いじゃないんだろ？　いつか英雄ベルセリスみたいに大勢の美女を娶《めと》りたいって云ってたもんな」

「それはたしかにそうだけど、最近は現実が見えてきた……」

どれだけレベルを上げても、自分はスキルも魔法もなにひとつ覚えない落ちこぼれだ。レベル50以上ならBランク冒険者になっていてもおかしくはないのに、現実はFランク冒険者である。二つ名を貰《もら》ってなおこの評価ということは、スキルや魔法を覚えない限り上級冒険者にはなれないということだ。

「俺には――」

「無理だ、なんて云うなよ、レッド。おまえはまだ十六歳だ。これからなんにでもなれる。なんだってできる。でかい夢を見ようぜ」

「ラスティ……」

でかい夢を見ようぜ――ラスティにそんなことを云われると、レッドは弱気な顔など見せられないと思った。スキルも魔法もない自分に初めて声をかけてくれたのがラスティである。イーストノヴァで最初の仲間だ。

「なあレッド、いつか大金持ちになってさ、綺麗《きれい》な女を何人も妻にしてさ、俺がこの街で一番の冒険者だって顔をしてふんぞり返ってくれよ。そうしたら俺はさっさと引退して酒場でも始めて、昔、あのレッドの仲間だったんだぜ、って自慢できるからよ」

その夢物語にレッドは声をあげて笑ったが、キナンは憮然《ぶぜん》とした顔をして杖の頭でラスティを小突《こづ》いた。

「金、金、女……未来ある若者を悪の道に引き込むんじゃない。レッドもこいつの云うことを真に受けないで、真面目に生きるんだぞ？　助けを求めてくる者を助け、信義を裏切らず、正義と平和のために生きれば……自然と富も名声も女性もついてくる」

「けっ、じじいのお説教なんてたくさんだぜ。なあ、レッド？　……レッド？」

レッドは返事をしなかった。というのも、ふと目にしたある光景に釘付《くぎづ》けになっていたからだ。人通りの流れから外れた場所に、二人の人物が立っている。

一人は少女だ。銀髪《ぎんぱつ》に青い目をした華奢《きやしや》な感じで、緑の衣《ころも》を身に着けている。もう一人は見覚えのある顔だった。髪を短く刈《か》った筋骨隆々《りゆうりゆう》たる大男である。

「ボルトじゃねえか」

ラスティの云った通り、ボルトだ。若手のBランク冒険者で、今一番勢いがある。強さだけならAランク冒険者にも劣《おと》らないくらいだ。それが壁際に追い詰めた少女に覆《おお》いかぶさるようにして話《はな》し込んでいる。レッドが気になったのは、その手の動きだった。

「見ろよ。ラスティと同じことをしてるのかと思ったけど、体のあちこちを撫《な》でながら話してるじゃないか。あれは絶対駄目だろ。一線を越えてるよ」

「それにしては、娘の方は眉《まゆ》一つ動かしておらん。完全な無表情だな」と、キナン。

よほどクールなのか、それとも合意が取れているのか。ラスティがふむと唸《うな》って云う。

「あの女の子……可愛《かわい》いが、俺にはちょっと幼すぎるな。十四、五歳ってところか」

「気になるなら、会話を拾ってみるか」

キナンがそう云って杖を一振《ひとふ》りすると、魔法の風がレッドたちの耳を撫でていった。遠くの音を拾ってくる集音魔法だ。スキルや魔法には攻撃《こうげき》や強化といったものだけでなく、こういう小技《こわざ》もたくさんある。ある局面においては、こうした小技が生死を分けることもあるから、いくらレベルが高くともノースキルのレッドはFランク冒険者なのだ。

ともあれ、二人の会話がレッドたちの耳にも聞こえてきた。

「――だから、俺はギルドに登録された正式な冒険者なんだって。話なら俺が聞くぜ。困ってんだろ、助けてやるさ」

「あなたでは力不足だと私の直感が告げています」

「そいつは見る目がないな。今から俺がどれだけ強いか見せてやるから付き合えよ」

「それは命令でしょうか？」

「そう、命令だ。おまえが俺の力を疑ったんだぜ？　おまえには俺に付き合う義務がある」

そう云いながらボルトの少女を撫でる手が際どいところにいったのを見て、レッドはこれ以上、黙って聞いていられなくなった。

「ちょっと行ってくる」

レッドはそう云うと、ラスティが止めるのも聞かず走り出していた。揉《も》め事《ごと》になるのは厭《いや》だが、こういう状況《じょうきょう》に出くわしてしまった以上、素通《すどお》りはできない。そして二人が、レッドの接近に気がついて同時に顔を振《ふ》り向けたとき、レッドは叩きつけるように云った。

「いい加減にしろ、ボルト。さっきからギルドの前でなにをやってる？」

果たしてボルトは、うるさいのに見つかったという顔をして耳を掻《か》いた。

「鉄剣レッドか……」

ボルトは少女から離《はな》れるとレッドに向き直った。レッドより大柄《おおがら》、かつ強面《こわもて》で迫力《はくりょく》もあったが、レッドは堂々としたものだ。しかしふてぶてしさでは、ボルトも負けていない。

「綺麗な顔をしてるから欲《ほ》しくなったんだよ。ところでそっちは最近どうだ？　まだFランクで燻《くすぶ》ってるのか。って、聞くまでもねえか。ノースキルの落ちこぼれ野郎《やろう》だからな。いったい、どんな神と契約《けいやく》したらそうなるんだよ。神も落ちこぼれか？」

明かりが消えるように、レッドは無表情になった。どのレベルでどんなスキルや魔法《まほう》を覚えるかは契約した神によって決まる。ということは、スキルも魔法もないのはイヴリーザー神がレッドに与《あた》えた運命《さだめ》だ。

ではイヴリーザー神は本当にレッドを見捨てたのだろうか？

──いや、違う。俺がノースキルなのも、ノーマジックなのも、呪い無効の加護が剥奪《はくだつ》されたことにも、なにか理由があるはずだ。

そしてなにより、レッドはイヴリーザー神が好きだった。イヴリーザー神の声が聞こえなくなって数年になるが、彼女のことを思い出すと胸がときめく。

そんなレッドにとってイヴリーザー神を侮辱《ぶじょく》されるのは、断じて許せぬことだった。

「……そっちはいつまで経ってもAランクに昇格《しょうかく》できないらしいな。冒険者ギルドじゃ、強いだけの男はBランク止まりだって話は本当のようだ」

「……云うじゃねえか、鉄剣。俺より五つも年下だったよな？」

「尊敬できる人なら礼も尽《つ》くすが、今のところ俺にとっておまえは、同じレベル50台の冒険者でしかない」

「同じだと？　冗談だろ？　俺は去年一年間の、討伐《とうばつ》系の依頼達成数とモンスター撃破《げきは》数がギルド内トップで、表彰《ひょうしょう》されてるんだぜ？　下手なAランク冒険者より働いてるんだ。そのときにギルドマスターから戦鬼《せんき》殺しの大剣《たいけん》だってもらった」

「それがどうした」

ボルトが鎖《くさり》で吊《つ》るした名のある大剣をちらつかせても、レッドは顔色一つ変えなかった。

ボルトがたちまち怒《いか》りではちきれんばかりになるのが、レッドにはわかった。

「……あの、これはどういう状況でしょうか？」

発端《ほったん》でありながら脇《わき》に追いやられてしまった少女がおずおずと声をあげたが、彼女はもうきっかけにすぎない。これは今や、レッドとボルトの意地の張り合いだ。

――こうなった以上、俺もあとには引けん！

そしてすわ激突《げきとつ》かというそのとき、杖の先端《せんたん》がレッドとボルトのあいだに割って入った。

「やめんか、小僧《こぞう》ども。どうしてそう、血気《けっき》盛《さか》んに死に急ぐ？」

キナンだった。正直、レッドはほっとした。こういうときは自分から降りることはできないから、誰《だれ》かが止めてくれると助かる。

さらにラスティがボルトに掌《てのひら》を向けて云う。

「大人げないよ。やめようよ。ギルドの真ん前だし、みんな見てるよ？」

レッドなど怖くないが、冒険者ギルドの門前で揉め事を起こすわけにはいかない。そういうことなら、男の面子は守られると思ったのだろう。

肩の力を抜いたボルトは、唇《くちびる》をゆがめてキナンに笑いかけた。

「よう、爺さん。久しぶりだな。あんたの食堂、嫌《きら》いじゃなかったのに、店を畳んでこんなやつらの仲間になっちまって……いったい、なんだってそんな気を起こしたんだ？」

「じじいになっても夢と生き甲斐《がい》が欲しくなる。人間とは、そういうものだ。それよりボルト、聞いたぞ。おまえ、噂《うわさ》じゃ、あくどい連中と付き合いがあるそうだな。弄《もてあそ》んだ娘《むすめ》を闇奴隷《やみどれい》商人経由で花街に売り飛ばしたというのは本当か？」

「もちろん、嘘さ。ひでえ噂だ。いったい誰がそんなことを？　教えてくれたら大至急ぶっ殺しに行くぜ」

ボルトは、わざとらしいくらい真剣《しんけん》だった。

キナンは杖を下ろし、ため息をついてかぶりを振る。

「噂の出所なんて知らんよ。ただな、ボルト。Aランク冒険者になりたかったら、深呼吸をして自分を見つめ直せ。これは本当に、おまえのために云《い》っている。おまえの強さは本物だ。才能があるのは間違いないのだから、もったいなくも道を踏み外《はず》すな」

「じじいの説教には敵わねえな」

ははははと笑って、ボルトはレッドを睨みつけた。

「俺は記憶力《きおくりょく》がいいんだ。今日のことはよく憶えておくからな。それから……」

次にボルトは少女に向かって云う。

「顔を覚えたからな。俺はボルトだ。俺に依頼しろよ？　レッドはレベル50になってもスキルや魔法を一つも覚えない落ちこぼれだ。もし間違ってこんなやつに頼るようなら、俺は機嫌《きげん》を悪くするからな」

そんな捨て台詞《ぜりふ》を残して、ボルトはのしのしと歩み去っていった。

そのいかつい後ろ姿が完全に見えなくなってから、レッドは少女に目を向けた。

「……余計なことをしたかな？」

「いいえ、助かりました。ありがとうございます」

「そう云ってもらえて、こちらこそ助かる。ギルドの入り口はそこだ。ボルトのことは気にしなくていい。怖かったら俺たちがなんとかする。首を突っ込《こ》んだ責任は取るよ」

レッドはそう云ったが、少女は不思議そうに小首を傾《かし》げた。

「怖い？　怖いとはなんですか？」

「えっ？　あいつのこと、怖くなかった？」

「怖いが、わかりません」

その手応えのない不思議な反応に戸惑《とまど》ったレッドに、ラスティが肩を竦《すく》めて云った。

「ま、いいんじゃねえの？　怖がってないなら、なによりさ」

それもそうかと思っていると、少女がレッドにこう切り出した。

「でも責任を取ると云うなら、私をエルフの里へ連れていってもらえませんか？」

その突然の申し出にレッドは少し驚いた。

このイーストノヴァの南にはエルフたちが住むシアルーナの森が広がっている。深い森だが、里は日帰りで往復できる距離にあった。とはいえ森のなかを進むのでモンスターに襲《おそ》われることもある。

「エルフの里までの護衛はよくある依頼だ。でも理由を聞いてもいいかな？」

依頼人の事情はなにも聞かず、金さえ受け取れば黙って仕事をこなす冒険者も多い。実際、その方が重宝される。だがレッドたちは違《ちが》った。自分たちが今なにをしているのか、なにをさせられているのか、はっきりさせておきたかったのだ。

レッドの問いに対し、少女は一つ頷くと云った。

「シアルーナの森に住むエルフの女王ルルパトラは、額に第三の目を持っていて、その目で千里を見通すと聞きました。その力で探してほしいものがあるのです」

「エルフの女王の第三の目って云うと……」

宙に浮《う》いたラスティの言葉を、キナンが引き取った。

「第三の目とは比喩《ひゆ》で、実際には女王の額を飾《かざ》る宝冠《ほうかん》だ。宝冠レクナート。シアルーナの森のエルフに伝わる三種の神器の一つ。遠く離れた場所はもちろん、過去や未来をも見通す千里眼の力をもたらすと云う。だがその力を人間のために使ってくれるか……そもそもエルフの里まで行ったところで、女王に会えるかどうかすら、わからんぞ?」

「そこから先は自分でなんとかします」

見た目とは裏腹に、芯《しん》の強さを感じさせる声だった。女王に会えるか、会ってもらえたとして力を貸してくれるのか、そんな憂慮《ゆうりょ》は意味がないのだろう。

レッドは彼女の決心を感じ取ると、一つ頷いて笑った。

「わかった。じゃあとりあえず今の話をギルドでしてくれるかな。俺たちは冒険者ギルドに所属してるから、勝手に依頼を受けることはできないんだ。えっと……」

「私はヒメリア。自分が何者かを知りたいのです」

「えっ？　どういう、こと？」

「私は私を知らないのです」

ヒメリアは夢と現実の半ばにいるような、不思議な眼差《まなざ》しをしてそう云った。

季節は春。これがレッドとヒメリアの出会いだった。

◇

恩寵《おんちょう》、それは神に選ばれし者の証である。

神より恩寵を授《さず》かった者は体のどこかに聖痕《せいこん》と呼ばれる紋章《もんしょう》が刻まれ、世界にたった一つだけの特別なユニークスキルを使えるようになる。もちろん滅多《めった》にあることではない。

レベルシステムの契約は誰でもできるが、恩寵がある者は本当に稀《まれ》だ。

だからちょっと前まで酒場で飲んだくれていたラスティが恩寵を持っていると知ったときは、レッドも驚いたものである。そしてその力とは――。

「ディヴァイン・エクスキューション！」

緑色に輝《かがや》くような森のなか、一匹《ぴき》の狼《おおかみ》型モンスター――フォレストウルフに向かってラスティがショートソードを振り下ろした。突《つ》きつけられた刃《やいば》の輝きにフォレストウルフは立ち竦んだが、しかし、なにも起こらない。まったくもって無風だ。

「あ、やっぱり駄目か。たはは……」

ラスティが苦笑いしたとき、騙《だま》されたように思ったのか、フォレストウルフが怒りの咆《ほう》哮《こう》を発した。のみならずキナンまでもが一喝《いっかつ》する。

「馬鹿者が！　決まりもしない恩寵をなぜ使う？」

「いや、たまには決まるんだって。もう一回、もう一回やらせて！　今のは遠隔《えんかく》でやったからであって、剣で直接叩き込めば成功率が上がるから！」

「千分の一が百分の一になったところで、あてになどならん！」

「そんなに低くねえよ！」

そんな云い合いをしている二人を後ろに置いて、レッドはフォレストウルフに斬《き》りかかった。フォレストウルフもレッドをその巨大《きょだい》な牙《きば》にかけようとするが、気合い一閃《いっせん》、レッドはフォレストウルフを豪快《ごうかい》に叩き斬っていた。重たい一撃《いちげき》だった。しかも剣速が速すぎて剣に血がついていない。一方、地面に崩《くず》れ落ちたフォレストウルフからは赤い血だまりが広がっていく。レッドがぴくりとも動かないフォレストウルフを半ば警戒《けいかい》し、半ば憐《あわ》れんでいると、後ろでラスティが快哉《かいさい》を叫んだ。

「よっしゃ！　やったぜ、レッド！」

その元気な声で緊張《きんちょう》の糸が切れたレッドは、やれやれと思いながらキナンの背後に守られている銀髪の少女に目を向けた。

「大丈夫《だいじょうぶ》だったかい、ヒメリア？」

「はい」

「ならよかった」

今日は、レッドたちとヒメリアの出会いの翌日だった。昨日のうちにギルドを通して正式に依頼を受け、準備を整え、今朝出発してシアルーナの森に入り、今はエルフの里への道中だ。森は明るく、道も踏《ふ》み固《かた》められていて迷う心配はないが、今のようにモンスターに襲われたりするので油断はできない。

ヒメリアはレッドの隣《となり》に立つと、フォレストウルフの亡骸《なきがら》に目をやった。

「大きいですね」

「ああ。太古の昔、ダークロードによって野生の狼から生み出されたモンスターだ。人間たちへの敵意が血に刻《きざ》み込まれている」

それでも一つの命であり、キナンが短い祈《いの》りの文句を唱えた。

それから身軽になるために放り出した荷物を各々《おのおの》が背負い直すと、森の奥《おく》へ、エルフの里へ向かう。みんなヒメリアの歩調に合わせてゆっくりと進んだ。

レッドはヒメリアに植物の話をしていた。あの花はいつに咲《さ》く、あの実は甘《あま》い、あの木の樹液は接着剤《せっちゃくざい》になる……ヒメリアはそんな話を、相槌《あいづち》を打って聞いている。たった二日の付き合いだが、ヒメリアはあまりにも無知だった。世界のことをまるで知らない。あたかもつい最近、この姿で生まれてきたばかりのように。

そして無知な分、ヒメリアは好奇心旺盛《こうきしんおうせい》だった。

「ところでレッド、ラスティのさっきの技は……」

「恩寵だよ。世界でただ一人、ラスティだけの技だ。でも詳《くわ》しいことは話せない。手の内は明かすなっていうのが、冒険者の鉄則だからね」

「いや、いいさ。ヒメリアには特別に教えてやるよ。もう見せちまったしな」

レッドは驚《おどろ》いたが、ラスティはにやりと笑って語り始めた。

「俺の恩寵ディヴァイン・エクスキューションは、どんな相手でも一撃必殺するという最強の技なんだ。ただし、決まればな」

「……決まらないのですか？」

「ああ。なぜならこのスキルの成功率は俺のレベルに比例している。近接と遠隔があって、もちろん近接の方が成功率は高い。たとえば俺のレベルが20なら20パーセントくらいの確率で決まる。でも20パーセントじゃ頼りないし、敵が格上だったりすると、そもそも攻撃が当たらない。かといって遠隔はマジで全然決まらねえ。成功率は近接の三分の一ってところだな。レベル20なら驚きの7パーセント……なら、弓矢や投げナイフはどうだろうと思って検証したけど、剣を持ってないとスキル自体が発動しなかった」

「つまり実戦ではまったく使い物にならん」

キナンがそうぶった切ると、ラスティはがっくりと肩《かた》を落とした。

「まあ、チャージタイムもひでえしな……」

「チャージタイム?」

「そう。強力なスキルは一度使うと、もう一度使えるようになるまで一定の時間がかかるものなんだ。ディヴァイン・エクスキューションの場合、近接は六十秒だが、遠隔はなんと二十四時間だ。だから安全圏《あんぜんけん》から遠隔で何度もチャレンジってのは、無理な話ね」

そう苦笑いするラスティを、ヒメリアは不思議そうに見た。

「確率がレベルに比例するなら、レベルを上げれば……」

そう聞いて、ラスティがなんとも云えぬ微妙《びみょう》な表情をした。

「ヒメリア……さては、神々の試練のことを知らないな?」

「神々の、試練……?」

初耳のようにそう繰《く》り返したのを見て、どうやら本当に知らないようだと悟《さと》ったレッドは、彼女《かのじょ》にゆっくり語って聞かせた。

「人は神と契約し、レベルシステムの枠《わく》に入って強くなる。でも神は人間が無限に強くなることを許してくれなかった。一定のレベルに達すると、レベルがそれ以上、上がらなくなるんだ。この上限を解放するために挑《いど》むのが、神々の試練だ」

最初の試練はレベル30、そこからレベル10刻みで次の試練が訪《おとず》れる。試練の内容は神によって違う。挑戦者《ちょうせんしゃ》が戦士か魔法使《まほうつか》いか、それとも職人かによっても当然違う。

「俺の場合は毎回神の使いである獣《けもの》がやってきて、そいつと戦って力を示せという試練だったよ。三度目の試練のときは頭が三つある大きな犬が相手で、命がけだったな……」

レッドが試練のことを思い出して身震《みぶる》いしていると、キナンが云った。

「三度目の試練を突破《とっぱ》できる者はそう多くない。だからどの分野でも、レベル50を以《もっ》て一流とみなすことになっている。レッドは少し事情が異なるがな。一方、儂《わし》とラスティは最初の試練をクリアできなかったので、レベルはがんばっても30だ。だが実際は20前後をうろうろしている」

「レベルって上がるだけじゃなく下がることもあるからな。特に歳《とし》をとると」

「怠《なま》けても下がるな。すぐに楽をしたがるやつは、自然に起こるレベルダウンにレベルアップが追いつかん」

ラスティとキナンはたちまち睨み合った。だが。

「最初の試練を、クリアできなかった……?」

ヒメリアがそう呟《つぶや》いたのを聞いて、ラスティはキナンからヒメリアに顔を振り向け、おどけたように肩をすくめた。

「実はそうなんだよ。神は人に恩恵《おんけい》を施《ほどこ》すが試練も与える。試練の内容は人によって異なるが、恩寵を授かった者の試練は特別厳しい。それが力の代償《だいしょう》だ。しかも俺の場合、一度でも失敗したらそれまでって条件つきだった。普通《ふつう》、死なない限りは何度でも挑戦できるもんなんだけどな」

「ではラスティ、あなたは……」

「しくじっちまった。女神《めがみ》様の愛に応えられなかったのさ」

ははは、と苦笑いをしたラスティは、そのまま遠い目をして過去を見たようだった。

「……俺ってさ、こう見えて若いころ、イーストノヴァの自警団に所属して犯罪者を取り締《し》まっていたわけよ。法律とかも勉強しちゃってて……だから当然、契約したのは法と秩《ちつ》序《じょ》を司《つかさど》る裁きの女神キルゾナ様ってわけ」

「キルゾナ……」

「そう。裁きの剣と善悪を量る天秤《てんびん》を持ち、公平に物事を見るために目隠《めかく》しをされ、なぜかおっぱいを丸出しにされてらっしゃる、素晴《すば》らしい女神様だ。そんな女神様から恩寵を授かったのは、歴史上でも俺くらいのもんよ、マジで。だからもうすげえ期待されたんだけど、試練に失敗して、もう一生死ぬまでレベル30以下なんだって決まったときの、周りのがっかり感といったらなかったぜ。笑えるね」

実際、ラスティは笑いながら話していたが、レッドは聞いていてつらかった。

恩寵は神に選ばれし者の証。授かるかどうかは、ひとえに神の意思によって決まる。だからラスティは神に愛されたのには違いない。だが裁きの女神キルゾナは、若かりし日のラスティに恩寵を授けたときにこう云ったそうだ。

――おまえが相応の高みに至れば、これは神をも葬《ほうむ》る絶対処刑《しょけい》の必殺剣となるだろう。されば我《わ》が恩寵に相応しい器量を示せ。与える機会は、一度だけだ。

ラスティがキルゾナの声を聞いたのは、それが最初で最後だったそうだ。

「神様って、厳しいよな」

ラスティのその呟きに、レッドは相槌を打って云った。

「その昔、人間たちがダークロードとモンスターに蹂躙《じゅうりん》されているのを見て、神々はレベルシステムを提案し、力を授けてくれた。でも地上に降臨し、直接ダークロードと戦ったり守ったりはしてくれなかった。そのことに納得《なっとく》できなかったある神官が、神に問いかけたそうだ。神はなぜ人を救わないのか、って。それに神はこう答えたと云う。それをやったら、我々がおまえたちに地上を与えた意味もなくなる、と」

「この地上を譲《ゆず》られたときから、我々はもう神々に大人として扱《あつか》われているのだよ」

そう云ったキナンを、ヒメリアが振り返った。

「キナンさんは、どうなのですか?」

「儂か?」

「はい。レッドはノースキルでノーマジックですがレベル50を突破、ラスティは恩寵を持っています。では、あなたは?」

「儂はもうただのじじいだよ。最初の試練にすら、一度も挑んでいない。なぜなら儂の試練は、失敗したら死ぬと、我が神に直々に云い渡《わた》されたからな。さんざん迷って……冒険はやめて結婚《けっこん》しようと思った。そんなじじいだから、特別なことなどなにもないよ」

キナンはそう云ったが、果たしてヒメリアは気がついただろうか。恩寵を授けられた者には厳しい試練が待っている。ならば失敗が死を意味するような試練を課されたキナンとは、いったい何者なのか。

——ただのおじいさんか。

レッドの胸中の呟きをよそに、ヒメリアはまだキナンに問い続けている。

「……でも、ただのおじいさんのあなたが、冒険者《ぼうけんしゃ》に復帰したのですよね？」

「ああ。若いころに諦《あきら》めた夢を、死ぬ前に叶《かな》えたかった。そしてレッドの仲間になれたことは本当に幸運だった。レッドの今のレベルは57……十六歳でここまで行くやつは、そうはいないからな。こいつがどこまでやるか、見てみたい」

「凄いことなのですか？」

「うむ、凄い。レッドには、レベルシステムによる戦闘力《せんとうりょく》の増幅《ぞうふく》とは別に、持って生まれた体の強さと剣の才能がある。そして注意深く、勘《かん》が良い。教養もあるしな。レッド、まだ儂もラスティもいなかったころ、スキルも魔法もないおまえが一人で格上のモンスターをどう倒《たお》していたのか、ヒメリアに教えてやれ」

　そんな風に持ち上げられて、レッドは困惑《こんわく》しながらもヒメリアに顔を向けた。

「……力が足りない分、知恵《ちえ》と勇気を振り絞《しぼ》って戦っただけだよ。無茶《むちゃ》を承知でダンジョンの奥へもぐって強いモンスターに挑んだ。モンスターを倒したときに入る経験値は仲間の数で割られるから、ソロだとレベルがどんどん上がっていった」

「聞いたか、ヒメリア。これが才能だ。ソロだとレベルが上がりやすいからといって本当に一人でダンジョンに挑めば普通は死ぬ。しかしレッドは生き残った。スキルも魔法もないのに単独で格上のモンスターを倒し続け、レベル50の壁《かべ》を突破したのだ」

「いや、途中《とちゅう》からはラスティに助けてもらったし、格上を倒したと云ってもちゃんと相手や状況は見極《みきわ》めて、やばいと思ったらすぐ逃《に》げてましたよ？」

ワンランク上の敵には挑戦してきた、成長するために。けれどツーランク上の敵とは絶対に戦わなかった、生き残るために。逃げて、隠《かく》れて、汚泥《おでい》に這《は》いつくばってでもやり過ごした。

「だから死ななかった。それが一番凄い」

そこまで褒《ほ》められたら、レッドももう謙遜《けんそん》はやめて素直に喜ぼうと思った。

そうこうしているうちに、行く手にとてつもない巨木《きょぼく》が見えてきた。そこらの木とは桁《けた》が違う。まるで森を支える柱のようだ。

その巨木の木陰《こかげ》に入ると、辺りは一気に薄暗《うすぐら》く、肌寒《はださむ》くなった。日のひかりが届かないから、足元には草も生えていない。剥《む》き出しの土の上に立って、四人は巨木を見上げた。

「いつ見てもでっけえなあ」と、ラスティ。

この樹の前に立つと、レッドはいつも小人になった気分になる。根っこも太く、高さと存在感があった。子供だったら、この根っこによじ登ったりして遊んだだろう。

ヒメリアもまた巨木を見上げて、あまりの大きさに圧倒《あっとう》されているようだった。

「こんな大きな樹は初めて見ました」

「ミトラの樹と呼ばれてる。この森の目印の一つだ。エルフの里まで行く人は、ここで休《きゅう》憩《けい》をするから……」

レッドはそう云いながら、身軽に根っこの上に飛び乗り、辺りを見回した。そして目的のものを見つけると、三人を誘ってそちらへ向かう。

樹の根を風よけにできる場所に、野営の跡《あと》があった。ちょうど腰《こし》掛《か》けるのに手ごろな石が四つ、焚《たき》火《び》の痕《こん》跡《せき》を囲むようにして置かれている。

「こういうのを再利用できる。ここで少し休んでいこう」

そうと決まれば、ラスティとキナンは荷物を下ろして石に腰掛け、それぞれ靴《くつ》を脱《ぬ》いで足を揉んだり、革袋《かわぶくろ》の水筒《すいとう》から水を飲んで喉《のど》を潤《うるお》したりし始めた。

レッドは剣《けん》と盾を置き、キナンから水筒を受け取ると回し飲みをしたが、ヒメリアは厭だろうと思って新しい水筒を彼女に渡した。

「ありがとうございます」

「いやいや」

そのあとキナンの魔法で火を熾《おこ》し、ラスティがスープを作ってくれた。空気のいい森のなかでの食事は格別だ。たとえ味気ないスープでも、なぜか美味《おい》しく感じる。

レッドは小さな幸せを感じていたが、ヒメリアは浮かぬ顔だった。

「ヒメリア、なにか心配なことでも？」

「……そうではありません。ただエルフの女王に会えなかったら、会ってもらえても私が何者かわからなかったら、行き詰《づ》まると考えています」

「それを心配事って云うんじゃないか」

ラスティがそう茶化《ちゃか》したが、ヒメリアがなんとも反応しないので、彼《かれ》は少しばかり真剣になったようだ。

「自分が何者か知りたいって云ってたよな。それって、将来の自分がどうなりたいかって進路相談みたいなやつ？」

ヒメリアはふるふると首を横に振り、焚火の小さな炎《ほのお》をじっと見つめて云った。

「……私には、三ヶ月以上前の記憶《きおく》がありません」

驚いて目を丸くするレッドたちに対し、ヒメリアが云うにはこうだ。

ふと気がつくと海辺に立っていた。白い波に足元をくすぐられながら、自分はなぜここにいるのか、どこから来たのか、誰なのか、まったくわからなかったと云う。

ぼうっとしていたら、一人の女性が声をかけてくれた。

「そこは漁村で、私に声をかけてくれたのは貝の採取を生業にしている人でした。彼女の夫は村の戦士で、娘はいたけどはやり病で死んでしまった。その娘の名前がヒメリア。私はその名前をもらい、しばらくその人の仕事を手伝いながら過ごしていたのですが……」

ヒメリアがそこで言葉を濁《にご》したので、レッドはパズルの空白を想像で埋《う》めた。

「自分が何者か知りたくてたまらなくなり、エルフの女王ルルパトラの噂を聞いて旅立った……ってところ？」

ヒメリアは肯定《こうてい》も否定もせず、うっそりと云う。

「自分の正体を見つけられなかったら、私の旅はそこでおしまいです」

それがレッドには、私の人生はそこでおしまいと云っているように聞こえた。

「……そんなことない。そりゃあ記憶がないのは不安で、自分の過去を知りたくてたまらないだろうけど、たとえ記憶を取り戻《もど》せなくても、君は君だよ」

その励《はげ》ましがヒメリアの心に届いていないのは、その横顔を見ればあきらかだ。レッドはなんとかしてやりたくなった。彼女の心の曇《くも》りを晴らして、月が照るようにその顔を輝かせたい。そのためには、どうすれば。なにをすれば――レッドのそんな若い悩《なや》みは、遠くから聞こえてきた蹄《ひづめ》の音によって打ち切られた。

誰かが尋常《じんじょう》でない速度で馬を走らせている。だがここは森のなかだ。枝に顔を打たれたり、馬が根っこにつまずいて転倒《てんとう》するおそれもあるのに、おかまいなしである。

「……ラスティ、靴を履《は》け」

レッドに云われるまでもなく、ラスティはそうしていた。キナンは水魔法《みずまほう》で焚火を消している。ただ一人、ヒメリアだけが状況が読めずにぽかんとしていた。

「レッド？」

「誰かが来る。普通じゃない。こんな森のなかで、こんなに馬を疾走《しっそう》させるなんて、なにかあったんだ。姿勢を低くして、木の根っこに姿を隠して」

レッドはそう云いながら、身につけていた小さな剣を鞘《さや》ごと外してヒメリアに差し出した。ヒメリアが不思議そうな顔をする。

「これは？」

「俺《おれ》のお守り。予備の武器だ。一応、渡しておく」

それからレッドたちは、気配のする方から死角となる位置に身を隠すと、息をひそめて待った。レッドもラスティもそれぞれの武器を手にいつでも飛び出していける構えだ。キナンは杖を握《にぎ》り締めてヒメリアの傍《そば》にいる。

そしてそれは驟雨《しゅうう》のようにやってきた。青いたてがみを持つ白馬が蹄を鳴らして駆《か》けてくる。その額には輝くような角があった。

「ユニコーンだ……シアルーナの森には『いる』と聞いていたけど、初めて見た」

そして鞍《くら》に跨《また》がっているのは金髪《きんぱつ》に緑の瞳《ひとみ》をしたエルフの娘だった。その背後に、真っ黒い獅子《しし》のようなモンスターが追いすがっている。エルフの娘は上半身をねじるようにして弓から矢を放ったが、矢は硬《かた》い毛に弾《はじ》かれ、突き立つどころか怯《ひる》ませる役にも立たない。

「あれはダークネメアだな。十段階中の第五位、Cランクのモンスターだ」

ラスティがそう口にしたのを聞いて、ヒメリアが不思議そうな顔をした。普通の娘なら恐《おそ》れるところだが、彼女は小さな子供のようだ。

孫娘《まごむすめ》でも相手にしている気分なのか、キナンが微笑《ほほえ》んで云う。

「レベルは神が人間たちに授けたもの。モンスターにはレベルがない。そこで冒険者ギルドはモンスターにランクをつけた。敵の強さに、おおよその見当をつけるためにな。このモンスターランクは冒険者ランクと対になっていて、たとえばCランクのモンスターならCランク以上の冒険者チームでなければ対処できないと考えるのが普通だ」

「……でも、あなたたちはFランクの冒険者チームですよね？」

「そうだ。しかしレッドはハイレベルだし、三対一で数的優位も取れている。ランクは指標の一つに過ぎんということを、今から見せてやろう」

キナンがそう云ったとき、ダークネメアのたてがみがざわざわと波打った。そして次の瞬間《しゅんかん》、黒い稲妻《いなずま》が炸裂《さくれつ》する。直撃《ちょくげき》はしなかったが、驚いて棹立《さおだ》ちになったユニコーンから、エルフの娘が真っ逆さまに落ちる。それを見てレッドは俄然《がぜん》と奮い立った。

「助けるぞ！」

「ヒメリアはここで隠れてな！」

そしてレッドが真っ先に飛び出し、ラスティとキナンがそのあとに続く。

エルフの娘をその爪牙《そうが》にかけようとしていたダークネメアは、レッドたちに気づいて素《す》早《ばや》く反応した。目が合った。

レッドは雄叫《おたけ》びをあげて、両手で持った剣を叩《たた》きつけるようにする。その威力《いりょく》に危険を感じたのか、ダークネメアは力強い動きで後ろへ飛びのいた。これでひとまず、敵をエルフの娘から引き離せたわけである。

――落ちたけど大丈夫か。

果たしてエルフの娘は、その目に強い輝きを宿して立ち上がろうとしている。気の強そうな面構《つらがま》えの美少女だ。

「俺はイーストノヴァの冒険者レッド。森の盟約に基づき、加勢する！」

「私は王女シルフィ、感謝するわ！」

レッドは一瞬《いっしゅん》、戦いのなかで我を忘れた。

「お、王女？　エルフの王女？　ルルパトラ女王の娘？」

「その話はあとだ、レッド！」

ラスティの一喝で、レッドはただちに頭を切り替《か》えた。そのとき氷の槍《やり》がダークネメアに向かって突き出された。キナンの魔法だ。ダークネメアはそれを躱《かわ》しながら、ふたたびシルフィに向かって突っ込んできた。だがそこに立ちはだかっているのはレッドだ。

ラスティが横からダークネメアにショートソードで斬りつけるが、ダークネメアは意に介《かい》さずレッドに噛《か》みついてくる。その口に向かって斬りつけたレッドは、剣に噛みつかれるかたちになった。猛々《たけだけ》しい大きな牙を剣で必死に押《お》し返していると、ラスティがダークネメアの背中に後ろから飛び乗った。

「おらあっ！」

ラスティは、ダークネメアのうなじに思い切り剣を突き立てた。たまらずダークネメアがぎゃうっと吠《ほ》える。噛みつかれていたレッドの剣が自由になった。

「今だ！」

レッドは気合い一閃、ダークネメアの喉笛《のどぶえ》に剣を突きこんだ。それで致命傷《ちめいしょう》のはずだが、ダークネメアは最後の命を振り絞るかのように凄《すさ》まじい力で暴れ始めた。ラスティが振り落とされ、レッドもさすがに剣を手放して後退せざるをえない。

――やばいか？

レッドが少し焦《あせ》ったとき、キナンの魔法による氷の槍が横からダークネメアの胴《どう》を貫《つらぬ》いた。同時にシルフィの矢がダークネメアの左目に刺《さ》さる。

「レッド！」

ラスティが自分のショートソードを空中に高々と放り投げた。それをジャンプして空中で受け取ったレッドは、落下する勢いを借りてダークネメアの頭に剣を叩きつけた。頭蓋《ずがい》がかち割られ、刃が脳に達すると、ダークネメアの動きがぴたりと止まる。そして一瞬の間を置いてから、巨大な黒獅子は大きな音を立てて横向きに倒れて動かなくなった。

「やった……」

三人がかりならCランクのモンスターでも勝てると思ったが、実に手強《てごわ》い相手だった。

レッドは額の汗《あせ》を拭《ぬぐ》うと、矢を放ったままの姿でいるシルフィに視線をあてた。

「無事かい？」

「ええ、ありがとう」

シルフィは弓を下ろすと、急いでユニコーンを起こしにかかった。それは出会ったばかりのレッドより愛馬が心配だろう。レッドもヒメリアが気掛《きが》かりだ。

「レッド」

ちょうどヒメリアが姿を現し、レッドのところへ小走りに駆けてきた。

「終わったよ、ヒメリア。でもちょっと待っててくれ」

レッドはダークネメアの喉笛に刺さったままの自分の剣をどうにかこうにか引っこ抜《ぬ》いた。血に染まった剣を見て眉《まゆ》をひそめていると、キナンが流水の魔法《まほう》を使って洗い流してくれる。それに礼を云ってからヒメリアを振《ふ》り返ると、彼女は愛馬の状態を心配そうに確かめているシルフィをじっと見つめていた。

「あれがエルフ……」

「見るのは初めてかい？」

「はい。耳が尖《とが》っている以外は、人間と変わらないのですね」

「ああ。俺たちと同じ神の子だ」

「神の子？」

ヒメリアが不思議そうな顔をして繰り返した。記憶喪失《きおくそうしつ》とはいえ、漁村で保護されているあいだにある程度一般《いっぱん》常識を学んだのだろうが、神話については無知なままらしい。

「……ヒメリアは、人間がどこから来たか知っているかい？」

「どこからと云うと、どこからでしょう？」

その返しにレッドはくすりと笑って続けた。

「人間は神々の王ルクシオンによって作られた、ルクシオン神の子だ。それを見て、ルクシオン神の真似《まね》をする神が現れた。森の女神エーデルワイスはエルフを、雷神《らいじん》レプトールはドワーフを、というように。このように神によって生み出された『神の子』は、姿かたちはだいたい似てるし、言葉も通じるし、なんなら子供だって作れる」

「とはいえ、文化はだいぶ違うぞ」

キナンがそう云って話に入ってきた。

「たとえばレベルシステムの契約《けいやく》だって、人間は自分のなりたい職業を考慮《こうりょ》して契約する神を選ぶが、エルフはみんな自分たちの祖神《おやがみ》であるエーデルワイス神と契約するからな」

「なるほど、理解しました」

ヒメリアは相槌を打ちながら、ふたたびシルフィに視線を向けた。シルフィは左手でユニコーンのくつわを取って、右手に弓を持ち、こちらに歩いてくるところだった。右の腰《こし》では美しいレイピアが輝いている。

左利《ひだりき》きだなとレッドが思っていると、ラスティが不可解そうに眉根《まゆね》を寄せて云った。

「王女って云ってたよな。それがなんでまたダークネメアなんぞに追われていたんだ。こんな森の浅いところにいるようなモンスターじゃないぜ」

「その辺の事情を今から訊《き》こうじゃないか」

キナンがそう云ったとき、シルフィはレッドたちの見ている前で颯爽《さっそう》とユニコーンに跨り、鞍上《あんじょう》からこちらを見下ろしてきた。

「あなたたち、助けてくれてありがとう。でも悪いんだけどゆっくりしてられないの。こいつは先兵にすぎないわ。急がないと追いつかれる。出発しましょう」

「は？　それはどういう……俺たちは彼女をエルフの里へ案内する途中で――」

「詳しい説明は移動しながら。とにかく私と一緒《いっしょ》にイーストノヴァへ――」

「――見いつけた」

　まだ声変わりする前の少年の声が頭上から降ってきた。全員が弾かれたように空を見上げると、巨大な鳥がゆっくりと舞《ま》い降《お》りてきて、ミトラの樹の太い枝に止まった。

　それは鳥型のモンスターで、その背に黒髪《くろかみ》の美少年が乗っている。十歳くらいだろうか、濃《こ》い緑色の目に魔《ま》的なひかりを湛《たた》えて、こちらを見下ろしていた。

「あの子は……？」

「ブラック様！　いましたよ！」

　レッドは思わず、少年が呼びかけた方を見た。その瞬間、視線の先、森の奥でなにかが光ったかと思うと、ラスティがいきなりレッドを突き飛ばした。

「あぶねえ！」

　その声が轟音《ごうおん》に呑《の》み込まれ、レッドの目の前でラスティの姿が稲妻に掻《か》き消された。閃《せん》光《こう》と轟音が去っても、目はちかちかしたし耳はよく聞こえなかった。一方、無事だった嗅《きゅう》覚《かく》はなにかが焦《こ》げたような匂《にお》いを感じ取っている。

目の前に、人間のかたちをした黒焦《くろこ》げの物体が転がっていた。なにが起きたのかはわかっている。わかっているが、頭が理解を拒《こば》んでいた。

「……ラスティ？」

「レッド、剣を構えろ」

キナンにそう云《い》われ、レッドはとにかく剣を手にし、背中にヒメリアを庇《かば》った。なにかが森の薄闇《うすやみ》に潜《ひそ》んでいる。それがもう足音を隠そうともせずに近づいてくる。そして姿を現したのは、鋭《するど》い爪《つめ》と牙を持つ、馬よりも一回り大きな金色のトカゲだった。

「あれはまさか、トリニティドレイクか……！」

レッドは戦慄《せんりつ》した。トリニティドレイクは火炎《かえん》、冷気、雷撃《らいげき》の三つのブレスを自在に使い分ける器用なトカゲで、Sランクモンスターだ。竜《りゅう》族ではないがその強さゆえに竜のようだと恐れられ、ドレイクの名を冠《かん》されるようになった伝説の怪物《かいぶつ》である。

「本でしか見たことのない怪物がなぜここに……！」

しかもその怪物の背に、得意げな顔をした黒衣の男が立っていた。長く伸《の》ばした白髪《はくはつ》で、目は黒く、肌《はだ》は白い。まるで日光にあたっていないような病的な白さだ。一方、ローブを始め身に着けているものは黒を基調としている。

その男がトリニティドレイクの背の上から云った。

「追いついたぞ、シルフィ王女。さあ、大人しくエメラジストを渡せ」

「エメラジスト？」

レッドはそう繰り返して馬上のシルフィを振り仰《あお》いだ。シルフィは顔を強張《こわば》らせて、唇《くちびる》を噛んでいる。

「あいつは魔法使いブラック。鳥の背中に乗ってるのは従者のリユニオ。エルフの里はやつらに襲《おそ》われ、制圧された。私は救援《きゅうえん》を呼びにいくところだったのよ」

「エルフの里が、制圧……！」

レッドは愕然《がくぜん》とした。女王ルルパトラによって守られているエルフの里が陥落《かんらく》するなどありうるのだろうか。いや、どんな強国だっていつかは滅《ほろ》ぶときが来るものだが……。

「たった二人にやられたと云うのか？」

信じられないと云わんばかりのキナンに、シルフィは弓に矢をつがえながら答えた。

「二人ですって？　見てわからない？　あいつら、魔物《まもの》を従えてる」

「つまり、モンスター使いってことか！」

人類の敵であるはずのモンスターを、なんらかの手段で支配できる者がたまにいる。

果たしてトリニティドレイクの背に乗っているブラックは、傲然《ごうぜん》と云った。

「左様、我輩《わがはい》はブラック。偉大《いだい》な魔法使いにして、神より覚醒《かくせい》支配の恩寵・マスタールーンを授かりし者。モンスター使いである」

「女王ルルパトラはどうした？」

「無論、虜囚《りよしゆう》の身よ。ゆえにシルフィ王女、母親の命が惜しくば、我輩とともに来い」

「その女王の命令よ。あなたにだけはエメラジストを渡すな、ってね」

そのままシルフィとブラックは睨《にら》み合いに入った。お互《たが》いの覚悟《かくご》を確かめ合っているかのようだ。頭上ではリユニオなる少年が高みの見物を決《き》め込《こ》んでいる。

「レッド、ラスティが……」

ヒメリアのその声がきっかけとなって、レッドは我を失うまいとして押さえ込んでいた感情が熱くうねり出すのを感じていた。エルフの里が制圧され、一人、落ち延びたシルフィを追いかけてきたブラックは、トリニティドレイクの雷撃のブレスでラスティを殺したのである。ただそこに居合わせたというだけで！

「くっくっく、怖《こわ》い顔だな。仲間を殺されて怒《おこ》っているのか？　だがそちらも我輩が使役《しえき》していたモンスターを殺したではないか。お互い様だぞ」

「……なるほど、そうか。じゃあおまえ、俺に殺されても文句はないいな？」

「殺す？　貴様が我輩を？　ふはははは、面白《おもしろ》い冗談《じようだん》だ！」

「笑うなよ……こっちは怒ってるんだぜ」

今まで人を殺したいと思ったことはなかった。けれど目の前で仲間を殺されて、穏便《おんびん》に済ませることなどできない。どうなってもいいから殺してやる……と真っ赤な怒《いか》りに支配されかけたレッドに、そのときキナンが杖《つえ》の先を向けて一喝した。

「レッド、冷静になれ！」

「キナンさん……」

「おまえが今やるべきことは、怒り狂《くる》ってラスティの仇《かたき》を討《う》つことか？」

そう云われて、レッドは思わず天を仰いだ。胸が苦しい。心臓を掴《つか》めたらどんなにいいだろう。そう思いながら、レッドはうなるように云う。

「いいえ、俺たちの仕事は、ヒメリアの護衛です……！」

するとキナンが杖を引っ込めて優《やさ》しく微笑んだ。レッドはヒメリアの手を掴み、シルフィの方へ走った。弓を構えていたシルフィが、ブラックから目線を切らずに云う。

「レッドと云ったわね。巻き込んでごめんなさい」

「悪いと思うなら、ヒメリアを連れて逃げてくれ」

馬の足なら万に一つも逃げ切れるはずだ。レッドはそう思って、ヒメリアをユニコーンの方へ押した。シルフィが弓を下ろして手を伸ばし、ヒメリアを馬上へ引っ張り上げる。

そして戸惑《とまど》うヒメリアに向かって、レッドは急いで云った。

「あのトリニティドレイクはSランク。だからまず君たちを逃がす。行ってくれ」

「Sランク……それは、勝てるのですか？　一人でダンジョンにもぐっていたとき、危険だと思ったら逃げていたのでしょう？　逃げるべきでは？」

「……君と出会ったとき、ボルトが剣を抜いていたら、俺は殺されていただろう。でも俺は引かなかった。敵が強くても立ち向かわなきゃいけないときがあるからだ」

とはいえ、モンスターは本当に怪物《モンスター》だ。トリニティドレイクを犠牲者《ぎせいしゃ》なしで討伐《とうばつ》するなら、Sランクの冒険者チームでなくてはならない。だが現実はレッドとキナンの二人だけ。

そういう戦いが始まる。

「……大丈夫。レベルやランクだけで勝敗が決まるなら、知恵も勇気もいらないんだよ」

「レッド……」

「幸運を」

自分に残っている運も渡そうというように、レッドはヒメリアの頬《ほお》に指先で触《ふ》れるとユニコーンから離《はな》れた。そのとき頭上からせせら笑う声が降ってくる。

「逃げられると思ってるの？　まさかぼくのこと、忘れてないよね？」

ミトラの樹の枝には相変わらず怪鳥《かいちょう》が留まっていて、その背にはリユニオなる少年がいる。それがなんとも云えない嫌《いや》な笑《え》みを浮《う》かべて、こちらを見下ろしていた。

「あいつは任せて。ブラックよりは、やりやすいはずよ」

「ああ、がんばってくれ」

レッドにはそう云うしかない。キナン一人にブラックを任せるわけにはいかない。レッドはシルフィとヒメリアの無事を祈《いの》ると、キナンの隣《となり》に立った。

ブラックは腕組《うでぐ》みをして笑っている。

「もういいか？」

「待っててくれるとは、余裕《よゆう》があるな」

ふふん、とブラックは鼻で笑うと、右手の指を二本立てた。

「二分だ。二分で二人ともばらばらにしてやる。それに王女たちも逃げられはせん。我輩の従者は優秀《ゆうしゅう》だからな」

そのとき背後で爽《さわ》やかな弓弦《ゆづる》の音がした。シルフィがリユニオを狙《ねら》って矢を放ったらしい。後ろでも戦闘《せんとう》が始まったようだが、レッドは振り返りはしなかった。

「レッド、二人同時に行くぞ。あのトカゲは儂がなんとかする。おまえは……」

「ブラックをやる」

レッドはトリニティドレイクの背に乗っている黒衣の魔法使いを睨みつけた。距離《きょり》にして10メートルと云ったところだ。

一方、ブラックは怪訝《けげん》そうに眉をひそめている。

「妙《みょう》だな。勝ち目があると思っているのか？」

そんなことは、やってみないとわからないとレッドは思った。幸い、こちらにも切り札はある。その切り札を見せるかのように、キナンが帽子《ぼうし》を取った。

「我が神の恩寵《おんちょう》よ……」

帽子に隠されていたキナンの前頭部には、白く輝《かがや》く紋章《もんしょう》がある。それは神より恩寵を授《さず》かりし者のしるし、聖痕《せいこん》だ。ブラックは驚《おどろ》きに包まれたようだった。

「ほう、じじい、神に愛された者だったか」

儂はただのじじいだ――キナンはそう嘯《うそぶ》いていたが、あれは真っ赤な嘘《うそ》である。キナンもまた、ラスティと同じく恩寵を持つ者だった。それを隠していたのには、もちろん理由がある。彼の恩寵は、強すぎたからだ。

「レベルブースト！」

レッドはキナンの魔力《まりょく》が爆発的《ばくはってき》に高まるのを感じて息を呑んだ。

レベルブースト。これは一時的に自分のレベルを数倍に上昇《じょうしょう》させるというスキルだ。倍率は自分で決めることができ、最大で10倍。本来試練をクリアしなければ突破できないレベル上限の壁をも乗り越《こ》える。まさしく世界のバランスを覆《くつがえ》すようなスキルだ。キナンが命をかけて試練に挑み、レベル50まで到達《とうたつ》していれば、人類最強の魔法使いになっていただろう。だが彼はその道を進まなかった。失敗したら死ぬ試練に挑むよりも、愛する女性との結婚を選んだのだ。晩年になった今、ふたたび冒険者に戻ったが、もう力を誇示《こじ》する気はないらしい。レッドとラスティが彼の恩寵を知ったのも、パーティを組んでしばらく経《た》ってからである。信頼《しんらい》されたということなのだろう。

――にしても、この気配。3倍じゃない。4倍か。本当に大丈夫《だいじょうぶ》なのか。

キナン曰《いわ》く、レベルブーストには二つの代償がある。一つはブーストした瞬間、全身に激痛が走るというものだ。一瞬とはいえ耐《た》えがたいほどの痛みで、しかもその程度はブーストの倍率に比例する。現実的な運用は3倍まで。4倍は息が止まり、5倍はブーストした瞬間に気絶したそうだ。最大で10倍ということだが、それは不可能な夢である。

――だがトリニティドレイクと戦うなら、4倍しかないとキナンさんは判断したんだ。

剣を握る手に力を込めたレッドに、びっしょりと汗を掻いたキナンが云う。

「レッド……行くぞ！」

どうやら4倍ブーストがもたらした激痛を乗り越えたらしい。それほどの覚悟だ。そしてキナンは、ブースト中でなければ使えない、上位魔法の呪文《じゅもん》の詠唱《えいしょう》を始めた。

「ふん、レベルブーストだと？　面白い、喰《く》い破ってくれよう」

ブラックはトリニティドレイクからひらりと飛び降りると号令をかけた。それに応えてトリニティドレイクが突《つ》っ込んでくる。

――速い！

爬虫類《はちゅうるい》特有のぞっとするような速さだ。キナンがトリニティドレイクを仕留め、レッドがブラックを倒すという算段だったが、これでは詠唱完了《えいしょうかんりょう》前に突っ込まれかねない。

「うおおおっ！」

レッドの判断は早かった。盾《たて》を前に突き出し、トリニティドレイクに向かって突進《とっしん》していく。シールドチャージだ。

――俺だってレベル50以上なんだ！

「一発くらいは！」

そしてレッドはトリニティドレイクの鼻《はな》っ面《つら》に、正面からぶっつかった。弾《はず》みで吹《ふ》き飛ばされたレッドは、樹《き》にぶつかった反動で地面に転がった。死ぬほど痛い。しかも今の激《げき》突《とつ》で盾もどこかへ飛んでいった。だがトリニティドレイクも突進の勢いを殺されている。

力負けはしたが目的は達成された。キナンの詠唱が終わる。

「オメガ・イレイザー！」

キナンの眼前に光球が生じ、そこから太い白色の熱線が放たれた。４倍レベルブーストをかけた上での最高火力による一撃《いちげき》、正真正銘《しょうしんしょうめい》のジョーカーだ。

――頼《たの》む。終わってくれ。

これで駄目《だめ》なら打つ手がない。体を起こしたレッドが祈るように見つめる先で、トリニティドレイクが大きな口を開け、冷気のブレスを放った。吹雪《ふぶき》が白いひかりを掻き消してしまう。冷気が熱を凌駕《りょうが》し、そしてキナンの体にブレスが襲い掛《か》かった。

「……まさか」

氷漬《づ》けになったキナンがかろうじてそう呟《つぶや》いたとき、トリニティドレイクがキナンの全身に噛みついて咥《くわ》え、キナンの体を高く持ち上げた。

「キナンさん！」

レッドの悲痛な叫《さけ》びを、ブラックが嗤《わら》う。

「我輩の恩寵マスタールーンは、覚醒支配の紋章と云ったろう。モンスターを『支配』するだけではなく、眠《ねむ》っている潜在《せんざい》能力のすべてを引き出す『覚醒』の力もあるのだ。レベルブーストとは驚かされたが、トリニティドレイクの力を見誤ったな！」

そして次の瞬間、トリニティドレイクがキナンの体を噛み砕《くだ》いた。全身が凍《こお》りついていたから、その体は血の一滴《いってき》も流すことなく、雪像のように飛び散ってしまった。

「うおおっ！　ちくしょう！」

レッドは剣を手に突っ込もうとしたが、脚《あし》が上手《うま》く動かない。

「ははは、無理をするな。さっきの激突でどこかの骨が折れたのじゃないか？　それにどうやら、向こうも決着がついたようだぞ」

そのときなにか大きなものが転がってきた。見れば角を折られたユニコーンの死体である。森にリユニオの笑い声が響《ひび》き渡るなか、壊《こわ》れた弓を投げ捨てたシルフィとヒメリアがお互いを支え合うようにして、レッドの方へよたよたと走ってきた。

「レッド」

ヒメリアがそうレッドの名を口にしたそのとき、ブラックの魔法が熱線となって迸《ほとばし》りヒメリアの胸を貫いた。シルフィが叫び声をあげながらヒメリアの体を支えたが、溢《あふ》れ出した血の量は尋常ではない。

ブラックは満足そうな顔をして、魔法を放った右手を下ろした。

「これで仲間も、守るべき者も、いなくなってしまったようだな。だが安心しろ。貴様もすぐにあとを追う。ここで我輩と出会った己《おのれ》の不運を呪《のろ》うがいい」

「待って」

シルフィが膝《ひざ》をつき、張り裂《さ》けそうな顔をしてブラックを仰ぎ見る。

「まだ息がある。エメラジストを渡《わた》すわ。だから、この子の手当てを……」

「今さら取引できる立場だと思っているのか。エメラジストなら殺して奪《うば》うだけだ」

シルフィがはっきりと怯んだ。それを見て、立て続けの惨劇《さんげき》に茫然《ぼうぜん》としていたレッドは我に返った。彼女《かのじょ》を守らねばならぬという想《おも》いが、腹の底から湧《わ》き上がってくる。

「諦めるな、シルフィ。馬がなくともヒメリアを担《かつ》いでイーストノヴァへ行け。こいつらは俺がどうにかする」

するとと怪鳥が地面にまで舞い降りてきた。その背に乗っていたリユニオが、レッドを見て面白そうな顔をする。

「ブラック様、こいつまだやる気ですよ」

「そのようだ。よかろう、哀《あわ》れな最後のあがきを見せてみよ」

レッドは言葉もなく、ただ決死の覚悟で剣を構えた。ノースキル・アタッカーの自分に奥《おく》の手《て》などはない。ただこの身をぶつけて、シルフィとヒメリアを逃がすだけだ。

レッドがそう思いつめた、そのときだった。

『……レッド。レッドよ、聞こえるか。我の声がわかるか？』

レッドは最初、幻聴《げんちょう》かと思った。だがこれは間違《まちが》いない。数年ぶりに聞く、神の声だ。

『イヴリーザー様……』

『そうじゃ、いかにも我じゃ。久しぶりじゃな。しばらく声をかけなんだが、おまえのことはいつも見守っておったぞ』

『ふふ……死神の声が聞こえるということは、いよいよですか』

『たわけ。我は死神ではなく、冥府《めいふ》の王じゃ。その証拠《しょうこ》に、我はおまえを死なせる気はない。さあ、我に助けを求めるのじゃ。さすればおまえだけなら、我が守ってやろう』

『俺だけ？　シルフィとヒメリアはどうなるんです？』

『あずかり知らぬ。その二人は、我とは関わりない者たちじゃからのう』

一瞬、助かるかもしれないと思って舞い上がったレッドの心は、ふたたび暗い海の底へと沈《しず》んでいった。そして悟《さと》る。これが自分の最後の戦いになるのだと。

「……シルフィ。出会ったばかりだけど、俺は絶対君を裏切らない。だから君も俺を信じて、最後まで諦《あきら》めないでくれ」

するとと頭のなかに響くイヴリーザー神の声が大きくなった。

『我の話を聞いておったのか？』

『聞いてましたよ。でも俺だけ助かるなんて無理だ。その場合、誰《だれ》が誰を裏切ることになると思ってるんですか？　俺が俺を裏切るんです！　体が生きても心が死ぬ。今日のことを一生恥《は》じ続けて、その後の人生で何度も何度も思い返し、あのとき逃《に》げなければよかったと後悔《こうかい》し続けることになる。そんなことがわかりきってるのに、逃げるなど！』

　レッドはこれ以上の迷いを断《た》ち切るように、ブラックとトリニティドレイクに向かって一歩を踏《ふ》み出した。

「お祈りは済んだか？　お友達は雷撃と冷気でやられたので、貴様は火《か》葬《そう》にしてやろう」

　ブラックの言葉に応えるように、トリニティドレイクが大きく息を吐《は》いた。その息《い》吹《ぶき》はまさしく炎だ。その炎の色のなかに地《じ》獄《ごく》が見える。

『……おまえ、本当に死ぬぞ？』

「かもしれません。しかし運命に挑《いど》むのは人の性。死のさだめを乗り越えて、きっと二人を逃がしてみせる」

　レッドはそう口にすると、ブラック目《め》掛《が》けて走り出した。

　――トカゲは無視だ。ブラックを倒《たお》す！

　そんなレッドの戦術は、ブラックに筒抜《つつぬ》けだったらしい。ブラックはレッドをせせら笑って、胸の前で印相を結んだ。

「云っておくが、我輩はモンスター使いである前に、大魔《だいま》法使《ほうつか》いだぞ！」

　次の瞬間、小さな無数の氷の刃《やいば》がレッドに向かって叩きつけられた。横殴《よこなぐ》りの暴風雨に刃が混ざっているような感じだ。急所に当たらないのは無視し、顔や胴体《どうたい》に飛んでくるのだけ剣《けん》で叩き落として、ブラックに迫《せま》る。

そんなレッドを嘲笑《あざわら》うように、ブラックの次の魔法が意表をついてきた。

「大地よ！」

突然《とつぜん》、レッドの足元が動いた。地面の表層、土がいくらか動いただけだが、それだけで足が滑《すべ》る。体が傾《かたむ》く。戦闘中の不意打ちとしては十分すぎた。

「な……めるな！」

しかしレッドが体勢を立て直したときにはもう、トリニティドレイクがレッドの前で大口を開けていた。ぞっとするほど真っ赤な舌の奥に、輝く炎が見える。

次の瞬間、地獄が襲い掛かってきた。火炎のブレスだ。あまりの眩《まぶ》しさに目が見えなくなる。服が燃え、鎧《よろい》が焼け落ち、肉がただれる。信じられないほどの熱気のなかで自分の体が燃えていく。後悔するような余裕すらなかった。こうなったらせめて一太刀《ひとたち》、気持ちよく炎を吐いているトリニティドレイクの口のなかへでも剣を突き立てたかったが、あまりに遠く、届かない。そして。

「燃《も》え尽《つ》きおったわ。わーはっはっはっは！」

炎《ほのお》の巻き起こす嵐《あらし》のなか、ブラックの愉悦《ゆえつ》の声だけがやけに大きく聞こえた。

◇

ふと気がつくと、天地の境目もわからぬ暗闇《くらやみ》のなかに立っていた。

ここはいったい、どこなのか。風も吹かぬ闇の世界でレッドが立ち尽くしていると、左右に突然、青い炎が灯《とも》った。両列の炎は、前へ向かって二つ、三つと増えていく。その先に白い骨でできた玉座があった。そこに腰かけているのは、もちろん彼女だ。

「イヴリーザー様……」

「……いかにも我である。冥府へよくぞ参った。近う寄れ」

そう云われて、レッドは青い炎によって仕切られた道を進み、玉座の前に立った。紫《むらさき》の髪《かみ》に氷の目をした幼女、紫紺《しこん》のローブのイヴリーザー神が優雅《ゆうが》に笑う。

「こうして会うのは、八年ぶりじゃな」

「俺は、死んだのですか？」

「そうじゃ。今度こそ死んだ。おまえは今や、立派な冥府の住人じゃ。ここは死後の世界ゆえ、地上の時間とは切り離されておる。安心してゆっくり語り合おうではないか」

死の一文字が重すぎて、レッドはしばらくは言葉もなかったけれど、やがてイヴリーザー神が実に嬉《うれ》しそうにしているのが気に入らなくなってきた。

「どうしてそんなに嬉しそうなんですか？」

「おまえが、合格したからじゃ」

「……は？」

「怒らずに聞け。実は、我はおまえを試《ため》しておった」

「試した……」

レッドはぼんやりと繰《く》り返した。

――まあ、たしかに神は人を試すとよく云うけれど。

イヴリーザー神は遠い目をして云う。

「死者の裁判官として、実に色んな人間を見てきた。清廉潔白《せいれんけっぱく》な若者が金や権力を手にして醜悪《しゅうあく》な老人になったり、普段《ふだん》立派なことを云っているくせに自分の死ぬ順番が回ってくると恥《はじ》も外聞もなくなったり……人間の本性《ほんしょう》は些細《ささい》なことではわからぬ。自分の命が脅《おびや》かされて初めて本性を現す。だから我は待った。おまえが死ぬときをひたすらに待った。おまえが最期の瞬間に人としてどう振る舞うか、我はそれを見たかったのじゃ」

イヴリーザー神は玉座からすっくりと立ち上がり、レッドのすぐ目の前に立つとレッドを見上げてふふんと笑った。

「見事に死に遂《と》げたな。よくやったぞ、レッド。褒美《ほうび》に命を与《あた》えよう」

「……褒美に、命？」

「生き返らせてやるということじゃ」

「えっ？」

レッドは目を丸くして絶句した。そんなレッドの反応が面白かったのか、イヴリーザー神はくつくつと笑いながら朗々と語った。

「このイヴリーザーには死者を蘇《よみがえ》らせる権能が備わっておる。これは神々の王ルクシオンですら持たぬ我だけの特権じゃ。ゆえに我がおまえを復活させてやろう」

なるほど、冥府の王ならそのくらいはできるだろう。しかし、できるできないと、やっていいかどうかはまた別の話である。

「……そんなことしていいんですか？」

「たまにならな。しかしこのまま生き返ったところで、また殺されるだけじゃ。そこでずいぶん待たせてしまったが、約束通り、おまえに我が恩寵を与えよう。今のおまえになら、我が力を任せてもよかろう」

レッドはさすがに胸をときめかせた。恩寵、またの名をユニークスキル。神に選ばれし者の証。そんなものは欲《ほ》しいに決まっていた。

「その手袋《てぶくろ》だかなんだかを外して、右手を出せい」

レッドが云われた通りにすると、イヴリーザー神はその小さな手でレッドの右手を取った。レッドは一瞬、子供を相手にしているような微笑《ほほえ》ましい気持ちになったが、この幼女こそ死の国の神だ。その神が今、レッドの右手に力を刻みつけようとしている。そして赤い輝きが生じ、レッドが右手に灼熱《しゃくねつ》を感じた直後、イヴリーザー神が手を離した。

「これでよし。さあ、見るがよい」

レッドは云われるがまま右手の甲《こう》を見た。そこに赤い刻印がほどこされている。

「聖痕……」

恩寵を授かった者は、体のどこかに聖痕と呼ばれるしるしが刻まれる。その色やかたちは神によって異なり、レッドの聖痕はどうやら赤い星のようだ。

「おまえに与える恩寵はソウルマスター。死者の魂《たましい》を喰らい、その者が持つスキルを一つだけ手に入れる力じゃ。スキルは死者の霊《れい》と交信して平和的に譲《ゆず》ってもらってもいいし、相手を殺害して奪ってもよい。無限の可能性を持った恩寵であるぞ？」

レッドはそう聞いてぎょっとした。

「死者の魂を喰らい、そのスキルを継承《けいしょう》する……？」

「そうじゃ。スキルとは神の力を分け与えるもの。ゆえに冥府の王である我の恩寵は必然的に『死』にまつわるものとなる。おまえはソウルマスターによってあまたの死者、そして英霊《えいれい》たちの盟主となり、その力を自分のものとして自由に行使できるじゃろう。ただし、人の命を代償《だいしょう》にしてな」

そのあまりの重さにレッドは戦慄した。死者たちの魂をこの右手に束ねることで、彼《かれ》らが生前に得たスキルを我が物とする。それは本当に最強だ。発想と組み合わせ次第《しだい》でなんでもできる。ただしそのためには、人が死なねばならない。

「イヴリーザー様……これは、このスキルは……」

「危険なスキルじゃ。邪悪《じゃあく》な者にはやれん。ゆえに我は、おまえの本性を見極《みきわ》める必要があったのじゃ。それはほかの神々からの要請《ようせい》でもある」

「ほかの神々……？」

「うむ。このスキルをおまえに与えるにあたって、我はめちゃくちゃ苦労した。神々は世界のバランスを維持《いじ》するため、定期的に会議を開いておるのじゃが、我がおまえのためにスペシャルなスキルを考案して会議にかけたら、そんなスキルを与えるならレベルアップで覚えるスキルや魔法は全部なしにしろとか、スキル目当てに人を殺しまくったらどうするんだとか、父親があいつだけどいいのかとか、呪い無効の加護も取り上げておけとか、ほかの神々が騒《さわ》ぎまくって、とてつもなく大変だったのじゃ」

「……俺《おれ》がノースキルだったのは、そのせいなんですか！」

衝撃《しょうげき》を受けてよろめいたレッドに、イヴリーザー神が笑いながら云う。

「しかしそれも今日までじゃ。おまえはスキルや魔法がなくても腐《くさ》らず努力し続けたし、死《し》に際《ぎわ》も見事じゃった。女二人を見殺しにして自分だけでも助けてくれとは云わなんだし、むやみに人を殺したりもせん。これならほかの神々も納得《なっとく》するはずじゃ！　納得しなかったら、そのときはもう戦争じゃ！　冥府の王の名にかけてやつらを倒す！」

そのときのイヴリーザー神は、頼もしく、まばゆかった。

「……でもイヴリーザー様、俺は自分の力のために、誰かの死を望んだりはしません」

「そんなおまえだからよいのじゃ。人の命を軽《かろ》んじる者に我が恩寵はない。そしておまえの人柄《ひとがら》をよく知っておる者が二人、自分の魂をくれてやると云っておるぞ。さあ！」

次の瞬間《しゅんかん》、イヴリーザー神の左右に二人の亡霊《ぼうれい》が現れ、レッドは驚喜《きょうき》して叫んだ。

「ラスティ！　キナンさん！」

「よう、レッド。俺たち全員、死神に呼ばれちまったな」

「おまえの神が冥府の王だと打ち明けられたときは驚いたが、本当だったか」

「もちろんですよ。二人に嘘をつくわけがない。でもこの状況《じょうきょう》は、まさか……」

「左様。こうなった以上は、二人の持つ恩寵をおまえに継承するのがよいじゃろう」

イヴリーザー神のその言葉に対し、レッドは全身で叫んでいた。

「厭《いや》です！　それよりも二人を生き返らせてください！　俺の復活ができるなら二人の復活だってできるでしょう！」

「それは駄目じゃ。死者の復活はたしかに我が権能じゃが、濫用《らんよう》すればほかの神々が黙《だま》っておらん。千年前に一回やったときも、女神《めがみ》たちのお茶会でつるし上げを喰らった。『二度死んだ人間が生き返っていたら地上は回らないんですよ。自重してくださいね』って……むかついたが、その通りじゃと思った。我は冥府の王として生と死のルールを守らねばならん。その我が復活を許すなど滅多《めった》にないこと。千年に一度、おまえで二人目じゃ。そのおまえにしたところで、二度目の復活はないからな。もう死ぬでないぞ？」

厳格なる冥府の王に希望を断ち切られ、愕然とするレッドにキナンが云う。

「レッド。いつだったかラスティが酔《よ》っぱらって管を巻いていたときのことを憶《おぼ》えているか？　儂《わし》がおまえたちに自分の恩寵を明かしたときだ」

「……もちろん、憶えていますよ」

ラスティの恩寵ディヴァイン・エクスキューションは、決まればどんな敵でも一撃必殺だが滅多に決まらない。成功率が彼自身のレベルに依存《いそん》しているからだ。だからキナンの恩寵がレベルブーストだと知った彼は、問わずにはいられなかったのだろう。

——なあじいさん。あんたのレベルブーストって、俺にかけることはできないの？　それができたら、俺のスキルも使い物になるんだけどなあ。

——無理だ。それに仮にそんなことができたとしても、レベルブーストには二つの代償がある。第一の代償は、ブーストした瞬間、全身に激痛が走るのだ。痛みの程度は、レベルを上げる倍率に比例する。最大10倍までブーストできるが、現実的な運用は3倍まで。それ以上は根性《こんじょう》次第《しだい》だが、おまえだと5倍でショック死するな。

——いや、耐えられるって。それで、第二の代償は？

——第二の代償、ブースト解除後に反動でレベルダウンが起こる。2倍ブーストなら2レベルダウン、3倍ブーストなら3レベルダウンだ。もちろん下がったレベルはまた上げればいいだけだが、毎回使っていたら、あっという間にレベル1に転落するぞ。

——そ、そこはずっとブーストしっぱなしとかでいいんじゃねえの？

——神がそんな手抜《てぬ》かりをすると思うか？　ブーストは二十四時間で切れる。幸いチャージタイムはないから連続使用は可能だが、毎回、激痛とレベルダウンの代償を支払《しはら》わねばならん。しかもブースト中には強敵を倒してもレベルが上がらないのだ。

——うへえ、そりゃ無理だ。

——うむ。だがレッドならレベル50以上だから2倍でも100を超《こ》える。痛みの代償もレベルダウンの代償も大きくはない。根性もあるしな。

——じゃあレッドが俺とじいさん、二人の恩寵を手に入れたら？

——それは無敵だろうな。

そう云って笑い合い、杯《さかずき》を交《か》わす二人を見ながら、一人だけオレンジジュースを飲んでいたレッドはしんみりと云った。

——でも二人のスキルにおんぶにだっこじゃ、恰好《かっこう》がつかないな。

——なにを云う。おまえのレベルこそ、まさに努力の賜物《たまもの》ではないか。命をかけて無茶《むちゃ》なレベリングに挑み、生き延びて成《な》し遂げた。その知恵《ちえ》と力と勇気が、儂とラスティの使いにくい恩寵を最大限に活《い》かす。堂々と胸を張っていいぞ。

それは過ぎ去りし日、もし自分たちの力を組み合わせることができたらという夢の話だ。そんな夢の話が、今、レッドの手のなかで現実のものになろうとしている。

「……そう、ラスティのディヴァイン・エクスキューションと儂のレベルブーストがクロスしたとき、おまえの右手に最強の力が宿る」

「最強の、力……」

そのときレッドの心に浮かび上がってきたのは、喜びではなく疑念だった。それもレッドの信仰《しんこう》を根底から揺《ゆ》さぶるような、美しい湖に怪魚《かいぎょ》の影《かげ》を見たような疑念だ。

「……イヴリーザー様、これは本当に偶然《ぐうぜん》ですか？」

「む？」

レッドの声の底にうねる怒りを感じ取ってか、イヴリーザー神が小首を傾《かし》げた。レッドは聖痕の刻まれた右手をぐっと握《にぎ》りしめ、イヴリーザー神を睨みつけながら云う。

「死んだ二人の恩寵を手に入れて俺の力が天にも届く……これは本当に偶然なのかと訊《き》いているのです。だって死の神であるあなたには、近いうちに冥府にやってくる者のことがわかっていたはず。あなたはこうなるとわかっていて、魂を喰らうスキルを……」

「たわけ、それはおまえの思《おも》い違《ちが》いじゃ。ソウルマスターのスキルを考案して会議にかけたのは数年前、おまえに与えた呪い無効の加護を取り上げたころじゃぞ？」

あっ、とレッドは声をあげた。あのスキルが消えたのはラスティたちと出会う前だ。

「それに老いや病で死ぬと決まった者なら冥府にやってくる時期もわかるが、殺される者のことはわからん。仮にわかったとしても地上では毎日多くの命が生まれては死んでいく。その生死について我はいちいち関与《かんよ》せん。誰も救わず、誰も殺さず、ただ冥府に来た者を裁くのみ。たった一人の例外は……おまえじゃ、レッド」

イヴリーザー神はレッドを叱《しか》りつけながらもその眼差《まなざ》しは常に慈愛《じあい》に満ちていて、疑心に曇《くも》っていたレッドの目はたちまちひかりを取り戻《もど》した。

「イヴリーザー様……申し訳ございません。俺はてっきり、神々が俺たちの運命を操《あやつ》ったのかと……」

「ふっ、よいよい。神が滅多に与えることのない恩寵が、我のも含《ふく》めて三つも手に入るとなれば、何者かの意図を勘繰《かんぐ》ったとしても仕方のないこと。

しかし断言してやろう。おまえたちの出会いにも、友情にも、そして死にも、神々は関与しておらん。それに実際のところ、神といえども先の先まで見通せるわけではないのじゃよ。神々の王たるルクシオンからして、ダークロードたちが大虐殺《だいぎゃくさつ》を始めたときには、彼らがこんなことをするとは思わなかったと激しく嘆《なげ》いておったからのう」

「ル、ルクシオン神が？」

「左様、ルクシオンはダークロードたちの暴挙を読めなかった。そのダークロードたちに対抗したところで、神に等しき力を持ちながら人間たちに敗れた。神の力が万能《ばんのう》にして絶対なら、こんなことは起こらん。神も失敗だらけじゃ……」

イヴリーザー神は自嘲《じちょう》気味にくつくつと笑ったあとで、ふと真面目な顔をした。

「とはいえ、おまえの気持ちはよくわかった。その力を使って二人の魂を喰らうかどうかは、おまえが自分で決めるがよい。自由な冒険者《ぼうけんしゃ》として、己が運命を選択《せんたく》せよ」

レッドはたちまち痺《しび》れたように一言も発せられなくなった。空っぽのソウルマスターを携《たずさ》えて復活したところでまた殺されるのは目に見えている。かといって、二人の魂を喰らって自分だけ生き延びろと云《い》うのだろうか？

「俺は……」

　そのときだった。ラスティがレッドの背中を勢いよくばんと叩《たた》いて、そのままレッドの肩《かた》を抱《だ》き、レッドの顔を覗《のぞ》き込んでくる。

「おう、しょぼくれた顔をするな。せっかく宝くじが当たったんだ。俺たちのことは気にしなくていいから、生き返ってドーンと一発、でかい夢を叶《かな》えてこいよ」

「ラスティ……」

　そこへ今度はキナンが云う。

「レッドよ、儂とラスティは覚悟を決めた。おまえはどうだ？」

「キナンさん……」

　そう呟いたレッドに頷《うなず》きを返したキナンが、そしてラスティが云う。

「行け、勝て、生きろ」

「俺たちの魂を受け継《つ》いでくれ」

「……わかった！」

　二人がそこまで云ってくれるのなら、男として、その気持ちに応えよう。レッドがそう強く思ったとき、レッドの右手の聖痕が赤く輝いた。

レッドはその赤いひかりに導かれるまま、右手をかざす。初めて使うスキルだが、レッドにはその使い方が自然とわかるような気がした。あとは覚悟《かくご》を決めるだけ。

「……ソウルマスター！」

その瞬間、ラスティとキナンが微笑んだような気がした。そして二人の姿は蛍《ほたる》のようなひかりとなってレッドの右手の聖痕に吸《す》い込《こ》まれ、完全に消えてしまった。これで本当にお別れだ。残ったのは思い出だけ。レッドが自分の右手を見下ろして、そこに二人の魂の痕跡《こんせき》を探していると、イヴリーザー神が云った。

「……レッドよ、我が恩寵ソウルマスターは人の命を代償とする。その邪悪な力、正義の心で使いこなしてみせよ」

「はい、イヴリーザー様」

「うむ、よい返事じゃ。では最後に、これを持っていけ」

イヴリーザー神がそう云うや、目の前にルビーを削《けず》り出して作ったような武具が出現した。実に見事な装飾《そうしょく》が施《ほどこ》されていて、儀礼《ぎれい》用のように見える。それがいきなり分解したかと思うと、一つ一つのパーツが意思あるもののように飛び交い、レッドの全身を自動的に武装した。真っ赤な武具に身を包んだレッドが、震《ふる》える声をあげる。

「イヴリーザー様、これは……」

「冥王の剣、鎧、盾じゃ。我が大人モードのときに装備する武具じゃが、久しく使っておらんからやる」

「やるって……」

「おまえの身に着けていたものは、全部灰になっておるからな。復活したときにはなにか武具がいるじゃろう」

「そ、それはそうですが、いいんですか？」

普通《ふつう》、神から授かった武具は神器と呼ばれ、国宝になったり、それ自体が信仰の対象になったりする。

「これ、凄《すご》いやつなんじゃ……」

「うむ。剣はいかなる防御《ぼうぎょ》をも斬《き》り裂き、盾はいかなる攻撃《こうげき》をも防ぐ」

「……矛盾《むじゅん》してますよね？」

「黙れ。小さいことにこだわるな。とにかく凄いということを、我は云いたいのじゃ」

そんな凄い武具を、本当にもらってしまっていいのだろうか。レッドは体が震えるくらいだったが、イヴリーザー神は首を傾げた。

「なんじゃ、裸《はだか》で復活したいのか？　その場合、おまえは生き返ってすぐ焼け死ぬぞ。だって炎のなかにいるからのう。しかし、その鎧を着ていれば平気なはずじゃ」

「そ、そういうことなら、ありがたくいただきます」

「うむ。ではレッドよ、復活のときじゃ。二度目の命を存分に燃やして戦うがよい。我はおまえを見守っておるぞ。さあ、ゆけ！」

　そして目の前の景色が急激に揺らぎ始め、冥府から地上への、送り返しが始まった。不死鳥が生まれ変わって舞《ま》い上がるように、レッドはふたたび、炎のなかへ。

◇

　生き返ってみると、時は一秒も経っていなかった。トリニティドレイクの吐く火炎のブレスのなかに再誕する。普通なら骨まで焼かれるところだが、イヴリーザー神の鎧のおかげでなんともない。冥王の武具は、炎のなかでより赤く輝いていた。

　炎とは違う異質の赤い輝きに気づいたか、ブラックの笑い声が凍りつく。

「な、に……？」

　ブラックの驚愕《きょうがく》が伝わったかのように、トリニティドレイクがブレスを吐くのをやめた。

　そこには生まれ変わった完全武装のレッドがいる。

「……なぜ、燃え尽きない？」

愕然《がくぜん》と呻《うめ》いたブラックに対し、レッドは冥王の剣を敢然《かんぜん》と突きつけた。

「おまえを倒すため、地獄から舞い戻ってきた！」

「くっ！　そんな鎧を隠《かく》し持っていたのか……それで炎を防いだのか？　燃え尽きたように見えたが……」

まさか生き返ったとは夢にも思わないだろう。隠していた魔法《まほう》の武具を展開して炎を乗り切ったと考えるのが妥当《だとう》だ。

「レッド……」

シルフィは血まみれのヒメリアを抱いたまま座《すわ》り込んでいた。逃げろと云ったのに、もはやその力も残っていなかったのだろうか。ならば守り切るだけだ。

「シルフィ……安心しろ、俺は負けない！」

一方、ブラックは頭に血がのぼっているようである。その目つきが尋常《じんじょう》ではない。

「小癪《こしゃく》な小僧《こぞう》め。炎が効かぬなら雷撃《らいげき》だ！」

トリニティドレイクがふたたび口を開けた。その奥には遠くの空で雷《かみなり》がひかっているような輝きがある。だがなにも怖《こわ》くない。今の自分にはラスティとキナンがついている。

「……一人では勝てない。二人でも勝てない。でも、三人なら勝てる。行くぞ！　レベルブースト、５倍だ！」

ブーストした瞬間、稲妻《いなずま》のような痛みが全身を走り抜《ぬ》けた。キナンは一瞬《いっしゅん》で気絶したと云うが、レッドは気合いと根性で耐えた。絶対に確実に倒す。負けるわけにはいかない。今、レッドの後ろにはヒメリアとシルフィがいる。

「やれええっ！」

ブラックの号令一下、トリニティドレイクが雷撃のブレスを放つ。それに合わせてレッドも冥王の剣を振《ふ》り下ろした。

「ディヴァイン・エクスキューション！」

真紅《しんく》の一撃が雷撃のブレスを斬り裂いた。稲妻が目的を見失ったかのように二つに分かれて、レッドの左右を薙《な》ぎ払《はら》っていく。そして振り下ろしたレッドの剣は、レッドのイメージのなかでトリニティドレイクを真っ二つにしていた。

「ブレスを、斬った……！」

シルフィがそう驚愕の声をあげた直後、ブレスを吐いたトリニティドレイクまでもが急に魂が抜けたかのように動かなくなり、その巨体《きょたい》を傾かせ、そのまま大地に倒れていった。まるで建物が崩《くず》れるような大きな音がして、その衝撃でちょっと地面が揺れたほどだ。

そして一瞬の静寂《せいじゃく》が訪《おとず》れ、ブラックが愕然と声をあげる。

「……馬鹿な！　死んだ！」

一方、鳥の背に乗っているリュニオは面白《おもしろ》そうに目を細めた。

「へえ……見た感じは傷もないのに、遠くから一瞬で」

そしてシルフィは、驚きに満ちた目でレッドを見てくる。

「レッド、あなた、なにをしたの？」

それはずばり、ディヴァイン・エクスキューションの近接と遠隔《えんかく》の同時運用だ。剣で直接ブレスを殺し、遠隔でトリニティドレイクを殺したのである。神々の処刑人《しょけいにん》たる女神キルゾナの恩寵《おんちょう》、神をも殺す絶対処刑の必殺剣は、ブレスのような生命ではないものも殺してのけた。そして云うまでもなく、トリニティドレイクをも殺した。

レッドはそのことを感覚で理解していたが、説明している場合ではない。

「次はおまえだ！」

レッドはそう叫んで地を蹴《け》った。雷のような踏み込みの音がして、目にも留《と》まらぬ速さでブラックに迫る。

「報《むく》いを受けろ！」

「調子に乗るな、小僧！」

ブラックが左手を前に出すと、レッドの前に光《ひか》り輝《かがや》く障壁《しょうへき》が現れた。マジックシールドと云う、魔法による物理障壁だ。目の前に突然、壁《かべ》が現れたのと変わらない。こうなると突進《とっしん》の速度が仇《あだ》となって、マジックシールドに衝突《しょうとつ》してしまいそうなものだが、しかし。

レッドが冥王の剣を振るっただけで、マジックシールドが粉々に砕け散った。

「すごい！　一撃で！」と、シルフィ。

いかなる防御をも斬り裂くと云う、イヴリーザー神の言葉は嘘《うそ》ではなかった。

「うぬっ！」

ブラックはめげずに新たなマジックシールドを張った。それが二重、三重、四重と、ひかりの壁が幾重《いくえ》にも続いているのが透《す》けて見える。

「こんなもの、いくつ出そうが無駄《むだ》なことだ！」

レッドは次から次へと冥王の剣でマジックシールドを破壊《はかい》していく。

「ありえん……我輩《わがはい》のマジックシールドは鋼鉄よりも硬《かた》いのに！」

だとすると、ブラックのレベルも50以上だろう。そのクラスの魔法使いのマジックシールドを一撃で破壊するなど、尋常であればありえないことだった。そのありえないことが起きている。並の魔法使いなら気が動顛《どうてん》していただろうが、ブラックは違った。

ブラックは左手のみの無詠唱《むえいしょう》でマジックシールドを増設しながら、別の魔法の呪文《じゅもん》を詠唱しつつ、右手で攻撃魔法《こうげきまほう》を練り始めた。

――この男、二つの魔法を同時に！

そういうことができる者が稀《まれ》にいる。ダブルキャスター。レッドも見るのは初めてだ。しかもブラックが唱えている呪文は。

「……おい、それはもしかして禁呪じゃないのか！」

「我輩はもう若いとは云えないが、総白髪《そうしらが》になるには早すぎると思わないか？」

ブラックが嗤《わら》いながらそう答えたときには、もう詠唱は終わっていた。そしてレッドもすべてのマジックシールドを突破《とっぱ》して、ブラックと向かい合った。

改めてブラックと対峙《たいじ》したレッドは、その容貌《ようぼう》をじっくりと見た。なるほど、髪は真っ白だが顔は若い。禁断の魔法を何度も使ってきたせいで白髪になったのだ。そんな黒衣の魔法使いの手のなかで、不吉《ふきつ》な青いひかりが明滅《めいめつ》を繰り返している。

「……神々が禁じた魔法を使えるということは、邪神《じゃしん》と契約《けいやく》してるな」

天界には邪悪な神も住んでいる。ルクシオンと決別したダークロードと違い、表向きはルクシオンに従いながら、ほかの神々の目を盗《ぬす》んで邪悪な企《くわだ》てをする神がいるのだ。

そうした邪悪な神々は、地上の子らに神々が禁じた魔法を授《さず》けると云う。

「これは標的を焼き尽くすまで決して消えることのない呪いの炎だ。避《よ》ければシルフィ王女が死ぬ。それでもいいなら、避けてみろ！」

レッドをその場に釘付《くぎづ》けにするために云い放った言葉に違いない。実際、これでレッドに回避《かいひ》という選択はなくなった。

「受けて立つ！」

「今度こそ燃え尽きて死ね！　ダムドブレイズ！」

青黒い炎が、執念深《しゅうねんぶか》そうな鬼《おに》の顔をかたどり、大口を開けてレッドに喰《く》らいついてきた。

炎の中から蘇ってきたレッドを、今度こそ焼き尽くしてやろうとばかりに。

「……俺は、もう死なない！」

レッドのその闘志《とうし》に運命が応えた。近接のディヴァイン・エクスキューションのチャージタイムが終わったのだ。スキルの使い手には、それがわかると云う。レッドは生まれて初めて、スキルからの合図とでも云うべきものを感じ取っていた。そして。

「ディヴァイン・エクスキューション！」

レッドの全身を呑《の》み込もうとしていた巨大《きょだい》な鬼面《きめん》を、レッドが剣で真っ二つにした。絶対処刑のスキルが叩き込まれ、魔法を殺す。このスキルによる一撃《いちげき》必殺は、生物・非生物を問わないのだ。鬼面は一刀のもとに斬り伏《ふ》せられ、炎は弱々しいほど小さくなって消えた。そしてレッドは、間髪《かんはつ》を容《い》れず、矢のような勢いでブラック目掛けて突《つ》っ込み、その黒衣を力いっぱい、ぶったぎった。

——やった！

その喜びは、しかし一瞬で違和感《いわかん》に書き換《か》えられた。手ごたえが妙《みょう》なのだ。果たして、斬られたはずのブラックがにやりと笑う。

「……かかったな」

そして次の瞬間、レッドは閃光《せんこう》と轟音《ごうおん》に呑み込まれた。

血まみれのヒメリアを抱きかかえながら戦いを見守っていたシルフィが悲鳴をあげる。

「レッド！」

いったい、なにが起こったか。レッドがブラックを斬った直後、ブラックの体が爆発《ばくはつ》してレッドを呑み込んだのだ。その爆炎《ばくえん》が収まったとき、レッドはほとんど無傷で立っていた。イヴリーザー神から授かった冥王の武具が命を救ってくれたのだ。並の鎧であれば即《そく》死《し》だったろう。そう考えるとぞっとする。

一方、ブラックはリユニオの乗った怪鳥《かいちょう》の脚《あし》に片手でつかまってぶら下がっていた。

「トリニティドレイクのブレスを斬ったように見えたのは、我輩の見間違《みまちが》いではなかったか。そしてよもや、魔法《ダムドブレイズ》をも斬るとはな……」

「おまえこそ、俺が斬ったのは魔法による分身か。いつの間に入れ替《か》わった？　しかも斬った瞬間に爆発するとは……」

地上と空で、レッドとブラックはお互《たが》いを見上げ見下ろしながら、双方《そうほう》ともに戦慄《せんりつ》して

いた。そこへシルフィが震える声で云う。

「分身って、嘘でしょ？　マジックシールドとダムドブレイズを使う裏で、三つ目の魔法まで使っていたというの？　それってまさか、ダブルキャスターじゃなくて――」

「ブラック様はトリプルキャスターなんだ。でもあの爆発を受けて無傷なんてね」

リユニオの軽口に、ブラックは憮然《ぶぜん》として頷いた。

「うむ……これは少し、対策を考える必要があるな」

そしてブラックはなにか合図を出すと、手を離《はな》して落下し始めた。と見えて、リユニオが手綱《たづな》を取る怪鳥がブラックの下に回り込んでその背に乗せる。

ブラックは怪鳥の背中からレッドを見下ろしてきた。

「貴様、名はなんと云ったか？」

「レッドだ」

「よろしい、レッド。今日のところは痛み分けとしておいてやろう。シルフィ王女、エメラジストはしばし預けおくぞ」

「逃げるな！」

レッドが怒声《どせい》を発すると、ブラックはレッドを見下ろして邪悪な笑《え》みを浮《う》かべた。

「まだ力が有り余っているようだな。リユニオ」

「はーい」

リユニオが空に向かって手をかざすと、空中に魔法の門《ゲート》が現れた。そこから異形の影がこちら側に出てくる。それを目《ま》の当たりにしてレッドは仰天《ぎょうてん》した。

「君は召喚士《しょうかんし》なのか！」

「そうだよ。さっきシルフィ王女にけしかけたのと違って、君には強いやつをあてがってあげる。普通、身《み》の丈《たけ》に合わない魔物《まもの》を召喚しても、自分の首を絞《し》めるだけだけど」

「我輩がマスタールーンで支配する！」

ブラックの右手からひかりの一閃《いっせん》が迸《ほとばし》り、出てきたばかりのモンスターの体に紋章《もんしょう》が刻《きざ》み込まれた。かくしてブラックの支配下に置かれたそれは、鷲《わし》の頭と翼《つばさ》に獅子《しし》の胴体を併《あわ》せ持つ怪物《かいぶつ》である。

「グリフォン……だがBランクのモンスターなら、今の俺の敵じゃない！」

「慌《あわ》てるな、これで終わりではない。見よ、我輩のマスタールーンの力を！」

まるでブラックの呼び声に応えるかのように、グリフォンに変化が生じた。体全体が一回り大きくなり、褐色《かっしょく》の翼が黄金に輝く。それを見てシルフィが驚愕の声をあげた。

「まさか、そんな……グリフォンロードに、進化してる！」

「これがマスタールーンだ！　モンスターの進化すら促《うなが》す、覚醒《かくせい》支配の紋章よ！」

さなぎが蝶《ちょう》になるように、一部のモンスターはより強き存在へと進化を遂げることがある。グリフォンもまた、進化の可能性を秘《ひ》めたモンスターの一種だった。だがそれを人為《じんい》的《てき》に引き起こすなど、聞いたことがない。

「覚醒の力……モンスターの進化すら促すというのか！」

そう叫《さけ》んだレッドを、グリフォンロードの猛禽《もうきん》の瞳《ひとみ》が獲物《えもの》として捉《とら》えた。

「くっ！」

レッドは咄嗟《とっさ》に剣《けん》と盾《たて》を構えた。グリフォンロードはAランクモンスター、今の自分なら倒《たお》せるとは思うのだが、恐《おそ》らくブラックの目的は足止めだ。

「ではさらばだ、レッド。せいぜい奮闘《ふんとう》するがよい！」

「バイバーイ」

リユニオはレッドに手を振ると怪鳥に合図を出し、エルフの里の方へ向かって出発した。

――くそ、逃《に》げていく。

追いかけようにも、俊敏《しゅんびん》なグリフォンロードを振り切ることは容易ではない。それになにより、レッドの後ろにはシルフィとヒメリアがいた。

「レッド……」

「安心しろ、シルフィ。すぐ終わらせる」

◇

怪鳥に乗ってエルフの里へ向かっていたリユニオは、後ろのブラックが呻き声をあげるのを聞いて肩越《かたご》しに振り返った。

「ブラック様、どうされました？」

「グリフォンロードがやられた……」

マスタールーンで支配したモンスターが死んだとき、ブラックはどんなに離れていてもそれを感知できるのだ。

「元より足止めのつもりだったが、こうもあっさりやられるとはな」

「ま、トリニティドレイクを一撃で倒したようなやつですからね。あれはなんだろうな……なんでも一撃で倒せる？　そんな無茶苦茶《むちゃくちゃ》なスキルを神々が許すかな？」

「ふん……レッドか。厄介《やっかい》なやつが現れたものだ。あやつを葬《ほうむ》るためにも、どうにかしてエメラジストを手に入れねばならん」

「それでしたら、お任せください。ぼくにいい考えがあります」

リユニオは不敵に微笑み、策略を練り始めた。

倒れて動かなくなったグリフォンロードを前にして、どうやらもう脅威《きょうい》はないと悟《さと》ったレッドはレベルブーストを解除し、思わずその場に膝《ひざ》をついた。

「これで5レベルダウンか。勝つには勝ったが、この恩寵は濫用できないな……」

レッドのレベルなら、2倍ブーストでもディヴァイン・エクスキューションの成功率は100パーセントに達するはずだ。しかしそれは近接の話で、遠隔の成功率を安定させるためには5倍以上のブーストが必要になる。それに近接のディヴァイン・エクスキューションは、当たれば一撃必殺だが、当てること自体は自力でやらねばならない。だから思い切って5倍ブーストを試みたら、勝利と引き換えにこの有り様だ。

――レベル57が52に。ブースト中には経験値が入らないからレベルアップもしない。これだけの代償を払って、俺はヒメリアを守れただろうか？　ヒメリアは、あの傷では、手《て》遅《おく》れだったんじゃ……。

レッドがそのことを確かめる勇気を持てないでいると、シルフィが声をあげた。

「ねえ、あなた、レッド！　見て、この子が……」

◇

レッドは観念して振り返った。ヒメリアは血まみれで、彼女《かのじょ》を抱きかかえているシルフィは真っ青になっている。心なしか、ヒメリアより血色が悪く見えるほどだ。

「……やっぱり、駄目《だめ》だったのか」

レッドが絶望的な顔でそう呟《つぶや》くと、シルフィはゆっくりとかぶりを振った。

「違うの、レッド。息をしてるわ。血が止まって、脈も安定してきた」

「……え？」

レッドは頭がついていかなかった。即死してもおかしくないほどの大怪我《おおけが》を負わされたはずだ。それなのにシルフィはいったいなにを云っているのだろう？

「私、手当てをしようと……そうしたら、傷が治ってるのよ」

そのときヒメリアの瞼《まぶた》が痙攣《けいれん》したかのように震えた。そして彼女がそっと目を開ける。

その青い瞳を、レッドは信じられぬとばかりに覗き込んだ。

「……ヒメリア？」

「レッド」

ヒメリアはそう云うとゆっくり体を起こし、地面に手をついてふらふらと起き上がった。

ちょっとおぼつかないが、足腰《あしこし》はしっかりしている。あきらかに異常だった。たとえレベル99の戦士だって、あれだけの大怪我なら命はない。それなのにヒメリアは朝に寝床《ねどこ》から起きてきたといった感じだ。

ヒメリアは血で汚《よご》れた自分の服を見下ろし、感情のない目をして云った。

「驚《おどろ》きましたか？」

「……君はいったい、何者なんだ？」

「私もそれが知りたいのです」

……。

聞きたいことは山ほどあったが、その前にレッドはミトラの樹《き》の下にある野営の跡《あと》に残してあった荷物をほどきにかかった。冒険《ぼうけん》に必要なものを三人で分けて運んでいたので、誰《だれ》の鞄《かばん》になにが入っているかはわかっている。

——ついさっきまで、ここで一休みしてたんだよな。

四人で食べたスープの皿が残っているのに、ラスティとキナンはもういない。人がこの世に生きることは幻《まぼろし》のようだと思いながら、レッドはスコップを取り出すと穴を掘《ほ》り、ヒメリアにも手伝ってもらってラスティの亡骸《なきがら》とキナンの杖《つえ》を埋葬《まいそう》した。

盛り土の上に石を置いたとき、レッドは不意に胸をえぐられて心で涙《なみだ》を流した。

——こんな墓しか建てられなくてすまない。

一方、シルフィは自分が乗ってきたユニコーンに祈《いの》りを捧《ささ》げている。

レッドはそれに付き合ったあと、少し迷ったが、ダークネメア、トリニティドレイク、グリフォンロードらの亡骸にも祈りを捧げた。考えてみればこのモンスターたちも哀《あわ》れだ。あんな男に支配され、操られた挙げ句に死んでいったのでは浮かばれまい。

「……こいつらも埋葬してやりたいが、この図体《ずうたい》ではな」

「優《やさ》しいわね。でもいいわ、この際だからエルフの樹葬《じゅそう》を見せてあげる」

シルフィはそう云うとなにかの呪文を唱えた。するとユニコーンやモンスターの亡骸が淡《あわ》い緑色のひかりを放ち、その姿は草や花、若い苗木《なえぎ》に転じてしまった。

モンスターだった一輪の花を見て唖然《あぜん》としたレッドにシルフィが云う。

「亡骸を大地と草木に返す、葬送《そうそう》の魔法よ。森のなかでしか使えないけどね」

「……そうか。さすがは森の民エルフだ」

ともあれ、これで一区切りついた。

「……さて、それじゃあイーストノヴァに戻ろう。現状をギルドに報告して、エルフたちの救出について対策を練ってもらわねばならない。二人とも、それでいいね？」

「はい。女王ルルパトラに会えないのなら、このままエルフの里に行っても意味がありませんから。それに私がこんな依頼《いらい》をしたせいで……申し訳ないことになりました」

そう云ったヒメリアは、先ほどから二人の墓をじっと見つめていた。無表情だが、静かな衝撃《しょうげき》を受けているのが伝わってくる。

「君のせいじゃない」

レッドは思わずそう声をかけていた。

「依頼内容に嘘がなかった以上、冒険者の死は依頼人《いらいにん》のせいじゃないよ。ただ俺《おれ》たちの力が足りなかっただけだ。いや、俺がもっと強ければ……」

「それを云ったら、私と出会ってしまったからよ。ブラックたちは私を追いかけていたんだもの。私が不運を引きつれてきたようなものだわ。ごめんなさい」

そうやって三人が三人、お互いに謝《あやま》り合っていると、どこまでも暗い雰囲気《ふんいき》に呑み込まれていく。これではいけないと思って、レッドは無理に明るい声を出した。

「よし、この話はやめよう」

ヒメリアもシルフィもびっくりしたようだったが、レッドは強い口調で続けた。

「いつまでも落ち込んでいては駄目だ。そんなことは二人も望んでいない」

レッドはそう云うとまた鞄をひっくり返し、ロープを取り出すとそれを盾の持ち手に通して背負った。次に黒い布の塊《かたまり》を引っ張り出し、ヒメリアに一声かけると、それを彼女に向かって放り投げた。咄嗟に受け取ったヒメリアは、もちろん驚いている。

「レッド、これは？」

「外套《がいとう》だよ。春でも夜は冷えるから、念のために人数分を用意していたんだ。とりあえずそれを羽織ってくれ。君の服は乾《かわ》いた血で真っ黒になってる。そんな姿で街に入ったら騒《さわ》ぎになるからね。シルフィはどうする？」

「もらおうかしら。私のマント、ぼろぼろになっちゃったし」

そう云って外套を受け取ったシルフィは、しかしその瞬間《しゅんかん》に顔をしかめた。

「べたべたしているし、臭《にお》うわね」

「油だよ。雨を弾《はじ》くし、防虫成分もある。森の必需品《ひつじゅひん》さ。ひとまず街に着くまではそれで我慢《がまん》してくれ。気に入らなかったら、あとで新しいマントを買えばいい」

レッドはそう云って自分も外套を羽織った。これで出発の準備は整ったわけである。

「よし、行こう」

そうして黒い外套姿となった三人は、森の道をなるべく急いで進んだ。シルフィはこの森を自分の手のように知り尽《つ》くしているらしく、レッドの知らない道を案内してくれた。

「こんな近道があったとはな。これなら日が暮れる前にイーストノヴァに着きそうだ」

レッドがそう楽観していると、シルフィが突然《とつぜん》こんなことを云った。

「ねえ、ところでなんだけどさ。みんなで秘密を打ち明け合わない？　私たち出会ったばかりだし、お互いを知る意味でも、気になっているモヤモヤを解消する意味でもね」

「いい考えだ。じゃあこの際、とっておきの秘密を話そう。実は俺は、神の子なんだ」

するとシルフィは呆《あき》れ顔でため息をついた。

「なに云ってるの？　私たちエルフがみんなエーデルワイス神の子であるように、人間種族は誰でもルクシオン神の子でしょ？」

「そういうことじゃなくて……もっと直接的な意味で、神の子なんだ」

するとシルフィは急な落雷《らくらい》に遭《あ》ったように理解したらしく、のけぞりながら叫んだ。

「嘘！　あなた、半神なの？」

「といっても人間の血の方が濃《こ》いから、普通の人間と変わらないけどね」

「……待って。だとしたら、あの力はなんなの？」

「それが知りたかったから、秘密を打ち明け合おうなんて云い出したのかい？」

シルフィはたちまちばつの悪そうに目を逸《そ》らした。嘘のつけない娘《むすめ》である。レッドは微笑《ほほえ》ましく思ったが、その一方でどうしたものかと考えながら云った。

「……自分の能力について、簡単に話す冒険者はいないよ。たまに口が軽いやつもいるけど、普通、切り札は秘密にするものさ。俺なんか契約している神の名前すら、ラスティとキナンさんにしか話さなかったくらいだ」

「えっ？　そういうのって、ギルドに冒険者登録するときに伝えるんじゃないの？」

「いや、登録に必要なのは名前とレベルだけだよ。冒険者にはわけありも多いから、なにか特別な事情がない限り、能力や素性《すじよう》については詮索《せんさく》しないことになってるんだ」

「ふうん。じゃあ、あなたもわけありってこと？」

「ああ、そうだ」

一般的《いっぱんてき》にイヴリーザー神は邪悪《じゃあく》な死神と思われているから、それを信仰していると知られるわけにはいかなかった。けれどヒメリアの秘密を知ってしまったし、シルフィにも訊きたいことがある。他人の秘密を聞きたいなら、自分の秘密も明かさねば。

「……だから俺がこれから話すことは、絶対に誰にも云わないでほしい」

レッドがそう云うと、ヒメリアがすぐに「はい、わかりました」と返事をした。

一方、シルフィの方は驚きに包まれている。

「いいの？」

「ああ、出会ったばかりの俺たちが少しでもわかりあうためだ。たとえ短いあいだであっても、一緒《いっしょ》に冒険するなら信じ合わないとね。それが仲間ってものさ」

「仲間……私たちって、仲間なの？」

「そうなるかもしれないよ？」

するとシルフィのレッドを見る目が少し変わった。この目はかつてレッド自身がラスティやキナンに向けたものだ。ラスティがレッドに自分の過去や想《おも》いを語ってくれたとき、キナンが恩寵を持っていると明かしてくれたとき、レッドのなかで変化があった。今までずっと秘密にしていたイヴリーザー神のことを話そうと思ったのだ。

信じられたら応えたくなる。信じて、信じられ、また信じ……一つ一つの出来事は小さくとも、その積み重ねがいつしか三人を仲間にしていった。

そしてレッドは、自分の神が冥府《めいふ》の王イヴリーザーであること、今までスキルも魔法もなかったが恩寵ソウルマスターを授かったことなどの大略を話した。

話を聞いたシルフィは、さすがに顔を曇らせている。

「まさか死神イヴリーザーとはね……それ、誰にも云わない方がいいわよ？　みんなイヴリーザー神のこと、人々に死をもたらす邪悪な死神だと思ってるもの」

「そうか……まあ、そうだよな。それが普通の反応だ」

ラスティとキナンにイヴリーザー神のことを明かしたときも、こんな感じだった。二人はレッドを信じてくれたが、世間はレッドを異端視《いたんし》するだろうから口外するな、と。

「でも私はあなたに助けてもらったから、イヴリーザー神への認識《にんしき》を改めることにするわ。本当は善い神様なんだって信じる」

その思いがけない希望の言葉に、レッドは口元をほころばせた。

「本当か！　嬉《うれ》しいよ、ありがとう！」

するとシルフィは照れ臭《くさ》そうに目を逸らした。一方、ヒメリアは不思議そうである。

「レッド。イヴリーザー神の誤解を解くことは、そんなに難しいのですか？」

「うん。死神というだけでみんなイヴリーザー様を怖がる。そのうえレベルシステムの契約に応じて人類に恩恵《おんけい》を施した実績がないから、邪悪な神と思われてるんだよ。表向きルクシオン神に従っているけど、いつか地上に帰ることを夢見て正体を隠しながら人類絶滅《ぜつめつ》の陰謀《いんぼう》を企てている邪神たち。イヴリーザー様もその仲間に違《ちが》いない……ってね」

「そんな死神と契約した人間が現れた。しかも人を殺してスキルを奪《うば》える。こんなことが知られたら大変よ？　イヴリーザー神に魂《たましい》を売り渡《わた》し、スキルを目当てに人の命を奪う悪《あく》魔《ま》のような人間って思われても不思議じゃないわ」

「いや、悪魔って……俺は絶対、むやみに人を殺したりはしないよ。生き残るためにやるしかないといった極限の状況《じょうきょう》でない限りね」

そのとき苦い記憶《きおく》が蘇《よみがえ》ってきて、レッドは顔を強張《こわば》らせた。その表情のわずかの変化に目《め》敏《ざと》く気づいたシルフィが、レッドの顔を下から覗き込んでくる。

「もしかして、やったことがあるの？」

一瞬、レッドは心を閉ざしかけた。しかしそうしたらシルフィと信頼《しんらい》関係は築けないと思って、心を開け放って白状することにした。

「……あるよ。ダンジョンでならず者に襲《おそ》われて、生き残るために無我夢中《むがむちゅう》で戦った。でもそのあとで落ち込んだよ。正当防衛だったけど、すっかり神経が参ってしまった」

首を斬った相手の頭が、肩《かた》の上を転がり落ちていったときの一瞬の光景が未《いま》だに忘れられない。腹を貫《つらぬ》かれた男は仰向《あおむ》けに倒れ、口からも鼻からも血が溢《あふ》れて、もがいているうちに息が止まってしまった。

「……人を殺せば、こちらも返り血を浴びて心をやられてしまう。でもやらなきゃ自分や大切な人を守れない。地獄《じごく》みたいだと思ってたら、ラスティがこれをくれたんだ」

レッドは身に着けていた小型の剣を逆手で引き抜いた。先刻、ヒメリアにお守りとして渡しておいたのを返してもらったものである。レッドの元々の装備や服はすべて燃《も》え尽きてしまったが、この剣だけはヒメリアに預けていたので無事だったのだ。

結局抜く機会はなかったので、初めて見たのだろう、ヒメリアが目を瞠《みは》る。

「片刃《かたば》の剣……でも峰《みね》の側がギザギザになっています」

「ソードブレイカーだ。このギザギザに上手《うま》いこと相手の剣を引っかけてひねると、相手の手から剣がすっぽ抜ける。ラスティが昔、自警団に所属していたときに使っていたものだそうだ。これの手ほどきをしてくれながら、ラスティは俺に云《い》ったよ。いつか誰の命も奪わずに争いを終わらせられるような、本当に強い戦士になれって。それはただの夢かもしれないけど……でもそれで心が軽くなった。それ以来、これは俺のお守りなんだ」

レッドはそう云って、思い出の本を閉じるようにソードブレイカーを鞘《さや》にしまった。

すると眉間《みけん》に皺《しわ》を寄せていたシルフィが、肩の力を抜いて柔《やわ》らかな笑みを浮かべる。

「……安心したわ。バランスブレイカーが平気で人の命を奪うような人間じゃなくて」

「それはどうも」

レッドは神妙《しんみょう》な顔でそう返事をした。一方、ヒメリアは不思議そうだ。

「ばらんす、ぶれいかー？　レッド、それはなんのことですか？」

「文字通り、世界のバランスを壊《こわ》す者だよ。黄金の戦神ベルウィック様を筆頭に七神と契約したベルセリス。レベルが99で打ち止めなことに納得《なっとく》いかず、弁論で神を云い負かしてレベル100への扉《とびら》を開いた、限界無限のシャナパティ。歴史上、そういう過剰《かじょう》な力を持った一個人がたまに出現する。でも俺は、そうなのか……？」

うろたえたレッドをよそに、ヒメリアの好奇心《こうきしん》は止まらない。

「……レベルって、普通は99で打ち止めなんですか？　そもそもレベルが上がるとなにがどう変わるのでしょう？」

「人間は素手《すで》じゃモンスターはおろか中型の動物にすら勝てない。でもレベルが上がっていくにつれて、パワーとスピードがどんどん増幅《ぞうふく》されていく。レベル1は常人と変わらないけど、レベル10なら素手で熊を倒せるようになるかな」

「……増幅ということは、同レベルなら体格のいい人の方が強いのですか？」

「パワーとスピードだけならね。でも実際の戦いは、それだけでは決まらないよ。装備、戦術、スキルに魔法、レベルでは推《お》し量《はか》れない戦いのセンス、そして時の運……。

　レベル上限はシャナパティが１００への扉を開いたけど、彼女はレベルダウンが起きない恩寵を授かっていたから例外だ。普通《ふつう》はレベル50で一流、レベル70でレジェンド。それ以上は現実的じゃない。レベルアップの速度よりレベルダウンの圧力の方が強くなる」

「それではレベル70のレジェンドなら、どんなモンスターにも勝てますか？」

「一人では無理だ。レベル70なら冒険者《ぼうけんしゃ》としては最強のSランクになるが、モンスターにはその上のSSランクがある。だからみんなスキルや魔法を駆使《くし》し、仲間と力を合わせて戦うんだよ。一人一人の力は小さくても、協力すればSSランクモンスターやダークロードでも倒せるってことは、先人たちが証明してきたことだからね」

「でもあなたはレベルブーストができる」

　シルフィの凛《りん》とした声に、レッドははっとして彼女を見た。

「レベル50で5倍ブーストしたらレベル２５０よ？　実際、単独でトリニティドレイクもグリフォンロードも倒したじゃない。これがバランスブレイカーでなくてなんなの？」

「そ、それは、そうかも……」

正直、レッドは腰《こし》が引けていた。立派な椅子《いす》に座らせてもらったけれど、なんだか慣れなくてすぐに立ち上がってしまうような気持ちだ。

「……そ、それより今度はそっちの番だ、シルフィ」

「私？　私はシルフィ、エルフの女王ルルパトラの娘。ママの後を継《つ》いで女王にならなくちゃいけないけど、本当は冒険者になりたいの。祖神のエーデルワイス様と契約してるからモンスターと戦えるわ。いつかイーストノヴァで一人暮らししたいと思ってた」

「冒険者になるなら歓迎《かんげい》するよ。でも俺が知りたいのはそれじゃない。はっきり訊《き》こう、エメラジストってなんだ？」

するとシルフィはいきなり立ち止まり、しばらく考《かんが》え込《こ》むような顔をしたあと、自分の胸元《むなもと》に手をやった。それがどうも胸乳《むなち》の谷間を探《さぐ》っているようだと気づいてレッドが目のやり場に困っていると、突然、まばゆい金緑色の輝きが溢れ返った。シルフィが取り出したのは、ひかりの加減によって緑にも紫《むらさき》にも見える不思議な宝石である。

「これがエルフの秘宝エメラジストよ。持つ者に無限の魔力《まりょく》を与《あた》えるわ」

「持ち主の魔法力《まほうりょく》をアップする武器や道具はいくらでもあるが……」

「原理的にはそれと一緒ね。でもエメラジストが秘めている力は桁違《けたちが》いよ。ブラックはこれを欲《ほ》しがっていた。恐らく、これがあればより強力なモンスターをよりたくさん同時に従えられるんでしょう」

「マスタールーンか……」

モンスターの力を最大限に引き出した上で支配する覚醒支配の紋章である。この手の能力は大抵《たいてい》の場合、支配にあたって相応の魔力を必要とする。強力なモンスターなら一体、弱いモンスターなら数体と云うように配分は決められるが、自分の魔力量と相談せねばならない。だが無限の魔力を供給してくれるマジックアイテムがあればどうなるか？

「ブラックがそれを手に入れたら、大変なことになりそうだな」

「だからママは、これを持って逃げろと私に云ったのよ」

「……渡したくないなら、壊してしまうというのはどうでしょう？」

ヒメリアはなんでもないように云った。レッドは大胆《だいたん》なことを云うと思って驚き、シルフィは宝石を取り落としそうになっていた。

「無理よ。これは神の宝石だから、壊せるとしたら同じ神か、神に等しい力を持つダークロードくらいのものよ。だいたいエルフの至宝なんだから、壊すなんて絶対駄目」

「神の宝石か。シアルーナの森には三種の神器と呼ばれる秘宝があると聞いたけど……」

「エメラジストもその一つよ。でも有名なのは宝冠《ほうかん》レクナートだけで、あとの二つはあまり知られてないはずなんだけど、いったいどこで嗅《か》ぎつけたんだか」

シルフィはそう云いながらエメラジストをまた胸の谷間の深いところに隠《かく》すと、少し警《けい》戒《かい》したような顔をしてヒメリアを見た。

「それで、あなたは？」

「私は記《き》憶《おく》喪《そう》失《しつ》です」

ヒメリアはそう云ってから、自分の身の上について話し出した。三ヶ月前、波《なみ》打《う》ち際《ぎわ》に立っていた以前のことを忘れていたというのは、レッドはもう聞いていたことだ。

その後、漁村の婦人のもとでしばらく生活していたが、あるとき岩場で足を踏《ふ》み外《はず》し、大怪我をしたにもかかわらず、一瞬《いっしゅん》で回復してしまった。

「……その場を大勢の人に見られていたのです。それで私は化け物だという話になって、村にいられなくなりました。でもそれは気にしていません。ただ思ったのです。私はいったい何者なのか、それを知りたいと。そしてエルフの女王の噂《うわさ》を聞き、旅に出ました」

さらさらと流れる川のようにヒメリアが語り終えると、レッドはしみじみと云った。

「……大変だったね」

「今はエルフの里の方が大変です。それでシルフィ、女王様には、私の正体がわかると思いますか？」

「……どうかしら。女王の額に輝く宝冠レクナートは第三の目となって過去や未来を見せてくれるというのは本当のことだけど、でも万能《ばんのう》じゃないのよ。もし万能だったら、今回の襲撃《しゅうげき》だって対処できていたわ。だからヒメリア、あまり期待しないで」

「でもほかに当てはありません。望みをかけようと思います」

本当にヒメリアは、藁《わら》にも縋《すが》る思いだったのだ。レッド自身、なんとかしてやりたいと思うが、こればかりはわからない。殺しても死なない人間など皆目《かいもく》見当がつかぬ。

——俺にできることは彼女をルルパトラに会わせてやることだけだ。

森の出口が見えてきたときには、日はだいぶ傾《かたむ》いていた。遠くに海がきらめき、イーストノヴァの城壁《じょうへき》が霞《かす》んでみえる。出入りしている帆船《はんせん》も小さく見えた。

「日が暮れるまでには着けそうね」

「ああ」

シルフィにそう返事をしたレッドは、抜《ぬ》けてきたばかりの森を振《ふ》り返った。次にここへ来るときは、エルフの里を奪還《だっかん》するための決戦になるだろう。

第二話　イーストノヴァ・ダンジョン

六百年前、大陸の東端《とうたん》に位置する海辺の地に手つかずの遺跡《ダンジョン》が発見されたことが、イーストノヴァの歴史の始まりである。遺跡の噂が広まるとこれを攻略《こうりゃく》する冒険者たちがまずやってきて、次に彼《かれ》らを相手にする商人たちが店を構えるようになった。さらに天然の入《い》り江《え》を活《い》かして港が整備され、あちこちの船が寄港するようになり、やがて交易の要衝《ようしょう》となって発展を遂《と》げ、現在の大都市イーストノヴァになったのだ。

レッドがヒメリアとシルフィを連れてイーストノヴァの冒険者ギルドにやってきたときには、日はすっかり暮れていた。だが建物からは明かりが溢れていたし、通りに面した表の馬留めには何頭かの馬が繋《つな》がれている。レッドとヒメリアは馬の横を素通《すどお》りしたが、シルフィは微笑んで馬の頭を軽く撫《な》でてからあとに続いた。

受付には、顔見知りの黒髪《くろかみ》の美女がいる。

「リーヴェさん！」

「あら、レッド。どうしたの、その立派な赤い鎧《よろい》？　かっこいいじゃない」

どこからどう話したものか。考えながらカウンターの前まで行ったレッドは、思いがけなく甘《あま》い香りにふわりと包まれた。リーヴェが色っぽく髪《かみ》を掻《か》き上げて微笑む。

「ところでどう、この香水《こうすい》？　エルフたちの手による最新のものよ？」

「そのエルフの里は現在、ブラックという名の魔《ま》法使《ほうつか》いによって制圧されています。女王ルルパトラ以下、エルフたちがどうなっているのかは、わかりません」

リーヴェは目をぱちくりさせた。それからレッドの連れがいつもの二人ではないことに気がついたようである。

「えっ、どういうこと？　ラスティの馬鹿とキナンのおじいちゃんは？」

「二人とも死にました。エルフの里に向かっている途中《とちゅう》でブラックと遭遇《そうぐう》し、戦闘《せんとう》になって……生き残った俺は王女を保護して、ここまで連れてきたんです」

そのときシルフィ。シルフィがレッドを押《お》しのけて前に出てきた。

「私はシルフィ。女王ルルパトラの娘。森の盟約に基づき、イーストノヴァの冒険者に救《きゅう》援《えん》を要請《ようせい》するわ」

「森の盟約……」

「五百年前、私たちはイーストノヴァの市民を隣人《りんじん》と認め、森への立ち入りを許し、交易も始めた。それと引き換えにイーストノヴァの冒険者は、私たちシアルーナの森のエルフを守ると誓《ちか》ったはず。それが森の盟約よ。知らないとは云わせない」

シアルーナの森のエルフたちは、イーストノヴァ・ダンジョンが発見される前からこの地に住んでいる先住者だ。それがダンジョンの発見以降、世界中から人が集まってきたことで大いに揉《も》めた。エルフたちはこの辺りの海も自分たちの縄張りだと思っていたし、移住者たちは狩《か》りの獣《けもの》や木材を求めて森に入ってくる。あっという間に紛争《ふんそう》になった。

当初は移住者たちが優勢だったが、種族愛の強いことで知られるエーデルワイス神が『私のエルフたちが攻撃《こうげき》されてる！』と激怒《げきど》し、シアルーナの森のエルフたちに宝冠レクナートなどの秘宝を渡して全力支援《しえん》したことでエルフたちが押し返した。

紛争は泥沼化《どろぬまか》し、これを解決するために先人たちが百年かけて締結《ていけつ》したのがシアルーナ同盟、通称《つうしょう》『森の盟約』だ。こうした歴史的背景から、この盟約は、イーストノヴァでは非常に重い意味を持つ。

シルフィがルルパトラ女王に持たされていたギルドマスター宛の書状からその素性が確《かく》認《にん》されるや、状況は慌ただしく次の段階へ進んだ。

……。

一時間後、レッドはギルド二階の会議室で、ギルドマスターと冒険者ギルドの幹部たちに囲まれ、持ち帰った情報を伝えていた。ブラックとリユニオ、エメラジストの存在、エルフの里の窮状《きゅうじょう》などをだ。その一方で恩寵《おんちょう》ソウルマスターと、その力でトリニティドレイクなどを倒したこと、ヒメリアの不死性については秘密にした。自分の神がイヴリーザーであることを暴《あば》かれる可能性については、慎重《しんちょう》だったのである。

「……話は大筋で理解しました。安心してください、シルフィ王女。イーストノヴァ冒険者ギルドは森の盟約を必ず守ります」

そう断言したギルドマスターのジャンは、もう六十歳《さい》を過ぎた老戦士だった。髪は白くなっているが、長身で背筋がまっすぐ伸《の》びており、肌《はだ》は浅黒く、年齢《ねんれい》を考えると信じられないくらい筋肉質だ。そこらの若造なら今でもひとひねりにしそうな風格がある。

「まずは状況《じょうきょう》確認のため、Aランクの冒険者チームをエルフの里へ向かわせましょう」

もちろん夜を徹《てっ》しての強行軍になるが、こういうときにすぐ動けるチームをギルドは常に一つは確保しているらしい。

「明日の午後には魔法によるメッセージで報告が来るので、エルフの里を奪還する手立てはそれから考えます。今夜は我々が宿を用意するので、そこでお休みください」

「私は今すぐ動いてほしいのよ」

そういきり立つシルフィを、レッドが宥《なだ》めにかかった。

「いや、戦いになるなら準備と作戦が必要だ。人数や装備を揃《そろ》えるのにはどうしても時間がかかる。急がば回れだよ、シルフィ」

それでどうにかシルフィは納得し、その場は解散となった。

◇

その日の夜、三人はギルドが用意してくれた一つ星の宿に泊《と》まることになった。シルフィがヒメリアを連れてレッドの部屋の扉をノックすると、レッドはすぐに顔を出した。

「どうした、二人とも？」

「ヒメリアが眠《ねむ》れないって云うから、眠りの魔法をかけてあげようとしたのよ。そうしたらレッドもそうなんじゃないかってヒメリアが……その様子じゃ、正解だったみたいね」

もう真夜中を過ぎていた。こんな時間なのにノック一つですぐに顔を出したということは、そういうことだ。レッドは疲《つか》れたような、寂《さび》しそうな顔をして云う。

「今日は色々ありすぎた。横になったら、色んなことが頭のなかで溢れ返って……」

「レッド、一緒にどうですか？」

ヒメリアがそう訊《たず》ねると、レッドは相好を崩《くず》した。

「……わざわざありがとう。じゃあ、お願いしようかな」

「任せて、あっという間に眠らせてあげる」

シルフィはそう云ってレッドの部屋に入っていった。

レッドの部屋はシルフィたちの使っている部屋より一回り小さかった。壁《かべ》には剣と盾が立てかけられ、床《ゆか》には鎧の各パーツがきちんと並べて置かれている。

「脱《ぬ》ぎ散らかしてるのかと思ってたけど、ちゃんと整理整頓《せいりせいとん》してるのね」

「いざというときに素早《すばや》く動くための、冒険者の心得だよ。それで俺はどうすれば？」

「ベッドに横になって」

レッドがシルフィの指示に大人しく従うと、ヒメリアがベッドに膝を乗せた。ちなみにヒメリアはあの血で汚れた服ではなく、宿が貸し出している寝間着《ねまき》姿である。

「詰《つ》めてください。この部屋はベッドが一つしかありません」

「そりゃあ一人部屋だからね」

レッドはそう云うと体を横に動かし、ヒメリアのためのスペースを作った。そこへヒメリアが静かに横たわる。肌と肌が接し、互《たが》いのぬくもりを感じる距離《きより》であるせいか、レッドは目に見えて緊張《きんちょう》したようだった。

「それじゃあ始めるわよ」

シルフィが歌うような調子の呪文《じゅもん》を唱え始めると、レッドが慌《あわ》て始めた。

「いや、ちょっと待ってくれ。どうしてヒメリアが俺のベッドに？」

「私も眠れないのでシルフィに眠りの魔法をかけてもらうのです」

「いや、そういうことじゃなくて……」

そうした会話は、魔法に集中していたシルフィには聞こえていなかった。実のところシルフィも疲れ切っていて、思考力が鈍《にぶ》っていたのである。さっさと終わらせて私も早く寝《ね》よう――そんな気持ちで眠りの魔法に取り掛《か》かってしまった。

「……エルブン・ララバイ」

魔法がかかり、レッドとヒメリアは相次いで眠りに落ちた。額をくっつけてすやすやと寝《ね》息《いき》を立て始めた二人を見下ろして、あれ、とシルフィは初めておのれの失態に気づく。

「……どうして私は、ヒメリアまでここで寝かせちゃったんだろ？」

うっかりしていた。だがもう遅《おそ》い。魔法の眠りはしばらく解けないだろう。

仲の良さそうに眠っている二人を見ていると、なんだか胸にもやもやとした雲がかかってきた。この感情の正体にシルフィは素早く気づいたが、そんなはずはない。

「ありえないわ、私たちは出会ったばかりでほとんど他人よ」

シルフィはかぶりを振って感情のもやつきを振り払《はら》おうとしたが、そのときトリニティドレイクに立ち向かったレッドの後ろ姿がシルフィのまぶたに鮮《あざ》やかに蘇った。

「でもレッドって、出会ったばかりの私を守ろうとして死ぬまで戦ったのよね……」

レッドはあのとき死んだ。復活できるとわかっていたわけではない。

「……いったい、どうしてあんなことができたの？　逃《に》げたって仕方ないのに。誇《ほこ》りのため？　それとも私のためかしら？　なーんて」

すると完全に眠っているはずのレッドが、突然なにごとかを口走った。シルフィは心臓が止まりそうになったが、なんのことはない、ただの寝言《ねごと》だ。シルフィは凝《こ》らしていた息を吐《は》きながら胸を撫で下ろすと、驚かされた腹いせにレッドの頬《ほお》を軽くつねった。

「やっぱりヒメリアのためかしら？　だとしても、どうってことないわ。ふん」

シルフィはそう云うと踵《きびす》を返して自分だけ部屋に戻《もど》った。ヒメリアをレッドのベッドに残していったことは重々承知だが、どうってことないわという自分の言葉を自分に証明するために、意地を張って。

◇

翌朝、目を覚ましたレッドが、寝間着がはだけて半裸になったヒメリアを前にしてベッドから転がり落ちたことは云うまでもない。

宿を出て朝日を浴び、春の朝の冷たい空気を呼吸すると眠気《ねむけ》が完全に吹《ふ》き飛んだ。レッドが溌剌《はつらつ》として歩き出すと、シルフィが身震《みぶる》いしながらついてくる。

「ちょっと冷えるわね。ところでどこへ行くのよ？　ごはん？」

「いや、まずはヒメリアの服だ。昨日、リーヴェさんに相談したら、馴染《なじ》みの店に手配すると云って、更衣室《こういしつ》でヒメリアを採寸していただろう。だよね、ヒメリア？」

「はい。その店の職人は優秀《ゆうしゅう》なので、一晩で仕上げてくれるそうです」

「というわけで、悪いけど食事はそのあとだ」

ほかにもラスティとキナンの遺品整理や、ラスティと二人で下宿していたキナンの家をどうするかも考えねばならないが、これは全部後日でいいだろう。

「シルフィはどうする？　新しい弓を買うかい？」

「いいえ、今のところはこのレイピアがあればいいわ」

シルフィはそう云って右手でレイピアの柄《つか》に軽く触《ふ》れた。たしかに街中では弓より剣《けん》の方が使い勝手がいいだろう。

「それよりマントが欲しいわね。この油臭《くさ》い外套はやっぱり厭《いや》よ」

そういうわけで、レッドたちはリーヴェに教えられた店へとやってきた。

そこは主に魔法使いたちが出入りしている店で、魔法でさまざまな効果が付与《ふよ》されたローブやマントが取り扱《あつか》われており、ここでシルフィはもともとのマントとよく似たものを手に入れて満足そうだった。

　一方、ヒメリアは彼女《かのじょ》のために仕立てられた、魔法で防御力《ぼうぎょりょく》を高めて、汚れを弾く効果も付与し、なおかつ可憐《かれん》という最高の衣服に袖《そで》を通していた。ただし一つ問題がある。

「……その服、スカートがちょっと短すぎない？　あのリーヴェって人、サイズを測り間《ま》違《ちが》えたんじゃ？」

「いいえ、シルフィ。問題ありません。動きやすいので気に入りました」

「そう？　ま、仕立てはいいわよね。生地《きじ》も高そうだし」

　たしかに上等な服だ。ただ屈《かが》んだときに後ろに立っていたら、目のやり場に困りそうなスカートである。年ごろの娘なら恥《は》ずかしがりそうなものだが、ヒメリアにはそういう感覚がまったくないらしかった。

　――昨夜も平気で俺のベッドで寝たんだよな。見た目は十五歳くらいだけど、なんというか、中身はもっと幼い子供のようだ。記憶喪失だからか？

「レッド、どうかしましたか？」

「いや、ヒメリアが気に入ったんなら、それでいいよ。ちなみに代金のことなら心配いらない。俺にだって、そのくらいの甲斐性《かいしょう》はあるさ」

レッドは恰好《かっこう》をつけてそう云ったが、会計のときに信じられない金額を告げられて思わず天を仰《あお》いだ。

……。

レッドたちが冒険者ギルドに顔を出したのは、正午を少し過ぎたところだった。

建物に入るなり、待ち構えていたリーヴェが目に角を立てて詰め寄ってくる。

「遅い！」

「えっ？　偵察《ていさつ》チームの報告は今日の午後ですよね？」

「状況が変わったのよ。とにかく来て」

そうしてリーヴェの案内でやってきたのは、ギルド一階にある大広間だった。そこに居並んでいる冒険者たちの顔ぶれを見て、レッドは息を呑《の》んだ。

「Bランク以上の冒険者チームがほとんどいる……」

現在イーストノヴァにいて連絡《れんらく》のつくチームには残らず声をかけたといったところだろうか。種族も人間、エルフ、ドワーフ、獣人《じゅうじん》など色々である。実に壮観《そうかん》だと思って見回していると、見たくない顔があった。ボルトだ。

ボルトもレッドに気がついたが、声をかけてはこなかった。奥《おく》の壇上《だんじょう》にはギルドマスターのジャンが立っていて、レッドがやってきたのを見て声をあげる。

「いいところに来た。ちょうど昨日までの状況をみんなに説明し終えたところだ。そしてここからは新情報だが……昨夜、エルフの里の状況を確かめるため、夜を徹して森を進んでいた冒険者チームが、女王ルルパトラらしきエルフとそれを連行する少年に遭遇した」

レッドたちはたちまち顔色を変えた。

ジャンの話によると、なんでも夜の森を進んでいた冒険者チームは、大きな二匹《ひき》の獣型のモンスターと遭遇したという。片方には黒髪の美少年が跨《また が》っており、もう片方には目隠《め かく》しをされ体を縛《しば》られたエルフの女性が乗っていた。

「少年の方は、レッドの報告にあったリユニオというガキだろう。そのガキがこう云った。エルフの女王を奴隷《ど れい》として売り飛ばしに行くところだから邪魔《じゃま》しないでね、と」

レッドはシルフィをちらりと見てすぐに目を逸らし、冷《ひ》や汗《あせ》を掻きながらジャンの話の続きに耳を傾けた。

「チームは女王を奪還すべく戦いを挑《いど》んだが逃げられてしまったそうだ。その後、追跡《つい せき》を諦《あきら》めてエルフの里に接近したところ、モンスターに襲われ、撤退《てっ たい》したらしい。レッドたちの話と合わせて考えると、エルフの里はブラックという魔法使いに制圧されたと見るべきだろう。盟約に基づき、救援を出すべきだと思うが、異議のあるやつはいるか?」

真っ先に手を挙げて発言したのはボルトだった。

「モンスターを支配する魔法使いがイーストノヴァの近くに勢力を構えたってのはたしかに問題だ。対処する必要があるのはわかるぜ。だがちいっとばかし大袈裟《おおげさ》すぎやしねえかな。こんな風にイーストノヴァの上級冒険者を総動員する必要があるのか？」

　それはたしかに……という空気が、大広間に流れた。

　そこへ抗《あらが》うように声をあげたのはレッドである。

「……ブラックはとてつもなく恐《おそ》ろしいモンスターを従えています。召喚士《しょうかんし》のリユニオもいる。みなさん油断せず、Sランクモンスターと戦う想定で考えてください」

　そうでないとみんなの命が危ない。そう思って云ったが、ボルトが唇《くちびる》を歪《ゆが》めて嗤《わら》う。

「おいおい、ノースキルのおまえが女二人を守りながら切り抜けられるようなモンスターなんか雑魚《ざこ》に決まってるだろ。それともおまえにはFランクモンスターとSランクモンスターの区別もつかねえのか？」

　いや、あれはSランクモンスターのトリニティドレイクだった。神の恩寵を授《さず》かったおかげで倒《たお》すことができたのだ、とレッドは叫《さけ》びたくなった。しかし。

「まあ大方、仲間を見捨てて逃げてきたのが後ろめたいから、モンスターが強すぎたってことにしたいんだろうがな。それよりレッド、おまえ、その御大層《ごたいそう》な赤い鎧はどこで手に入れた？　キナンの爺《じい》さんが貯《た》めてた金をさっそく使《つか》い込んだのか？」

その挑発《ちょうはつ》で、レッドは全身の血がいっぺんに逆流した。

「ボルト、貴様！」

「やめろ、レッド！　ボルトもくだらんことを云うな！」

ギルドマスターたるジャンの一喝《いっかつ》で、レッドはどうにか踏み止《とど》まった。ボルトもこれ以上の軽口は叩《たた》くまいというように、唇を真一文字に結んでいる。

ジャンは眼光だけで威《い》を示し、全員に聞かせる声で云った。

「……敵の戦力は未知数だが、エルフの里を陥落《かんらく》させたという事実は驚異《きょうい》に値する。レッドの云う通り、Sランクモンスターがいると考えるくらいでちょうどいい」

その言葉に場の雰囲気《ふんいき》が重く沈《しず》んだ。すると人のよさそうな眼鏡の冒険者が、ピリピリした雰囲気を変えようとしてか明るい声で云う。

「軍の支援は期待できますか？　ギルドマスター、あなたが引退して以来、イーストノヴァの冒険者ギルドにはSランク冒険者が不在です。援軍《えんぐん》がいれば安心なのですが」

「軍を動かすなら議会の承認《しょうにん》が必要だ。今の段階ではなんとも云えない」

「私が気になるのは女王ルルパトラのことなんですが、なぜ女王を奴隷に？」

また別の冒険者がそう発言したので、レッドも気持ちを切り替《か》えて云った。

「ブラックの目的はエメラジストであって金ではありません。女王を奴隷として売るのは、なにかほかの狙《ねら》いがあるのでしょう。どうにせよ、イーストノヴァのどこかにはいるはず。エルフを奴隷として売るなら、闇奴隷《やみどれい》商人と接触《せっしょく》するでしょうからね」

「ということは、イーストノヴァ・ダンジョンだな」

冒険者の誰《だれ》かがそう云うと、皆《みな》が一斉《いっせい》に頷《うなず》いた。一方、ヒメリアとシルフィはわけがわかっていないようなので、レッドが低声《こごえ》で補足した。

「イーストノヴァ・ダンジョンの浅いところは攻略され尽《つ》くして、今じゃ観光地化してるくらいなんだけど、一部は犯罪者の巣窟《そうくつ》になってるんだよ。凄《すご》く広くて入り組んでいるから、見つかりにくくて逃《に》げ道《みち》も複数あり、安全じゃないけど危険すぎない……ってことで、犯罪者には都合がいいんだ。非合法な取引が行われるのは、決まってダンジョンさ」

だからルルパトラが連れていかれた可能性は高い、とレッドが思ったところで、ボルトが聞こえよがしに云った。

「ようし、そういうことなら俺《おれ》が一肌脱《ひとはだぬ》ぐぜ。俺はあの界隈《かいわい》には詳《くわ》しいんだ。ギルドマスター、俺のチームに任せてくれねえか?」

「おまえのチームだけでやるつもりか?」

「そりゃそうだろう。ネズミだって足音を立てたら逃げるぜ。ここにいるトップクラスの冒険者が一斉にダンジョンに踏み込んだら、闇奴隷商人も雲隠《くもがく》れしちまうだろうな。それじゃあ尻尾《しっぽ》はつかめねえ。少人数で事に当たったほうがいい」

話の筋は通っている――が、レッドは素直《すなお》に頷けなかった。

レッドと同じ疑念を懐《いだ》いたのだろう、Aランク冒険者の一人が微笑《ほほえ》みながら云う。

「君があの界隈に詳しいのは、犯罪者と仲良しだからじゃないですか？」

「それは誤解だな。だが百歩譲《ゆず》って本当だとしても、エルフの女王を奴隷として取引するようなやばいやつだとわかった以上は、きっぱり縁《えん》を切る。信じてくれ。仕事はちゃんとやるさ。だがその代わりギルドマスター、今回の件が片付いたら、俺をAランクに昇格《しょうかく》させてくれねえか？　実力は十分のはず……だろ？」

「……考えておこう」

ジャンが腕組《うでぐ》みしながら頷くと、ボルトはにやりと笑ってシルフィを見た。

「そういうわけだ。エルフのお姫様《ひめさま》、あんた、俺たちと来いよ。あんたの母親を捜索《そうさく》するんだ。同行するのが筋ってもんだろうが」

「……いいわ」

シルフィはほとんど即答《そくとう》だった。それで焦《あせ》ったのはレッドだ。

「待て。俺も行く」

「足手まといだ、ノースキル・アタッカー」

「シルフィは俺がここまで連れてきた。俺には彼女を守る義務がある」

「どういう理屈《りくつ》だ、コラ？」

レッドとボルトが互いを睨《にら》んで燃え上がりかけたそのとき、ジャンが声をあげた。

「待て、ボルト。レッドは連れていけ。それがおまえに女王の捜索を任せる条件だ」

そのとき、ほんの一瞬、ボルトの形相が鬼《おに》のように歪んだのをレッドは見逃《みのが》さなかった。

だが次の瞬間《しゅんかん》には、ボルトはけろりとした顔でジャンを見た。

「……へーい」

ボルトはレッドに視線を返すとなんでもないように云った。

「出発は今夜だ。ダンジョンの入り口に来い。遅《おく》れるんじゃねえぞ？　ところでそっちの嬢《じょう》ちゃんだが……」

ボルトが目をつけたのは、シルフィではなくヒメリアだ。

「また会ったな。レッドに依頼《いらい》したら、俺の機嫌《きげん》が悪くなると云ったのによ」

しかしヒメリアはまるで無表情で、怯《おび》えた素振《そぶ》りも見せない。ボルトがふんとつまらなそうに鼻を鳴らす。

「まあいい。その子は連れてくるなよ。完全な素人《しろうと》なんざ、それこそ足手まといだぜ」

そうしてボルトは自分のチームメンバーを率いて、大広間から出ていった。それを見てジャンが声をあげる。

「女王の件はレッドとボルトに任せる。ほかはシアルーナの森へ入る準備をしてくれ。それとレッド、ラスティとキナンの引き継ぎに関することで話がある。残ってくれ」

「わかりました」

そしてレッドたち三人とギルドマスターたるジャン、リーヴェの五人を残して冒険者たちが大広間を出ていくと、ジャンが改めてこう切り出した。

「引き継ぎ云々《うんぬん》は嘘《うそ》だ。折り入っておまえにだけ話しておきたいことがあったんで残ってもらった。それで結論から云うと、俺はどうも全体的に罠《わな》の匂《にお》いを感じている」

「と云うと……」

「そもそも偵察に出したAランクチームに、リユニオなるやつが情報をばらしたのが怪《あや》しいんだよ。仮に向こうが計算ずくだと考えた場合、わざと姿を現し、女王を奴隷として売り払うという情報をこちらに持たせた上で見逃した、という考え方もできる」

「じゃあ全部嘘だって云うの？」

そう云ったシルフィを、ジャンは困ったように見た。

「そうではなく、敵の狙いがエメラジストなら、目的はあなたを誘《おび》き出すことです、シルフィ王女。ですから、あなたにはここに留まっていただきたい。ボルトへの云い分は、なんとでもなります」

「自分の母親が奴隷に売られるかどうかの瀬戸際《せとぎわ》なのよ！　待ってるなんてできない！」

シルフィを釣《つ》ることが目的なら、餌《えさ》は本物を用意するだろう。ということは、この罠は
ルルパトラ女王を救出するチャンスでもあるのだ。

「人任せにしてママになにかあったら、私は死ぬほど後悔《こうかい》する。だから、行くわ」

「ではせめてエメラジストだけでも……」

そう云ったジャンに対し、シルフィは警戒する猫《ねこ》のようにふーっと息を吐いて応えた。

その様子を見ていてレッドは、これはもう自分が責任を持つしかないと思った。

「なにが待ち構えていても、俺がシルフィを守りますよ」

「……ずいぶん自信たっぷりだな。その鎧といい、ついに努力が報《むく》われたか？」

レッドは微笑んだだけでなにも云わなかった。手の内は明かさないのが冒険者の流儀《りゅうぎ》だ。

ジャンも最初から答えを期待していたわけではないのだろう、微笑みを返してくる。

「まあいい、王女はおまえが連れてきたんだ。おまえがそう云うなら任せよう」

「はい。あとはボルトのことですが……」

「今回はAランクへの昇格がかかっている。あいつも下手なことはしないだろう」

「いいえ、俺は信用できません。まさかブラックと繋がってるとまでは思いませんけど、

闇奴隷商人と懇意《こんい》にしているという噂は以前から聞こえていました。なにより、あいつは俺に敵意を持ってる。恨《うら》みを買うようなことをした覚えはないんですが……」

「向上心が強すぎるのよ。ボルトがあなたを目のかたきにするようになったのって、あなたが鉄剣《てっけん》の二つ名を貰《もら》ったころからでしょう？　自分がいつまで経《た》ってもAランクに昇格できないからって、頭角をあらわしてきた若手の冒険者が気に入らないのね」

リーヴェの言葉に、ジャンが顔をしかめた。

「昇格できないのは本人の素行のせいなんだが……ずいぶん、いらいらしているようだ」

「一度、ちゃんと話をした方がいいんじゃないですか？　才能のある冒険者が、このままずっとBランクで燻《くすぶ》っているっていうのも、もったいないでしょう？」

「そうだな……」

ジャンが難しい顔をしていると、ヒメリアがレッドに訊ねてきた。

「素行が悪いと、Aランクに昇格できないのですか？」

「そうだよ。強いだけのやつはBランクまで。Aランク以上は実力に加えて品格もいる。だから昇級《しょうきゅう》にあたっては、過去の依頼人《いらいにん》と同業者、双方《そうほう》からの推薦《すいせん》が必要になるんだ」

「それなら、いつまで経ってもダメそうね」

シルフィがそう鼻先でせせら笑ったとき、ジャンがレッドに云《い》った。

「……レッド、おまえには悪いが、俺はボルトにも平等にチャンスをやりたい。だが万が一の事態に備えて手を打っておこう。別のチームにおまえたちをこっそり追跡させる。いざというときは、そいつらがおまえたちを助けに入るというわけだ」

「それはありがたいですね」

恩寵を授かった今、レッドにはボルトを撃退《げきたい》する自信があった。だが味方が多いに越《こ》したことはない。レッドがほっとしていると、リーヴェがジャンに云った。

「大丈夫《だいじょうぶ》なんですか？　ボルトは強いし、三人の仲間も手練《てだ》れですよ？」

「だからノパサのチームに頼《たの》むつもりだ。あそこには二十年もダンジョンにもぐってる、ベテランのドワーフが一人いただろう。不測の事態が起こっても対処できると思う」

「そう……ところでノパサさんのところには、女性はいませんよね？」

「ああ、そのはずだが、なぜそんなことを訊く？」

するとリーヴェは懐《ふところ》から一つの小箱を出した。蓋《ふた》を開けると、なかにはピンク色の指輪が二つ、収まっている。魔法の品だということは、なんとなくわかった。

リーヴェは胸を張ってレッドに向き直り、問わず語りに話し始めた。

「私が以前、愛の女神《めがみ》の神殿《しんでん》に仕える女官だったことは知ってる？　これは神殿を離《はな》れる際に餞別《せんべつ》としていただいたマジックアイテムよ。男女がこの指輪を交《か》わすと、指輪に込められた魔法が発動し、指輪同士が引き合うことで、二人はお互いの居場所がなーんとなくわかるようになるの。あくまでも『なんとなく』だけど、でもこれを身に着けておけば、たとえ恋人《こいびと》と生き別れになってもいつか絶対再会できるのよ！　素敵《すてき》でしょう？　ダンジョンでは役に立ちそうなアイテムだと思わない？」

「たしかに、仲間と離《はな》れ離《ばな》れになったときに備えて、お守り代わりに持っておくのはよさそうですね。でもノパサさんのチームに女性はいないから、シルフィがノパサさんのチームの誰かと指輪を交わす……か？」

「いや！　だってそれ、本来は恋人同士で交わす指輪なんでしょう？　絶対、いや！」

問答無用の拒絶《きょぜつ》で、その案はなくなった。リーヴェががっかりした顔で小箱の蓋を閉めようとしたとき、ヒメリアが手を挙げた。

「でしたら、私とレッドがその指輪を交わします。そして私がノパサという人のチームに同行します」

ヒメリアの申し出には、全員がぎょっとした。特にレッドはうろたえた。

「待ってくれ、ヒメリア。君はレベルシステムの契約《けいやく》をしてない。危険だ」

「いいえ、レッド。心配しなくても私は――」

「そういうことを云ってるんじゃない」

もとより彼女は死なないらしいが、だからといって、その身が傷ついていいわけではない。残れ、とレッドは云いたかった。それが言葉にならなかったのは、ヒメリアの眼差《まなざ》しのせいだ。やけにまっすぐで、見ていると彼女の気持ちを尊重したくなってくる。

「私もあなたの役に立ちたいです」

結局、ヒメリアのその言葉が決め手になった。

レッドがリーヴェに右手を差し出すと、リーヴェはこう訊ねてきた。

「いいの？」

「……ヒメリアの想《おも》いを優先してやりたい」

するとリーヴェは微笑んで、レッドとヒメリアに指輪の小箱を差し出してきた。

「そうね。若いんだし、二人がそうしたいなら、好きなようになさい。ちなみにマジックアイテムだから、サイズは自動調整されるわ」

レッドたちは頷きを返し、それぞれ指輪を手に取って向かい合った。

そんな二人を見て、シルフィが眉根《まゆね》を寄せる。

「……なんだか結婚式《けっこんしき》みたいね」

「あら、どうしたの？　面白《おもしろ》くなさそうな顔をしてるわよ。焼きもち？」

リーヴェがにこにこしながらそう訊ねると、シルフィが慌てたように云った。

「ち、違《ちが》うわよ！　ただ思ったことを云ったまで。ほかの意味なんて、ないわ」

「そう？　ちなみにこれは私の独り言だけど、恋《こい》の直感に従って行動できない人は、意味や理由を探しているうちに出遅《でおく》れてライバルにすべてを奪《うば》われるわ。出会って日も浅いのにとか、私が彼を好きな理由はとか、ぐずぐず考えているうちに終わってしまうのよ」

「だから本当に、そんなのじゃないわ。私とレッドは出会ったばかりで……」

そこでシルフィははっとして手で口元を押さえた。リーヴェがにんまりと笑う。

「でも安心して。イーストノヴァで冒険者《ぼうけんしゃ》をやってる男は、大抵《たいてい》の場合、重婚《じゅうこん》するから」

「じゅ、重婚……？」

「そう、だから本命に負けても大丈夫。二番目の妻にはなれるわ、きっと」

「そうなんだ……って、それのどこが大丈夫なのよ！　まったくもう！」

シルフィはぷりぷり怒《おこ》りながら、しかしどこか気になる様子で、今まさにヒメリアに指輪を嵌《は》めようとしていたレッドに声をかけてきた。

「と、ところで、あなたも重婚するの？」

「えっ？　それはまあ……男の夢だからね。できれば、たくさん結婚《けっこん》したい」

「へえ。ふうん。そうなんだ。聞いた、ヒメリア？　たくさん結婚したいんだって」

「はい、私はいいと思います。きっと賑《にぎ》やかで豊かな人生になるのでしょう」

そう云いながらもヒメリアがじっとレッドを見つめてくる。レッドはなんとなく気まずくなって、どうにか話を逸《そ》らそうと思った。

「ちなみに重婚するかどうかは神様によるよ？　一夫一妻を是《ぜ》とする神様と契約したら浮気《うわき》は許されない。俺の神様には、そんな縛りはないけれど」

ないはずだ、とレッドがイヴリーザー神の姿を思《おも》い描《えが》いたとき、あの幼き女神の面影《おもかげ》が、目の前のヒメリアに重なったように見えた。

「……あれ。もしかして、似ている？」

「なにがでしょうか？」

ヒメリアが小首を傾《かし》げたので、レッドはあわててかぶりを振《ふ》った。

「いや、なんでもないよ」

きっと気のせいだろう。レッドはそう思うと、急いでヒメリアの手に指輪を嵌めた。なにも考えずにやったので、左手の薬指だった。

……。

そのあとレッドはシルフィと二人で冒険者《ぼうけんしゃ》御用達《ごようたし》のダンジョン攻略用品店に向かった。ダンジョンに入るなら準備がいる。低階層だからといって遠足のような気分で行くわけにはいかない。しかし気掛《きが》かりなのはヒメリアのことだ。

「ヒメリア、大丈夫かな……」

ジャンがノパサたちを紹介《しょうかい》すると云うので、ヒメリアは既《すで》に別行動だ。

——おまえは約束の時間にボルトと合流してダンジョンに入れ。追跡はこちらでやる。気取られるのを避《さ》けるために一切接触《いっさいせっしょく》しない。ボルトが変な気を起こさなければよし。そうでないなら適切なタイミングで救援する。

ジャンがそう云ってくれた以上は信じるしかないのだが、心配だった。

「ヒメリアのことがそんなに気になる？」

「まあね」

レッドはそう答えながら、隣《となり》を歩くシルフィの横顔に視線をやった。いつになく表情が硬《かた》い。母親の安否がかかっているのだから当然だが、それだけではない気がした。

「……シルフィこそ、機嫌が悪そうに見えるけど？」

「別に。なんでもないわよ」

けれど攻略《こうりゃく》用品店で買い物をしているあいだも、レッドはシルフィになんとも云えないよそよそしさを感じた。彼女がなにを考えているのか、わからない。わかるのは、このままでは駄目《だめ》だということだ。仮にもダンジョンに入り、お互いに命を預け合うのに、このままではいけない。冒険者なら絶対に話し合って解決する。

──そう、冒険者だったら。

レッドは棚《たな》に並ぶ商品を物珍《ものめずら》しそうに眺《なが》めているシルフィに、思い切って声をかけた。

「シルフィは冒険者になりたいんだったよな？」

「なによ、突然《とつぜん》？」

シルフィは手にしていた携帯食糧《ビスケット》の缶《かん》を棚に戻すと、無表情になって答え始めた。

「でも君は王女だ。将来、女王と冒険者、どっちの道を選ぶつもりなのか気になってさ」

「そんなの決まってるわ。私は王女だから、次の女王だから……」

将来の道を定められている人の気持ちは、レッドにもわかった。レッドも本当なら姫君《ひめぎみ》が産んだ忌《い》むべき神の子として、あの辺境の城で大人しく一生を終えねばならなかったのだ。けれどレッドは飛び出した。シルフィはどうするだろう？

「……今回の件が片付いたら、一度お母さんとよく話し合ってみなよ。それでもし冒険者の道を選ぶなら、俺と組もう」

「あなたと？」

「俺だってこの先、冒険者を続けていくなら仲間が必要だ。考えておいてくれ」

レッドはそう云うと店の奥に向かった。シルフィが慌てた様子で追いかけてくる。

「ま、待ちなさいよ。それなら装備や道具のこと、ダンジョンのこと、もっとちゃんと教えて。今だけは私も、冒険者みたいなものよ。そうでしょ？」

「……ああ、たしかにそうだな。今の君は冒険者シルフィだ」

その響《ひび》きが気に入ったのか、シルフィはぱっと顔を輝《かがや》かせて綺麗《きれい》だった。

◇

神殿には二種類ある。神々が地上に住んでいた時代の住居跡《じゆうきよあと》と、人間たちが神々を祀《まつ》るためにそれを模して建立《こんりゆう》したものだ。イーストノヴァ・ダンジョンは、年代的に考えて、あきらかに前者だった。神代には鮮やかに彩《いろど》られていたものが、二千年のうちに金箔《きんぱく》や塗《と》料《りよう》が剥《は》がれ落ち、白い大理石があらわになっている。ここを調査してみると、地下に広大な迷宮《めいきゆう》が発見されたのだ。

今、レッドとシルフィは遺跡《いせき》の地上部分、神殿への階段をのぼり始めたところだった。

「神殿ってまっすぐに見えて、実はあちこちに曲線が利用されてるらしいよ。柱の上の方は細かったり、床の中央部分が微妙《びみよう》に膨《ふく》らんでいたり……その方が人間の目には美しく見えるんだってさ。エルフの目ではどう？」

「私たちも同じよ。ドワーフの目はそうした錯覚《さつかく》を起こさないらしいけど」

と、そんな話をしていると、階段の上で待っていた大男が憤然《ふんぜん》と云った。

「遅いぞ、レッド。Fランクのおまえが B ランクの俺を待たせるとはどういうつもりだ？」

約束の時間には間に合っただろう――という言葉を、レッドはかろうじて呑《の》み込んだ。

これから一緒《いっしょ》にダンジョンにもぐるのに、いきなり雰囲気を悪くしたくない。

「……悪かった」

レッドが頭を下げると、ボルトは拍子抜《ひょうしぬ》けしたように舌打ちした。

「……まあいい、行くぜ」

ボルトはそう云うと踵を返し、先頭に立って神殿に入っていった。そのあとを、彼《かれ》の三人の仲間が続く。大盾《おおたて》を持った重戦士と軽装の戦士、そして魔法使《まほうつか》いという四人パーティだ。ここにレッドとシルフィを加えた六人編成ということになる。

四人を追って階段をのぼり終えたところでシルフィがレッドに顔を振り向けた。

「あいつら、まだ裏切ると決まったわけじゃないわよね？」

「もちろんだ。だから、こちらから喧嘩《けんか》を売るような真似《まね》はやめよう」

裏切られるまでは信じる。だがもしも裏切ったら、そのときは戦いになるだろう。レッドはそのつもりで、神殿のなかへと足を踏《ふ》み入れた。

そこは大広間になっていて、中央に地下へ続く階段があった。この階段は地下部分が発見されてから後付けで造られたものだ。階段の両脇《りょうわき》にはイーストノヴァ市の役人が立っていて、受付があり、ダンジョンに入る者の台帳を作成している。レッドたちが帳面に名を書き記しているとシルフィが云った。

「ここに闇奴隷商人の名前は書いてない？」

「犯罪者が正規ルートでダンジョンに入るわけがないよ」

「ということは、ほかにも入り口が？」

「ある。この都市では『穴を掘《ほ》ればダンジョンに繋《つな》がる』と云う冗談《じょうだん》があるくらいで、地下室や下水路を造るときも大変なんだ。でも疚《やま》しいことがなければ、ここで台帳に名前を書いてからダンジョンに入るのが正解だよ。そうしておけば予定日時になっても戻らなかった場合に、冒険者ギルドから救援《きゅうえん》パーティが派遣《はけん》されるからね」

「だが全員を救援できるわけじゃねえ」

ボルトがそう話に入ってきた。

「俺たちも救援任務は何度となくこなしたが、助けられなかったやつの方が多いんだ。実力もないのに奥の方まで行きやがって、ダンジョンを舐《な》めてかかるからそうなるんだ。だから基本的には、ここでなにがあっても自己責任だ。なあ、レッド？」

「たしかに。ダンジョンでは、都市の法律より、冒険者同士の仁義と、迷宮のしきたりが優先される。戦場と一緒で、特殊《とくしゅ》なんだよ」

「死体から物を剥ぎ取っても、都市じゃ犯罪だが、ダンジョン内じゃ緊急《きんきゅう》事態ってことでお咎《とが》めなしだ。人が死んでも、目撃者《もくげきしゃ》がいなきゃ殺人事件にはならねえ。ダンジョンで行《ゆく》方《え》不明になるやつなんて、毎年ごまんといるんだからよ。はははは！」

ボルトは豪快《ごうかい》に笑っていたが、実際ダンジョンとは、そういうところなのだ。

そのとき帳面の名前を確認《かくにん》した役人が、善良そうな顔をして云う。

「お気をつけて。死神イヴリーザーに見つかりませんように」

レッドは強張《こわば》った微笑みを浮《う》かべた。それは相手の幸運を祈《いの》るときによく云われる言葉だ。と同時に、イヴリーザー神が一般的《いっぱんてき》にどう思われているかを端的《たんてき》に示している。

さすがに『ありがとう』とは云えずに固まっていると、シルフィが囁《ささや》いてきた。

「大丈夫？」

「ああ。シルフィこそ、ここからはなにが起こっても不思議じゃない。覚悟《かくご》はいいか？」

「当然。でもレッド、ちゃんと私のこと、守ってよね」

シルフィはそう云って、六人のなかで一番初めに地下への階段を下りていった。

……。

地下に降りるとそれだけで空気が冷たくなった。灰色の壁《かべ》は意外に綺麗で、ダンジョン全体がぼんやりとした淡《あわ》いひかりを帯びており、シルフィはそれに驚《おどろ》いたようだ。

「地下なのに明るいわね。この明かりは……」

「冒険者たちの助け合いが機能してるんだ。つまり出入りした魔法使いがついでにダンジョン全体に光魔法《まほう》をかけてくれているのさ。ほかにも目印とか、罠の警告とか、使えそうな道具を休憩《きゆうけい》地点に残していってくれたりとか、いろいろあるよ」

ダンジョン攻略は競争であり、冒険者たちはライバル同士というのは一面の真実だが、助け合った方が結果的に自分の生存率も上がるというのもまた真実だ。

「人がよく通る場所は明るく、モンスターや罠も片づけられていて安全だ。逆に暗いところに入ったら注意が必要だな。これから行くところは、まさにそういうところだぜ？」

ボルトはそう云うと、先頭に立ってのしのしと歩き出した。彼は立入禁止の看板を無視して、堂々と通路を進んでいく。途端《とたん》に辺りが暗くなり、ボルトの仲間の魔法使いが杖《つえ》の先に明かりを灯《とも》してくれた。

その明かりを頼《たよ》りに進みながら、一行は角を曲がり、階段を下り、ネズミとすれ違いながらダンジョンを進んだ。遠くで誰かの話し声が反響《はんきよう》して聞こえた。笑い声もする。

「なんだか拍子抜けだわ。モンスターが出ないわね」

シルフィのぼやきに、ボルトが楽しそうに云った。

「……まだ地下二階だからな。浅いところは掃除《そうじ》が行き届いてる。だが正規ルートを外れてるから、だんだん迷宮って感じがしてきただろ？　このくらいのところが、犯罪者どもにとっては都合のいい場所なんだ。見つかりにくいし、逃《に》げ道《みち》も多い。もし見落とされていた隠《かく》し部屋があったりしたら、最高だな」

ボルトはそう云うと、ある壁の前で立ち止まった。壁には女性の上半身が彫刻《ちょうこく》されている。その石造りの硬くて冷たい乳房《ちぶさ》にボルトが触れたので、レッドは呆《あき》れた。

「おい、なにやってるんだ」

「昔、戯《たわむ》れでこういうことをやった馬鹿がいたのよ。レッド、この石像にキスしてみな」

「いやだ、汚《きたな》い」

ダンジョンの壁など、なにが這《は》いずったかわかったものではない。そんなところに唇を押《お》し当てるなど絶対に御免《ごめん》だった。

ちっ、と舌打ちしたボルトが、次の瞬間、石像の女にキスをした。するとその目がかっと見開かれ、壁が音を立てて横に動き、真っ黒い通路が口を開けたのである。唖然《あぜん》とするレッドにボルトは云った。

「魔法がかかっていてな。どうも接吻《せっぷん》で壁が動く仕掛《しか》けらしい」

「……石像にキスするなんて、そんなの普通《ふつう》、気づかないぞ」

「最初に発見したやつは、よほど女に飢《う》えてたんだろうな。そして今じゃ、この先の部屋が闇奴隷商人の市場として使われてるってわけだ」

そう聞いて、レッドはたちまち胸のあたりが重たくなった。

「……ボルト、おまえ、闇奴隷市場の場所を知っていたのか？　いつからだ？」

「さて、忘れちまったなあ」

「……心当たりどころか、確定情報じゃないか。なぜギルドに報告しない？」

「別にいいじゃねえか。理由なんてねえよ。ほら、行くぜ」

ボルトと、明かりの杖を持つ魔法使いが先に立った。一方、二人の戦士はレッドたちの背後を固めている。「早く行け」という言葉が、レッドには『逃がさない』と聞こえた。

――ボルト。いくらダンジョンに都市の法律が及《およ》ばないからといって、そこを悪用しているやつらがいたら、取り締《し》まるのも冒険者の仕事だぞ。なのにずっと見逃していたのか。闇《やみ》の奴隷商人と付き合いがあって、女たちを売り飛ばしたというのも本当か。

レッドはそれらの質問を呑み込み、シルフィの手を引いて先へ進んだ。この先にルルパトラがいるなら行かねばならぬ。

通路の先は大きな部屋だった。広さだけなら舞踏会《ぶとうかい》が催《もよお》せそうなくらいである。奥にのぼり階段があり、その先はまた通路のようだ。そして天井《てんじょう》に光魔法がかかっていて明るい。

これはつまり、誰かが頻繁《ひんぱん》にこの部屋に出入りしている証だった。

「……ここだ。俺の情報によると、ここでしばしば闇の奴隷市場が開かれている」

「だが誰もいないじゃないか」

部屋は無人で、レッドたちしかいない。ただでさえ広い部屋が余計に広く感じる。

「そう思うなら、この場に立って天井を見てみろ」

「……ああ、わかった」

レッドは直感した、そこに罠が待っていると。シルフィもそうだったのか、繋いでいた手に力がこもる。レッドはそんなシルフィの耳元でこうささやいた。

「なにがあっても動揺《どうよう》せず冷静に行動してくれ」

「あなたこそ、準備はできてるのよね？」

「もちろん」

ここへ来る前に2倍の倍率でレベルブーストしている。レベルダウンの代償《だいしょう》を考慮《こうりょ》して低倍率にしたが、ボルトたち相手ならこれで十分だろう。いつでも戦える構えだ。

「……じゃあ先手を打ったら？」

「いや、同じギルドに所属する冒険者だ。向こうが剣《けん》を抜《ぬ》くまでは、信じる」

「なにをやってやがる！」

ボルトの声が飛んできた。レッドはシルフィの手を離すと、ヒメリアたちはちゃんと追跡してくれているだろうかと考えながら、ボルトのところまで行った。

ボルトが横に動いて空いたスペースにレッドが立つ。ボルトは天井を指差した。

「あれだ」

「どれのことだ？」

云われた通り、レッドが上を見た瞬間、足元に穴が空いた。

――落とし穴！

そうと気づいたときには、もう落ちていた。視界の隅《すみ》でボルトが嗤う。彼は床石《ゆかいし》の一つを踏んでいたが、それがくぼんでいる。落とし穴のスイッチだ。

「あばよ、ノースキル・アタッカー」

前後左右からの不意打ちは予想していたが、まさか床が抜けようとは。暗闇《くらやみ》の底へ向かって急速に落下しながら、レッドはいつだったかのラスティとの会話を思い出していた。

――なあレッド。レベル99の戦士でも一発で殺す方法が一つある。なんだと思う？

――地面。

――正解。レベルが上がっても打たれ強さとかの防御面《ぼうぎょ》は変わらないからさ、転んだり投げられたりしたら普通に怪我《けが》するんだよな。ああ、痛え。

たしかあのときラスティは、子供みたいに転んで膝《ひざ》を怪我していたのだった。

――おまえも気をつけろよ。いくらレベルが高くても、高いところから突《つ》き落とされたらおしまいだからな。

◇

「レッド！」

赤毛の若者の姿が落とし穴に呑《の》み込まれるのを見たシルフィは愕然《がくぜん》と叫んだ。慌《あわ》てて駆《か》け寄ろうとしたところで、ボルトの仲間たちが左右から襲《おそ》い掛《か》かってくる。

シルフィは咄嗟《とっさ》に魔法で応戦しようとしたが、しかし。

「エルフの魔法に気をつけろよ！」

ボルトの声で、魔法使いがシルフィに集中妨害《ぼうがい》の魔法を使ってきた。頭のなかで甲高《かんだか》い音がして、魔法に集中できない。

「エルフはみんなエーデルワイス神と契約するからな！　使うスキルや魔法は似たり寄ったりだ！　つまり手の内が読まれてんだよ！　わかったら観念しな！」

そして二人の戦士に拘束《こうそく》され、武器を取り上げられ、後ろ手に縄を打たれたところで、奥《おく》の通路から複数の足音が聞こえてきた。

姿を現したのは、禿頭《とくとう》の男だった。髪《かみ》がないので年齢《ねんれい》がわかりにくいが、中年だろうか。

背が低く太っており、上等な服を着ている。

その後ろに、黒髪《くろかみ》の美少年の姿があった。

「リユニオ！」

「やあ、シルフィ王女。いいざまだね。でも君の母親も負けてないよ」

そんなリユニオのあとに、馬型の魔獣《まじゅう》が姿を現した。鞍《くら》にはシルフィによく似た美しい女性が乗せられている。ただし目隠《めかく》しをされ、猿轡《さるぐつわ》をされ、手を後ろに縛《しば》られ、さらには魔力《まりょく》を封印《ふういん》するマジックアイテムの首輪が嵌められている。

「ママ！」

シルフィが悲鳴のような叫《さけ》びをあげたとき、禿頭の男が微笑んだ。

「お初に御目文字《おめもじ》いたします、王女様。わたくし、商人のザムカと申します」

「……闇の奴隷《どれい》商人でしょう？」

「ほっほっほ。実はこの少年と取引をしましてね。エルフの女王を囮《おとり》に王女をおびきだし、彼女《かのじょ》が持っている宝石を奪ってほしいと。そうすれば代金として女王と王女の親子はいただけるそうですよ。直後にボルトさんが乗り込んできたときは焦りましたが……」

「俺の方から協力を申し出た。いつも世話になってるからな」

ボルトは笑いながら、大股《おおまた》でシルフィに近づいてきた。逃げようにも二人の男に後ろから押さえ込まれている。

目の前に立ったボルトを、シルフィは憎々《にくにく》しげに見た。

「あのあと闇奴隷商人と手を組んだってわけ？　Aランクへの昇格はいいの？」

「……ギルドマスターはなんて云った？　考えておく、だぜ？　しかもレッドを同行させるのが条件だと？　ふざけやがって。俺を信用しないって云うなら、ご期待に応えて裏切ってやろうじゃねえか。冒険者ギルドの馬鹿野郎《やろう》が！」

たちまち暴力的な気配が膨れ上がり、ボルトはシルフィの頬《ほお》に平手を叩《たた》きつけた。何度も、何度も、執念深《しゅうねんぶか》く。

「なにが強いだけのやつはBランク止まりだ。Aランクになるには品格がいる？　推薦も必要？　馬鹿馬鹿しい、寝《ね》ぼけたルールだ。この辺じゃ長く平和が続いているから、みんな夢でも見てるんじゃねえかな。力こそが正義だっていう原初のルールを思い出そうぜ！」

勢い、ボルトはシルフィの胸元《むなもと》に手をかけると衣服を乱暴にずり下げた。絶句するシルフィの、あらわになった胸元から宝石が転がり落ちる。

「やっぱりな！　そこに挟《はさ》んで隠してると思ったぜ！　にしても、でかいな！」

ボルトの仲間たちがそうはしゃいでシルフィに不躾《ぶしつけ》な視線を向けたり手を伸《の》ばしたりするなか、ボルトは美しい緑の宝石を拾い上げて目を細めた。

「こいつがエメラジストか。エルフの秘宝ねえ……」

「それはこちらに」

ザムカが抜かりなく云うと、ボルトは彼に宝石を投げた。それを両手で掬《すく》い取るように受け取ったザムカは、その手をリュニオの前に持っていって開いた。

「ぼっちゃん、どうぞ」

「たしかに。それじゃあ約束通り、ルルパトラはあなたのものだ。これでブラック様もお喜びになるだろう。じゃあぼくはもう行くけど、後始末はしてもらえるのかな？」

「はい、女王と王女はこちらで自由にさせてもらいます」

「いや、そうじゃなくて、ぼくが云ってるのはそっちの穴に落ちた方だ」

落とし穴の口は開いたままになっていた。そこから雷《かみなり》のような音がする。ボルトたちはまだ気づいていない。シルフィのエルフの聴覚《ちょうかく》だから聞こえたのだ。ドワーフは目がよく、エルフは耳がよい。一方、人間の五感はバランス型だ。

「この落とし穴は相当深い。今ごろバラバラに……おい、待て。なんの音だ、これは？」

どうやらボルトにも聞こえる音になったようだ。穴のなかで響く雷鳴《らいめい》がどんどん大きくなってくる。そして、真紅《しんく》の鎧《よろい》を身に着けた若者が飛び出してきた。

「レッド！」

シルフィの今度の叫びは、歓喜《かんき》に彩られていた。

◇

着地を決めたレッドは、ボルトに向かって怒りのままに吠《ほ》え猛《たけ》った。

「落とし穴なんて情けないと思わないのか！　不意打ちで襲い掛かってこいよ！」

「てめえ、どうやって上がってきた？」

「……まず剣を壁に刺《さ》して転落を阻止《そし》した」

レッドはそう云いながら冥王の剣を頼もしそうに見た。さすがはイヴリーザー神から賜《たまわ》った神器だ。石壁《いしかべ》に楽々と突き刺さってくれたおかげで命拾いした。

「そのあとは、斜《なな》め上に向かって壁を蹴《け》り、反対側の壁に飛び移ってはまた壁を蹴り……という三角跳《と》びを繰《く》り返して上がってきたぞ」

「……人間か、てめえ！」

ははは、とレッドは笑った。だがシルフィの様子をよく見た瞬間《しゅんかん》、笑えなくなった。シルフィと目が合うと、彼女が安心したのがわかったが、とにかくひどい有り様だ。

「……シルフィになにをした？」

「あんなところに宝石を隠してる方が悪いぜ」

「頬が赤く腫《は》れているのは？」

「優《やさ》しく撫《な》でてやっただけさ」

「そうか……」

レッドは冥王の剣を鞘《さや》に納めると、代わりにソードブレイカーを抜き、シルフィを後ろから押さえ込んでいる二人の戦士に向かって云った。

「シルフィを放せ。勝負しよう。まさか四対一で人質《ひとじち》まで取らないだろう？」

ボルトが不敵な笑《え》みをうかべて顎《あご》で合図すると、男二人はシルフィを放してそれぞれの武器を手にした。だがシルフィは手を後ろに縛られていることもあって動けない。

「シルフィ、大丈夫か。怪我してないか？」

レッドがそう彼女を心配したとき、炎《ほのお》が来た。魔法使いの先制攻撃《こうげき》だが、レッドはその炎に向かって突っ込み、火炎《かえん》をものともせず最短距離《きょり》で魔法使いに肉薄《にくはく》する。

「炎は効かない」

そしてレッドは左手の盾で魔法使いを殴《なぐ》り倒《たお》して昏倒《こんとう》させると、次に軽戦士に襲いかかった。その距離を詰《つ》める速度が、尋常《じんじょう》ではない。

「速え！」

ボルトが叫んだときにはもう、レッドはソードブレイカーで相手の短剣《たんけん》を搦《から》めとって巻き上げていた。手から短剣が消え、愕然とした男をまたしても盾の一撃《いちげき》で昏倒させる。

「次！」

レッドは三人目の重戦士に挑《いど》んだ。さきほどとまったく同じように剣を巻き上げようとしたが、一度技を見せてしまったせいか、向こうも対応してきた。盾を捨て、大剣《ブロードソード》を両手でしっかりと握《にぎ》りしめて、巻き上げの圧力に抵抗《ていこう》してくる。

「俺《おれ》はそう簡単に剣を手放したりしないぞ……！」

「そうやって頑張《がんば》ると、剣がどうなるか知ってるか？」

云った傍《そば》から、ブロードソードに亀裂《きれつ》の入る音がし、重戦士が怯《ひる》んだ顔を見せた。ソードブレイカーとは、剣を破壊《はかい》するものという意味だ。これに搦めとられた剣を落とすまいと頑張ってしまうと、行き場をなくした力は、剣そのものに向かう。

そして派手な音を立てて、重戦士の剣は半ばから砕《くだ》け散った。

「馬鹿な！　こっちは大剣だぞ！　そんなおもちゃみたいな剣で！」

「魔法で強化されたキルゾナ神殿由来のソードブレイカーだ！　おまえも寝てろ！」

三度、盾の一撃が繰り出され、重戦士もまた顔面に殴打《おうだ》を受けて昏倒した。瞬く間《またたま》に三人倒したレッドは、シルフィに駆け寄るとその後ろに回り、手を縛る縄を切ってやった。

「シルフィ、無事か？」

「馬鹿、なに落とし穴なんかにはまってるのよ。奇襲《きしゅう》は予想できてたでしょ？」

「古典的すぎて読めなかった。いい勉強になったよ。それよりシルフィ、服を……」

シルフィははっと気づいた様子で、急いで服の乱れを直しにかかった。この間、ボルトは油断なく剣を構えており、迂闊《うかつ》に攻《せ》めては来ない。彼もわかっているのだ。

「てめえ、その動き……レベル50台の動きじゃねえ。どうなってやがる？」

「今から教えてやる。この剣でな！」

レッドはそう云って、ふたたびソードブレイカーと盾を構え直した。そのときだった。

「そこまでです！」

甲高い声がして見ると、ザムカが女王に向かって短剣を突きつけていた。

「ママ！」

「あれが闇《やみど》奴隷《れい》商人か。リユニオもいるな」

リユニオは面白い芝居《しばい》でも見ているような様子だったが、レッドと目が合ったのをなにかの契機《けいき》としたらしい。馬型の魔獣から女王を引きずりおろしてザムカに渡《わた》すと、自分はその馬にひらりと跨《また》がった。

「さて、エメラジストも手に入れたし、ぼくはこの辺りで失礼するよ。じゃあね」

リユニオは馬首を巡《めぐ》らせ、通路の奥へと進み始めた。

「待て！」

しかしそのとき、ザムカがルルパトラの髪を掴《つか》んで頭を上向かせ、その白い喉《のど》に短剣の先をあてがった。

「待つのはあなたです」

レッドは息を呑んだ。シルフィも指一本動かせない。迂闊なことをすればルルパトラの首から鮮血《せんけつ》が噴《ふ》き出すだろう。そんな二人の様子を見て、ザムカは余裕《よゆう》の笑みだ。

「ふっふっふ。あなた、尋常じゃありませんね。しかしここまでです。女王の血の色を見たくなかったら、武器を捨てなさい」

するとと意外にも、ボルトが不愉快《ふゆかい》そうに云《い》った。

「邪魔《じゃま》しないでくれねえか。レッドは俺がやる」

「……わたくしも商売柄《しょうばいがら》、色々な人間を見てきました。その小僧《こぞう》は油断できません。さあ、女王の命が惜しくば降伏《こうふく》なさい！」

「……人質を殺したら、あなたも終わりだとわかっているのか？」

「ああ、そうでした。ではまず耳を切り落としましょう。エルフの耳は長いですからな」

ほっほっほ、と楽しそうに笑うザムカを前にして、シルフィはたちまち青ざめ、レッドは胸がむかついてきた。

「貴様……」

「いい目だ。前にもいましたよ。あなたのように、殺せるものなら殺してみろと啖呵《たんか》を切ったやつが。そこで人質の指を一本切ってあげたら、あっさり降伏しました。自分の指が切られたわけでもないのに、不思議ですねえ」

そう云いながら、ザムカの短剣が女王の耳元にあてがわれた。

「で、どうします？」

どうやら理想を通せるのはここまでのようだ。レッドは沈鬱《ちんうつ》な目をして口を開いた。

「闇奴隷商人さん。あなた、名前は？」

「ザムカと申します」

「そうか。ごめんな、ザムカさん。俺がもっと強かったら、命を奪わずに制圧できた」

「は？　なにを云って――」

「……ディヴァイン・エクスキューション」

レッドはその場で剣を横に動かした。次の瞬間、ザムカは短剣を落とし、そのまま前のめりに倒れてしまった。それきりもう、ぴくりともしない。レッドの今のレベルは2倍ブーストで104、遠隔《えんかく》の成功率は約35パーセントのはずだが、決まってしまった。

突然の死に誰《だれ》もが凍《こお》りつくなか、レッドが云う。

「……シルフィ、女王を」

「ママ！」

シルフィは弾《はじ》かれたように立ち上がると、ルルパトラに向かって走り出した。それを見送り、レッドはボルトに視線を向ける。ボルトは亡霊《ぼうれい》を見たような顔をしていた。

「いったい、なにをしやがった？」

「今のは成功率が三割程度だった。賭《か》けには勝ったが、あまりいい気分じゃないな」

もしも失敗していたら、高倍率でレベルブーストをかけなおし、スピードにものを云わせるしかなかっただろう。それを考えれば成功してよかったはずなのに、嬉《うれ》しくはない。

「おい！　会話をしろよ、会話を！　なにをしたかって訊《き》いてるだろうが！」

「……俺がいつまでもノースキル・アタッカーだと思うなよ？」

ボルトが奥歯《おくば》を噛《か》みしめたのが、頬の動きでわかった。レッドを一言で見下せる言葉が使えなくなったのだから、それは悔《くや》しいだろう。

「……調子に乗るなよ、Fランク」

「そのＦランクに、おまえはこれから負ける！　だがその前に一応、勧告《かんこく》しておこう。あの闇奴隷商人みたいになりたくなかったら、武器を捨てて降参しろ」

「はったりだな！　強力なスキルには必ずチャージタイムが設定されている。遠くから撫でただけで人を殺せるような技が連発できるはずはねえ。てめえは愚《おろ》かにもエルフの女王のために大事な切り札を使っちまったんだ。あのスキルはしばらく使えねえはずだ」

「スキルの話をしてるんじゃない。俺に殺しの決断をさせるなと云ってるんだ」

そう脅《おど》してもボルトは臆《おく》する様子がなく、返事の代わりに腰《こし》を落として身構えた。

「……アイアンボディ」

ボルトがそう云った瞬間、彼の全身が力強く発光した。筋骨強化の奇跡《アクティブスキル》が発動したのだ。しかも一つでは終わらない。

「ワイルドセンス、パワーソード、ペインキラー、オーバー・ウェイクアップ」

ボルトは次々とその身に奇跡を宿していった。順に感覚強化、武器強化、痛覚遮断《しゃだん》といった自己強化系のスキルばかりだ。ただ最後のオーバー・ウェイクアップだけは、レッドの知らないスキルだった。スキルとは実に多種多様で、恩寵《ユニークスキル》でなくとも高位のレアスキルなどがあるから、その一つだろう。ともあれ、いよいよ待ったなしだ。

「……本気か、ボルト？」

「当たり前よ。てめえをぶっ殺して、俺の方が強いってことを証明してやる」

「そうか、わかった。でもな、ボルト。本当に強ければ誰も殺さなくていいんだよ」

「なにを云ってやがる？　敵を殺したら、それは強いってことだろうが！」

ボルトが床を蹴るや、落雷《らくらい》のような音がして床石が砕けた。アイアンボディで強化された筋力が彼を実際のレベル以上の強者にしている。戦鬼《せんき》殺しの大剣が風を巻き起こしながらレッドに迫《せま》る。レッドはそれを躱《かわ》し、カウンターの蹴りを放った。爪先《つまさき》がボルトの肝臓《かんぞう》部分に刺さる。普通なら悶絶《もんぜつ》しているところだが、ボルトは余裕の笑みだ。

「見たか、レッド！　これがスキルだ！」

「アイアンボディとペインキラーか……」

アイアンボディは筋骨を強化する攻防《こうぼう》一体のスキル、ペインキラーは痛覚を遮断する。このシナジーで彼は無敵の重戦車のようだった。

「死ね！」

ボルトの剣が必殺の意気でレッドに叩き込まれるが、それを紙一重で掻《か》い潜《くぐ》ったレッドは、カウンターで盾の一撃を放った。盾の先端《せんたん》が、ボルトの顎に直撃《ちょくげき》する。まさにクリティカルヒットで、普通なら昏倒して然《しか》るべき、最低でも脳震盪《のうしんとう》のはずだ。しかし。

「おうら！」

ボルトが一切《いっさい》構わず距離を詰めてふたたび剣を振《ふ》り下ろしてくる。レッドはソードブレイカーでボルトの剣を受け止めた。ボルトは力任せに押して押して押しまくってくる。が、レッドも揺《ゆ》るがない。つばぜり合いを演じながら、レッドはボルトを睨《にら》みつけた。

「おいボルト、いくらなんでもタフすぎないか？」

「オーバー・ウェイクアップは意識の喪失《そうしつ》を防ぐ。このスキルが発動しているあいだ、俺は眠《ねむ》らないし気絶しない。ほかの三人みたいにだらしなく伸びたりしねえぞ！」

「……面倒《めんどう》なことを！」

それからレッドはボルトと一進一退の攻防に入った。この常識外れのタフガイは、気絶しないし降参しない。それにこちらはレベルブーストをかけているのに、ボルトはスキルによる自己強化と戦闘《せんとう》センスで2倍のレベル差を跳《は》ね返してくる。

「強いな、ボルト！　強い！　みんなおまえの強さを認めてる。若手のエースで、Bランク冒険者《ぼうけんしゃ》だ。期待されてる証じゃないか。なのにどうして――」

「Bランクごときで満足できるか！　おまえが二つ名を持ってるのも気に入らねえ！　俺はただのボルトなのによお！」

そして続くボルトの大振《おおぶ》りの一撃を、レッドはソードブレイカーで搦めとり、そのままボルトの大剣を圧《へ》し折りにかかった。するとボルトがにやりと笑う。

「おいおい、まさか俺の剣を折ろうってのか？」

「ああ、そうだ。剣を折って、降参させてやる！　悔《く》い改《あらた》めさせてやるぞ！」

「いいや、負けるのはてめえだ！　ウェポンブレイク！」

ボルトの剣が発光し、レッドのソードブレイカーが悲鳴をあげる。

――まさか、武器強化のスキルに武器破壊のスキルを上乗せした！

レッドが愕然としたとき、ソードブレイカーに亀裂が走った。強化の魔法がかかっているはずだが、持ちこたえられない。亀裂がどんどん大きくなっていく。そしてボルトが勢い任せに剣を振り切った。レッドのソードブレイカーを、完全に打ち砕いて。

剣の破片《はへん》が飛び散り、ボルトが気持ち良さそうに笑う。

「砕けちまったなあ、ソードブレイカー！　はっはっは！　剣を折られた戦士は、いかにも負けって感じがするぜ！」

「……ああ、そうだな」

レッドはそう云ってボルトから距離を取ると、折れて軽くなったソードブレイカーを残念に思いながらも、諦《あきら》めてその場に捨てた。そしてボルトを神妙《しんみょう》に見つめる。

「……これで終わった」

「あん？」

「武器を壊《こわ》して人を殺さず、ソードブレイカーは俺の理想だった。でもその理想を思《おも》い描《えが》くには、俺にはまだまだ力が足りなかったようだ」

レッドは鞘に封《ふう》じていた冥王の剣の柄《つか》に手を伸ばした。ボルトは降参しない。気絶しない。武器も壊せない。だからもう、戦いを終わらせる現実的な手段はたった一つだ。

――俺に殺しの決断をさせるなと云ったのに。

「これで人生終わったぞ、おまえ！」

「ほざきやがれ！」

ボルトの剣が稲妻《いなずま》を帯びた。音に聞こえたボルトの奥《おく》の手《て》、奇跡《アクティブスキル》の強化を繰り返すことによって生まれた、すべてを粉砕《ふんさい》する雷鳴の必殺剣。

「ライトニングカリバー！」

対するレッドは、自分の剣に、友より受け継《つ》いだ恩寵を乗せた。

ラスティが法と秩序の女神《めがみ》キルゾナから授《さず》かった絶対処刑《しょけい》の必殺剣。

「ディヴァイン・エクスキューション！」

ライトニングカリバーのスキルが殺され、冥王の剣が戦鬼殺しの大剣を粉砕し、そして鋼鉄のようなボルトの肉体をもやすやすと斬《き》り裂《さ》いた。盛大《せいだい》に血を吐《は》き、大きな音を立てて、ボルトの体が前のめりに崩《くず》れ落ちる。その最期の姿、血だまりの上で痙攣《けいれん》しているボルトの無惨《むざん》な姿を見て、レッドは本当に残念に思った。

「男だな、ボルト。死ぬまで突っ張るなんてさ。でも馬鹿だよ。おまえは馬鹿だ。それだけの強さがありながら、小さい勝負にこだわって……」

レッドがそう吐き捨てたとき、手甲《てっこう》に隠された右手の聖痕《せいこん》が急に熱くなった。ソウルマスターの声なき声が聞こえる。ボルトの魂《たましい》を喰《く》らってそのスキルを奪《うば》えと囁いてくる。

その囁きを、恐《おそ》ろしく、忌《い》まわしく思っていると、

「レッド、やったのね」

シルフィがルルパトラを支えながら歩いてきた。ルルパトラは怪我こそないが、疲弊《ひへい》しきっているようだ。そんな女王の姿を目《ま》の当たりにして、レッドはまだなにも終わっていないと思い知った。奪われたエメラジストを取り返し、ブラックを倒してエルフの里を解放せねばならぬ。この先を戦っていくための、シルフィたちを守るための力がいるのだ。

「……ソウルマスター！」

スキルが発動し、レッドの右手の聖痕が、手甲の下から浮かび上がるように輝《かがや》いた。そしてボルトの肉体から魂が呼び寄せられ、レッドの右手に喰われて消える。

「レッド、今のは、もしかして……」

「ああ、そうだ」

ルルパトラを憚《はばか》って口にはしなかったが、ボルトの魂を喰らい、彼《かれ》のスキル、オーバー・ウェイクアップを奪ったのだ。これでレベルブーストした瞬間に痛みで気絶することはない。ペインキラーと迷ったが、痛覚遮断は攻撃されていることに気づかないというデメリットがあるのでこちらにしたわけだ。

「もっと強くならなくちゃいけない。だから、俺は……」

そのときのレッドの表情を見て取ってか、シルフィが笑って云う。

「悪いやつだったから、せめて遺《のこ》したものくらいはいいことに使いましょう」

「……そうだな」

心から重石《おもし》が取り除かれ、レッドは柔《やわ》らかい笑みを浮かべた。

そのとき、レッドたちがやってきた方の通路から複数の足音が聞こえてきた。真っ先に飛び出してきたのは、ヒメリアだ。

「レッド！」

「やあ、ヒメリア。ちゃんと追いかけてきてくれたんだね」

見ればヒメリアに続いて五人の冒険者が続々と姿を見せた。ギルドが手配してくれたAランクの冒険者たちだ。リーダーの赤髭《あかひげ》ノパサは有名人でレッドも知っていた。強面《こわもて》だが実に温厚《おんこう》で紳士的《しんしてき》な、人気のある冒険者だ。ただし直接話したことはない。

ともあれ、ヒメリアはレッドの前まで来ると切れ切れの息をしながら云った。

「ごめんなさい。指輪の反応で隠し通路があるのはすぐにわかったのですが、仕掛けを解くのに手間取りました」

「そうか。でも結局、大丈夫《だいじょうぶ》だったよ。だから気にしないでくれ」

「いえ、私が、心配だったので……」

ヒメリアはそう云ってから、驚いたように自分の唇《くちびる》を指先で押さえた。

「不思議です。なぜ、こんなに焦《あせ》ってしまったのか……」

そう云われてレッドは急に照れ臭《くさ》くなって話をよそへ移した。

「まったく、せ、石像にキスするとかふざけた仕掛けだよね……」

「あれは私が解きました！」

突然《とつぜん》、そう声をあげて前に出てきたのは、いかつい角つき兜《かぶと》で背の低さを補っている、中年の男だった。磨《みが》き抜かれた武具を見れば、歴戦の戦士だと一目でわかる。

「……ドワーフの方ですか？」

「はい、エイリークと申します」

ぼさぼさの黒髪に髭面《ひげづら》という見た目に反して、気品ある名前だった。

「私は本来女性の魅力《みりょく》はお尻《しり》にあると常々思っているのですが、あの石像は尻がなくてとても残念だと思っていたところ、唇が妙《みょう》につややかなのに気がつきまして……」

「さすが、ドワーフは目がいいですね。でも今はそれより……」

と、レッドはノパサに目を向けた。

「女王は救出しました。ボルトと闇奴隷商人は死亡、ボルトの三人の仲間は生きてます」

「やはり、闇奴隷商人と繋《つな》がっていたのか？」

「はい。そして戦闘になり……結局、こういう結果になりました。申し訳ありません」

「謝《あやま》ることはない。よくやった、大したものだ。あのボルトに勝ってしまうとは」

「いいえ、俺は勝っていません」

レッドが静かにそう云うと、ノパサたちが一斉《いっせい》に目を丸くした。

「どういうことですか、レッド？」

「ヒメリア……人を殺して『勝った、万歳《ばんざい》』と喜んでいたら、俺はもうおしまいだよ。別にボルトが憎《にく》かったわけじゃない。俺が本当に強かったら誰も殺さず解決できてた」

そう、最初から3倍ブーストしていればボルトを押さえ込《こ》めたかもしれない。だがレベルダウンの代償を考えて2倍で来てしまった。戦闘中にブーストし直すことは、激痛の代償で動きが止まったときに不覚を取る可能性を危惧《きぐ》して見送った。

「だからこの結果は、俺の惨敗《ざんぱい》なんだ。ソードブレイカーも失ってしまった……」

ヒメリアは息を呑み、辺りを見回した。やがて彼女は床に落ちていたソードブレイカーの残骸《ざんがい》を見つけ、それを拾って、折れた刃《やいば》をしげしげと見つめる。

レッドがそれを見守っていると、ノパサが隣《となり》に立って云った。

「惨敗か……君は強欲《ごうよく》なのだな。普通は、これを勝利とみなして満足するものなのに」

「人助けは気分がいいし、人殺しは気分が悪い。おかしいですか？」

「いや、まともだ。君のようなやつがたまにいる。自分の快不快と、物事の善悪が自然に一致《いっち》している人間が。人助けは気分がよく、人殺しは気分が悪い。大いに結構！」

ノパサがそう云って笑ったとき、ヒメリアが戻《もど》ってきた。

「ノパサさん。この結果についてレッドは、殺人の罪に問われるのでしょうか？」

「いいや。都市とダンジョンでは法律が違《ちが》う。今回のこれはお咎《とが》めなしだ」

「それならばよかったです」

ヒメリアは胸を撫で下ろすと、レッドに折れたソードブレイカーを差し出してきた。

「いつか理想を思い通りに描けるような、本当の強さが手に入るといいですね」

「ヒメリア……そうだね。でも、その剣はもういいんだ。捨てておいてくれ……」

武器を壊して人を殺さず。その理想が砕け散った残骸となったのが、今のこのソードブレイカーだ。見ているだけでつらい。レッドが目を伏《ふ》せると、にわかに垂れこめてきた暗い空気を吹《ふ》き飛ばそうというように、ノパサがわざとらしいほど明るい声で云った。

「なにはともあれ、女王を救出したなら、地上に戻ろうではないか」

「いいえ！」

鬼気迫《ききせま》る声を絞《しぼ》り出したのは、シルフィに肩《かた》を抱《だ》かれているルルパトラだった。エルフの女王の声に、この場の全員がたちまち威儀《いぎ》を正す。

ルルパトラはレッドの目を覗《のぞ》き込んできた。

「あなた、レッドさんと云いましたね。今ならまだ間に合うかもしれません。あのリユニオなる少年を追いかけ、エメラジストを取り返すのです」

それにはノパサがはっとなった。

「奪われたのかい？」

「……はい。残念ながら。しかし女王様、深追いするほど切迫《せっぱく》した状況《じょうきょう》なのですか？」

「もちろんです。今ここでエメラジストを取り戻せなければ、あとでもっと大変なことが起きます。ブラック、あの魔法使《まほうつか》いの企《たくら》みは……」

そこでルルパトラは急に激しく咳《せ》き込んだ。シルフィがたちまち気遣《きづか》わしげな目をして母親の背中を撫でる。

「ママ、無理しないで」

一方、ノパサの判断は早かった。

「二手に分かれよう。半分は女王とボルトの仲間三人を連れて引き返す。もう半分はエメラジストを追いかける。時間がないから、四の五の云うな。それでメンバーだが――」

するとシルフィは決然とした顔をして、ヒメリアに向かって云った。

「ヒメリア、ママをお願い。レッド、私も行くわ。エメラジストは私が取り返す！」

「よし、わかった」

そうしてレッドたちが追跡《ついせき》に向かいかけたとき、ヒメリアに支えられたルルパトラが息も絶え絶えに云う。

「レッドさん、十分に注意なさい。里を襲って来たブラックたちと相対したとき、わたくしの第三の目が脅威《きょうい》としてとらえたのは、ブラックではありませんでした」

「えっ？　それは……」

ルルパトラの額には、第三の目とも呼ばれる宝冠《ほうかん》レクナートはない。きっと奪われてしまったのだろうと思いつつ、レッドは第三の目が見たものに想《おも》いを馳《は》せた。

「ブラックではないなら……」

「どういうわけか、あのリユニオという少年の方が、わたくしにはよほど大きく黒い影《かげ》として見えたのです。それ以上のことは、わかりません。くれぐれも気をつけるのですよ」

……。

その後、レッド、シルフィ、ノパサ、エイリークの四人はリユニオを追って薄暗《うすぐら》い通路をひた走っていた。ノパサが眉間《みけん》に皺《しわ》を寄せて云う。

「敵は馬型の魔獣に乗っていたのだね？」

「はい、でもダンジョンで馬の機動力は活《い》かせない。追いつけないこともないはず」

そのとき分かれ道に差し掛かった。エイリークがすぐさま床を調べて左を指差す。

「こっちです」

自信たっぷりだったからレッドは黙《だま》って従った。しかし、本当に道は合っているのだろうか。やがて行く手にひかりが見えてきた。風を感じる。空気の匂《にお》いが変わってくる。

「……出口か！」

イーストノヴァ・ダンジョンには無数の出入り口がある。果たして飛び出した先は、石造建築の土台だけがいくつも残っている、遠い昔に忘れ去られたような場所だった。

「イーストノヴァ郊外《こうがい》の遺跡群《いせきぐん》か。だがここに我々の知らない出口があったとは……」

ノパサがそう云ったとき、どこからともなく少年の笑い声が響《ひび》き渡った。

「ふふふふふ。ほら、ブラック様。ぼくの云った通りだ。追いかけてきましたよ。鏡を残しておいて正解でしたね」

声は意外に近くからしたが、人の気配はない。

――鏡だって？

用心深く声を辿《たど》ったレッドたちは、そこにあったものを見ていささか拍子抜《ひょうしぬ》けした。

「これは通信鏡……」

崩れかけた壁《かべ》に、古びた一枚の鏡が立てかけてあったのだ。その鏡にリユニオの姿が映っている。シルフィがそれを見て眉根《まゆね》を寄せた。

「これってよくある魔法《まほう》よね？」

「ああ、鏡に魔法をかけて遠くの相手と話せるやつだ。別に珍《めずら》しいものじゃない」

リユニオはこれをここに残して姿をくらましている。つまりもう手遅《ておく》れだ。鏡のなかでリユニオは余裕たっぷりといった様子だった。

「やあ、こんばんは。ブラック様が、君たちにお話ししたいことがあるそうだよ」

そう云ってリユニオがブラックに場所を譲《ゆず》った。ブラックが鏡に映ると、仇敵《きゅうてき》と相まみえてレッドはたちまち殺気立った。

「ブラック……！」

「待っていたぞ。伝えることがあったのでな」

それはなんだ、とレッドが返そうとしたとき、いきなりエイリークが大声をあげた。

「あ、ああっ！　あなたは、オーロックさん！」

「オーロック？」

レッドは驚《おどろ》き、ノパサもまた目を丸くした。

「エイリーク、知り合いなのか？」

それに応えたのは、エイリークではなくブラックだった。

「久しいな、エイリーク。相変わらずダンジョンで宝探しの日々か。我輩《わがはい》は大いなる飛躍《ひやく》を遂《と》げたぞ。もはやオーロックなどではない。我輩は大魔法使いブラックだ！」

そんなブラックを、エイリークは茫然《ぼうぜん》と見つめている。

「エイリーク、説明しろ！」

ノパサに一喝《いっかつ》され、エイリークが話し出した。

「……彼の本当の名前はオーロック。かつてこのイーストノヴァで冒険者をしていた男です。もう二十年近く前の話ですから、若い冒険者は知らんでしょう」

「二十年前なら、私だってまだこの街に来ていない」

「はい。しかし私は古株ですから、彼とは何度か一緒《いっしょ》にダンジョンにもぐったりしました。腕《うで》の立つ魔法使いで、いいやつでしたよ。しかしあるとき、エルフの恋人《こいびと》と二人でダンジョンにもぐったきり、消息を絶ってしまったんです。てっきり死んだものと思っていましたが、まさか生きていたとは……なにがあったのですか、オーロックさん！」

「ブラックだ！　そして貴様に語るようなことはなにもない！」

「そんなこと云わないでください。弱くて、臆病《おくびょう》で、不細工で、誰も仲間にしてくれなかった私を冒険《ぼうけん》に誘《さそ》ってくれた……あのときの嬉しさを、私はまだ忘れていません」

「あれはメルがおまえを可哀想《かわいそう》だと云うから仕方なく……」

そこでブラックは舌を火傷《やけど》したように顔をしかめた。どうやらメルという人の名を口に出してしまったことで、なにか気持ちの変化があったらしい。

「メル……エルフの、恋人……？」

シルフィが愕然《がくぜん》と呟《つぶや》いたが、ブラックはそれを無視してエイリークに云った。

「……そうだったな、メルはおまえを気にかけていた。ならばよかろう、昔のよしみで話をしてやる。我輩はもともと奴隷《どれい》としてこの街に連れてこられたのだ」

「ど、奴隷？」

ぎょっとしたエイリークに、そしてレッドたちに、ブラックは朗々と語る。

「そうだ。貴様たちが今まさにくぐりぬけてきた、イーストノヴァ・ダンジョンの闇奴隷市場で売られるところだったのだ。しかしそこへ行く途中《とちゅう》、モンスターに襲《おそ》われてな、闇奴隷商人は我輩を囮《おとり》にして逃《に》げ出した。あのとき我輩は力のない子供で、もう駄目《だめ》かと思った、そのときだ。どこからともなく神の声が聞こえてきた……我輩は神の手を取り、その場でレベルシステムの契約《けいやく》を結び、魔法使いとなって生き延びたのだ。

その後、我輩は冒険者となり、力をつけ、ついにはダンジョンを根城にしていた闇奴隷商人の二大組織の一つを壊滅《かいめつ》させたのだ。だがそのあと、捕《と》らえられた闇奴隷商人の一人が、我輩が禁呪を使っていたと告発した。それで我輩の神が邪神《じやしん》ではないかと疑いをかけられ、当時のギルドマスターから審問《しんもん》を受けることになったのだ」

「邪神……」

レッドは呻《うめ》くように云った。

二千年前、ルクシオン神が地上を人間に譲り渡すと決めたとき、それに最後まで反対した十二神がダークロードとなったわけだが、ではルクシオン神に従って地上を去った神々が全員納得《なつとく》していたかというと、そうではない。面従腹背、一部の神々はルクシオン神の目を欺《あざむ》きながら地上の人間たちを通してはかりごとを巡らせ、いつか人類を滅《ほろ》ぼして地上への帰還《きかん》を果たすことを企んでいるのだという。それが邪神だ。

人類が滅んでしまえばルクシオンも地上への帰還を咎めようがあるまい――邪神はこう考えて、世界のバランスを壊そうとほかの神々より大きな力を与《あた》えてくれる。そして自分さえよければいい、どうしても力が欲《ほ》しいという者は、邪神と契約してしまうのだ。

「審問の場で、我輩は神の名を答えられなかった。天界でほかの神々に正体を隠《かく》している邪神は、自分の名が漏《も》れることをなにより嫌《きら》う。契約者《けいやくしゃ》であっても名前を明かさない。ゆえに神の名を知らぬならおまえの神は邪神だと決めつけられ、今すぐその神との契約を破《は》棄《き》しろと迫られたが、我輩は断った。大恩ある我《わ》が神を裏切ることはできんからな」

「それでは邪神に忠誠を誓《ちか》っていると思われても仕方ないぞ！」

　そう叫《さけ》んだノパサを、ブラックはきっと睨みつけた。

「邪神であろうとなんであろうと、我輩を助けてくれた神なのだ！　恩を感じてなにが悪い？　そう憤《いきどお》る我輩にメルが云ってくれた。英雄《えいゆう》になれ、と」

　そこまで聞いてレッドは戦慄《せんりつ》した。なぜならそれは、その筋書きは……と、惑《まど》うレッドの心をよそに、ブラックの話は続いている。

「世のため人のために働き、英雄と呼ばれる人間になれば、あなたもあなたの神も人々に受け容《い》れてもらえる……我輩はメルの言葉に励《はげ》まされ、残るもう一つの組織も潰《つぶ》してやろうとダンジョンへ向かった。そしてそこで冒険者たちに襲われたのだ。

　どうやら、我輩を邪教徒として断罪することにしたらしい。必死で戦ったが多勢に無勢、我輩たちはダンジョンの奥《おく》へ追い込まれた。前からは冒険者、後ろにはモンスター。絶体絶命……だがそのとき、またしても我が神が助けて下さったのだ！」

なにが起こったのか、レッドには一瞬《いっしゅん》でわかった。

「そのときに授かったのか、神の恩寵を……！」

「そうだ。覚醒《かくせい》支配の紋章《もんしょう》マスタールーン……その力でモンスターを操《あやつ》り、窮地《きゅうち》をしのいだ我輩は、イーストノヴァを脱出《だっしゅつ》し、復讐《ふくしゅう》を誓った。我輩にこのような仕打ちをした冒険者ギルド、ひいてはイーストノヴァを、滅ぼしてくれる！」

そこでブラックは炎を吐くようにふーっと大きなため息をついた。

「だが一人では無理だ。モンスターの軍勢が欲しい。しかるに魔法使いとしていくら鍛錬《たんれん》を重ねても、一度に支配できるモンスターには限りがある。モンスターの軍勢を率いるには無限の魔力《まりょく》が必要だ。だから――」

そうしてブラックが懐《ふところ》から取り出したのは、月明かりの角度によって緑にも紫《むらさき》にも色を変える神秘の宝石エメラジストだった。

「ついに手に入れたぞ！　さあ、戻って伝えるがいい。これより三日後、我輩はモンスターの軍勢を率いてイーストノヴァに侵攻《しんこう》し、すべてを滅ぼしてやるとな！」

「待ってよ！」

シルフィが血を吐くような叫びをあげて、通信鏡に迫った。

「あなたの恋人って、エルフだったの？」

「そうだ。メルリンデ……シアルーナの森での退屈《たいくつ》な暮らしに飽《あ》き飽きして、イーストノヴァへやってきた、おてんばな娘《むすめ》だったよ」

「じゃあ、エメラジストのことは……」

「メルから聞いて知っていた。手に入れようと思えばもっと早くにできたのだ。彼女《かのじょ》の故郷を攻めることになるので躊躇《ちゅうちょ》していたが……我輩も永遠に若くはない。もう待てぬ」

するとシルフィは、ごくりと生唾《なまつば》を呑《の》み込んで、最後の問いに踏《ふ》み込んでいく。

「もう一つだけ教えて。エルフのメルリンデは、今どこにいるの？」

その問いに対し、ブラックはシルフィに嘲《あざけ》りの笑《え》みで返した。

「なにもかも灰燼《かいじん》に帰してくれよう」

次の瞬間《しゅんかん》、通信鏡が音を立てて割れた。話は終わりということだろう。

肩を落としたエイリークが鏡のもとへ歩み寄り、その破片を一枚つまんで持ち上げ、ためつすがめつする。鏡のなかに過去の思い出を探しているかのようだ。

「……オーロックさんはね、本当は不器用で気の小さい人なんですよ。でもそれでは世間を渡っていけませんから、自分を強く見せようとしたのか、尊大な『我輩』を演じ始めてね。いつしかそれがすっかり板についてきて。メルさんと話しているときだけは『僕《ぼく》』のままだったんですけど、そのメルさんも、もういませんからな」

エイリークはため息をつくと、鏡の破片を投げ捨て、ノパサを振り仰《あお》いだ。

「ノパサさん、戻りましょう。ギルドに報告し、対策を練らなくては」

「そうだな。シルフィ王女も、それで構わないね？」

「……ええ。ブラックの過去がどうあれ、彼は私たちの敵よ。ねえ、レッド？」

レッドは、すぐには返事ができなかった。シルフィがたちまち気遣わしげな顔をする。

「どうしたの？」

「シルフィ……いや、俺《おれ》は……」

「もしやブラックに同情しているのか、レッド君？」

「違いますよ、ノパサさん。仲間の仇《かたき》に同情するほど、お人好《ひとよ》しじゃない。ただ邪神と契約していたら、それだけで命を狙《ねら》われるものなのかと、思ってしまって」

思い出されるのは、冥府《めいふ》でイヴリーザー神と契約を交《か》わしたときのことだった。いつかレッドが英雄と呼ばれる人間になったとき、そんなレッドの契約神がイヴリーザー神であると人々が知ったら、どうなるか？

――みんながイヴリーザー様をすごい神様だって思うようになる！

あのときレッドはそう叫んだが、現実は本当にそうだろうか。この世のすべての人々が自分の思い通りに自分を受け容れてくれるなんて、そんな都合のいいことがあるのか。

――死神と契約していると知られたら、俺もブラックの二《に》の舞《まい》じゃないか。

レッドは割れた鏡の残骸を見た。さっきまでブラックが映っていたその鏡に、今はレッドが映っている。

と、そこへシルフィが近づいてきて、手振《てぶ》りで自分たちの周りに魔法をかけた。不思議なひかりのカーテンが降りて、周囲の視界を遮《さえぎ》ってしまう。

「エルフがちょっとした内緒話《ないしょばなし》をするときに使う、初級の結界魔法よ。これでノパサたちには話が聞こえないわ。気が利《き》く人みたいだから、踏み込んではこないでしょう」

シルフィはそう前置きしてから、本題へと踏み込んだ。

「レッド、あなたがなにを考えているかわかるわ。でも大丈夫よ。そのとき英雄と呼ばれる人になっていれば、あなたもあなたの神様も、きっとみんなに受け容れてもらえるわ」

「シルフィ……それは、メルってエルフがブラックに云ったことそのままじゃないか」

「そうよ、メルリンデは正しかった。そしてあなたはブラックのようにはならない。なぜなら私はメルリンデのように死んだりしないから。しぶとく生き残ってやるわ。そしてもしあなたが人々に裏切られたら、そのときは私があなたを守ってあげる」

そう云《い》うシルフィは誇《ほこ》らしげだった。レッドはそんなシルフィに心を奪われそうになりながら、夢見るように云う。

「……なんだかまるで、俺たちが恋人同士みたいな話だな」

するとシルフィはたちまち顔を真っ赤にし、手をわたわたさせながら、

「そ、そういう意味じゃ……私はただ、思ったことをそのまま云っただけで……」

と、必死に云い訳を探していたが、やがて観念したように小さな声で云った。

「……あなたの力になりたいって、思ったの」

「うん、ありがとう。嬉しいよ、シルフィ」

レッドはシルフィを我が太陽と思って抱きしめた。いつか人々に裏切られるかもしれない。夢破れてイーストノヴァを去ることになるかもしれない。それでも自分を気にかけてくれる人がこの世に一人でもいる限り、夜の闇《やみ》に迷うことはないだろう。

やがてひかりのカーテンが開くと、レッドはシルフィとの抱擁《ほうよう》を終え、まなじりを決して、ノパサに向かって朗々と云った。

「ノパサさん。このあとギルドに戻って今後の作戦を決めると思うんですけど、ボルトを倒《たお》した俺の力を信じてくれるなら、ブラックとの戦いでは俺をもっとも危険で重要な局面に投入して下さい。命をかけてやり遂げてみせます」

「レッド！」

驚いて声をあげたシルフィに、レッドはにこりと笑いかけた。

「いいんだ、シルフィ。俺はやる。エルフの里を必ず奪還《だっかん》してみせる！」

レッドがそう雄々《おお》しく宣言すると、ノパサが嬉しそうに目を細めた。

「ほう、顔つきが変わったな。シルフィ王女とどんな話をしたのか……それにボルトを倒したということは、もうノースキルではあるまい。それなら私は、君に期待するぞ。それも大いにだ」

「はい、期待してください！」

◇

ノパサたちと一緒に冒険者ギルドに戻って事の次第《しだい》を報告し、今後の対応が決まったときには、もう真夜中になっていた。

ギルドを出たレッドとシルフィは今、この近くにある三つ星の宿に向かって歩いている。

この辺りは各種ギルドや船会社などが集まる経済区だ。盛《さか》り場《ば》とは違うので、この時間だと人気《ひとけ》はない。寂《さび》しい夜道を魔法の常夜灯が優《やさ》しく照らしてくれている。

「昨夜も見たけど、この光る柱、たくさんあるわね……」

シルフィは常夜灯の横を通り過ぎるたびに目をきらめかせていた。

「もしかして珍しいのかい？」

「わ、悪い？　初めて見たのよ」

「そうか。常夜灯は工芸の神と契約したマジックアイテム職人が造っていて、都会はもちろん、田舎町《いなかまち》にもよくあるよ。知らないってことは、やっぱり箱入りのお姫様《ひめさま》なんだな」

と、そんな話をしているうちに、二人は目的の宿に着いた。高級な宿だ。昨日泊《と》まった安宿とは正面《ファサード》からしてまったく違う。周辺では上級冒険者が警戒《けいかい》にあたっていた。というのも、今ここにはエルフの女王ルルパトラがいるからだ。リーヴェによると、女王は怪我《けが》などはないが休息が必要で、ヒメリアが傍《そば》についてくれているらしい。

受付を通り、からくり仕掛《じか》けのエレヴェーターなる箱に乗ったレッドは格子状《こうしじょう》の扉《とびら》を閉め、レバーの位置を最上階に合わせた。すると箱が上に向かって動き出し、シルフィが悲鳴をあげながらレッドに抱き着いてきた。

「な、なにこれ、なにこれ？　どうやって動いてるの？」

「それは俺にもよくわからない。からくりと云う、謎《なぞ》の技術だ。ところで、その……」

レッドが困ったような顔をすると、シルフィははっと我に返った様子でレッドから離《はな》れて顔を赤らめた。レッドもちょっとどきどきしていた。

最上階に着くとシルフィは急いでエレヴェーターから降りた。まるで一刻も早く脱出しないと箱が落ちると思っているかのようだった。

ルルパトラの部屋の前では、二人のエルフの冒険者が警護のために立っていた。

レッドたちは彼らに挨拶《あいさつ》をして部屋に入った。ルルパトラはベッドの上で体を起こしており、ベッドの傍の椅子《いす》ではヒメリアが眠気《ねむけ》に揺られてうつらうつらしている。

「ママ！」

シルフィが荷物を放り出し、ベッドの上の母親に抱き着いた。それでヒメリアがはっと顔を上げる。レッドはヒメリアに微笑《ほほえ》みかけた。

「お疲《つか》れさま、ヒメリア」

「レッド……どうなったのですか？　私はずっとここにいて状況がわかりません」

レッドは一つ頷《うなず》くと、ヒメリアに色々なことを語って聞かせた。ブラックにエメラジストを奪われたことやその正体、目的などをだ。

レッドは途中からルルパトラにも聞かせ《せ》るつもりで話していた。

「……ブラックは三日後に攻めてくると云っていたが、街を戦場にはできない。だから先手を打って行動する。二日後にエルフの里の奪還作戦を始めると決まったよ」

するとルルパトラが沈痛《ちんつう》な面持《おもも》ちで云う。

「わたくしたちのために、ありがとうございます。しかし勝算はあるのですか？　あの者はエメラジストの力を使い、今までとは比較《ひかく》にならない強さのモンスターを多数従えていることでしょう。いたずらに血を流すような結果になっては……」

「大丈夫よ、ママ。レッドならきっと勝つわ」

シルフィが素直《すなお》にそう期待してくれたことに、レッドは誇りを感じた。頼《たよ》りにされると嬉《うれ》しくなるし、頑張《がんば》りたくなる。

「……ああ、任せてくれ。作戦の指揮はノパサさんがやってくれることになったから、俺は思う存分、最前線で戦ってみせる。そして必ず勝つ」

レッドがそう胸を張ると、シルフィは春の風を浴びた花のように微笑んだ。それを見て、あら、と目を瞠《みは》ったルルパトラが、急に居住まいを正してレッドをじっと見てくる。

「……そういえばまだちゃんとお礼も名乗りもしていませんでしたね。シアルーナの森を統《す》べるエルフのルルパトラと申します。森でのあらましはヒメリアさんから聞きました。娘ともども、助けていただいて感謝しています」

「レッドです。これもまた神々のお導きですよ」

そう無難に返したレッドだったが、森でのあらましと聞いて大事なことを思い出した。

「そうだ、ヒメリア。せっかく女王と会えたんだから、君の用件を話したらどうだ？」

「わたくしに用件？　なんのことです？」

「あのね、ママ。ヒメリアは記憶喪失《きおくそうしつ》なの――」

シルフィはそう云って、ヒメリアが女王ルルパトラに会いたがっていたということを話して聞かせた。ヒメリアが不死の体質であるということも。

話を聞いたルルパトラはその美しい顔に憂色《ゆうしょく》を濃《こ》く描いた。

「……なるほど、事情はわかりました。しかし、わたくしには今、予言の力はありません。わたくしの千里眼であった第三の目、宝冠レクナートは奪われてしまったのです」

たしかに、白い月のように美しい女王の額にはなにも飾《かざ》られていない。

「ブラックに奪われたのね、ママ」

「いいえ、リユニオです」

意外な真実に驚いたレッドたちにルルパトラが語ったところによると、エルフの民を人質《ひとじち》に取られたルルパトラはシルフィを逃がしたあと、民の命を保証することと引き換《か》えに降伏《こうふく》し、大人しく虜囚《りょしゅう》の身となった。そして額に輝く第三の目こと宝冠レクナートを取り上げられたが、ブラックはそれをリユニオに渡《わた》したそうだ。

「約束のものだ……あの者はたしかにそう云って、レクナートをリユニオに渡していました。ここから推測するに、あのリユニオなる少年はブラックのためにモンスターを召喚《しょうかん》する見返りとして、レクナートを欲《ほっ》していたのではないでしょうか」

「利害が一致していたから、二人は協力して私たちの里に攻め込んできた、ってこと？」

「わたくしはそう考えています」

「では、それを取り戻せば、私の知りたいこともわかるのでしょうか？」

ヒメリアの声は淡々《たんたん》としていたが、レッドはその眼差《まなざ》しに切実なものを感じた。ルルパトラもまた、ヒメリアの心の叫びを聞いたのだろう。彼女は真剣《しんけん》に答えた。

「……残念ですが、レクナートは万能《ばんのう》ではありません。もしそうなら、わたくしたちの里は今のような事態には陥《おちい》っていないでしょう。簡単な失せ物《うせもの》くらいならともかく、重大なことが見えるときは決まって、突如《とつじょ》、予期せぬ瞬間に見えるのです。わたくしはそれをコントロールできません。天啓《てんけい》とはそういうものです」

レッドは失望を隠せなかった。それではレクナートを取り戻したとしても、大して期待はできない。空の星が降ってくるのを待つようなものだ。

しかしルルパトラはヒメリアの手を優しく包み持った。

「記憶《きおく》がなく、死しても死なず、自分が何者かわからない。そんな自分の正体を探《さぐ》りたいというあなたの気持ちはわかります。でもそれ以外に、なにか望みはないのですか？」

「望み……？」

このときヒメリアという人間の器に、まったく新しい水が注がれたことに、レッドは気がついた。ルルパトラはヒメリアの心の澱《おり》を押《お》し流《なが》すように云う。

「自分が何者かを知る術は、過去を探すことばかりではありません。未来にもあなたがいるのです。これからやりたいこと、今のあなたが喜びを感じること、そして友人や愛する人……そういうことを、自分の心に問いかけてごらんなさい。返ってくる声に従えば、それがあなたという新しい人間を形作ってくれるでしょう」

「私の、喜び……」

ヒメリアは新鮮《しんせん》な衝撃《しょうげき》を受けたように片手で頭を抱《かか》え、よろめいた。レッドが横から支えると、ヒメリアがレッドを見上げてくる。

「……困りました、レッド。そう云われると、私は実に空虚《くうきょ》な人間です。自分がなにに喜びを感じるのかも、まるでわかりません」

「……いや、そんなことはない。君はなんでもよく質問した。まるで小さな子供みたいに。まっさらだけど、だからこそ好奇心《こうきしん》が旺盛《おうせい》で、よく学び、色んなものを吸収しようとしている。きっといつか、君の心を熱く動かすものが見つかるよ」

「私の心が、熱く……？」

ヒメリアは遠い国のおとぎ話でも聞いたみたいな顔をして、自分の胸を手で押さえた。今のところ、彼女の心臓は冷たいのだろう。でもいつか熱く脈打つに違いない。

「いっそヒメリアも冒険者《ぼうけんしゃ》になったら？　そして三人で宝物を探しにいきましょう」

シルフィがそう賑《にぎ》やかすように云うと、ルルパトラの眉《まゆ》がぴくりと動いた。

「お待ちなさい、シルフィ。あなたはエルフの次期女王。冒険者など許しません」

するとシルフィは微笑んでいたのが一転、心が張り裂《さ》けそうな顔をして、ベッドの端《はし》っこの方に両手を振《ふ》り下ろした。ぼすっ、と敷布《しきふ》が音を立てる。

「ママ、私、冒険者になりたい！」

「それはもう何度も聞きました。そしてわたくしはいつもこう云います。許しません」

「なによ、ママの馬鹿！　頭フリージング・コフィン！　私、絶対冒険者になるから！」

シルフィはそう叫ぶと勢い部屋を飛び出していった。

それを見送ったルルパトラが、頭痛を覚えたようにこめかみを押さえて云う。

「本当に、まったくあの子は……」

そんなルルパトラに、レッドは問わずにはいられなかった。

「あの、駄目なんですか、冒険者？　シアルーナの森からイーストノヴァに移住してきたエルフはたくさんいますし、今この部屋の警備をしている冒険者もエルフですよ？」

「……まさにそれが問題なのです。ご存じないかもしれませんが、イーストノヴァが誕生して以来、わたくしたちの里は徐々《じょじょ》に小さくなっています。若いエルフたちが、イーストノヴァや、その港から外国に出ていってしまうので……ですから、シルフィには里を守ってもらわねばなりません。それが伝統であり、あの子の義務なのです」

「伝統と義務ですか……」

「ええ。あなたのように若い人から見れば、わたくしたちは森を閉ざしたがる典型的な古いエルフに見えるでしょう。それは実際、そうなのです。わたくしたちの世代は、イーストノヴァとの交流を通じて、森の外に心を奪《うば》われた若いエルフとは違うのですから。そしてシルフィにも、次の女王として、森に心を寄せてほしいのです」

「ですが女王様、シルフィが本気なら、応援《おうえん》してあげてもいいのでは？」

「では逆に問いますが、あなたはシルフィが本気だと思いますか？」

「えっ？」

「あの子はわたくしに口答えをしますが、家出をしたことはありません。本気で冒険者になりたいならなればいいのに、実際は森の外には一歩も出ず、今までずっとわたくしに守られて暮らしてきたのです。そのどこに本気を感じろと云うのです？」

レッドが思わず返す言葉を失っていると、ヒメリアが代わりに云った。

「でもシルフィは今、森の外にいます」

「ええ、そうですね。里が襲われるという、きっかけがありましたから」

「そして今、シルフィは冒険しているのです。そうですよね、レッド？」

「……ああ、そうだ。その通りだ。行こう、ヒメリア。女王様、失礼します」

レッドはルルパトラに挨拶し、ヒメリアを連れて部屋を出ると、そこに立っていた護衛にシルフィがどこへ行ったか訊《たず》ねた。彼女は最初エレヴェーターに乗ろうとしたが、尻込《しりご》みしたのか、階段を選んだ。だが足音は、下ではなく上へ向かったと云う。

宿屋の屋上に出ると風が強く、レッドはちょっと怯《ひる》んだが、ヒメリアは冷たい春の夜風をものともせずにシルフィに駆《か》け寄った。

シルフィは屋上の胸壁《きょうへき》に腕を預けて真夜中のイーストノヴァを見下ろしていた。レッドたちが来たことには気づいているようだが、なにも云わない。

「シルフィ……ここは寒いですよ」

「そうね」

二人の会話はそれ以上続かなかった。ここは自分がなんとかするしかない。レッドはそう思ってシルフィの隣に立つと、イーストノヴァを眺《なが》めながら云う。

「俺がこの街にやってきたのは二年前だ。昔から修行《しゅぎょう》していたから、ギルドに登録した時点でレベルは20だった。その年齢《ねんれい》で凄《すご》いねって褒《ほ》めてもらえた。でもスキルや魔法がなにもないと伝えると、驚かれたり、がっかりされたり、馬鹿にされたり……それでも諦《あきら》めずにレベルを上げ続けて、冒険者ランクもHから始まってFに上げた。そうすると周りの評価も変わってきたよ。ラスティが声をかけてくれて、ギルドマスターやリーヴェさんが名前を覚えてくれて、レベル50になったときには、鉄剣《てっけん》なんて二つ名まで貰《もら》って……」

「……ラスティって、あのときあなたと一緒にいた人よね。どんな人だったの？」

「酒と歌と女が好きな、いいやつだったよ。俺の初めての仲間だ。嬉しかったなあ……そのあとキナンさんが加わって、二人と打ち解けて、お互《たが》いの秘密を共有するようになって、なんでも話せる本当の仲間になった気がした。でもこれからだってときに……」

レッドはそこで唇《くちびる》を噛《か》んだ。冒険者は云うまでもなく危険だ。命の保証はない。大怪我《おおけが》をしたらギルドが見舞金《みまいきん》を出してくれるが、復帰できなければそこまでだ。

それでもまだ見ぬ秘境に夢を見て、ダンジョンを攻略《こうりゃく》して宝を探し、己《おのれ》の腕一本でのし上がることができるから、みんな冒険者になる。

「シルフィ。エルフの里を解放したら、イーストノヴァにおいでよ。昼間も云ったが、本当に俺と一緒に冒険者をやろう。俺も新しい仲間が必要だ。チームを組もう」

シルフィは目をまん丸に見開いてレッドを見た。

「本気？」

「本気だ」

「……嬉しい。でも、ママは許してくれないわ」

捨《す》て鉢《ばち》にそう云ったシルフィに、今度はヒメリアが訊ねた。

「シルフィは、どうして冒険者になりたいのですか？」

「理由なんて忘れちゃった。ただ外の世界を見てみたかったの」

そう答えたシルフィは、なにか吹っ切れたような顔をして遠くの星を見上げた。

「私、今回のことがあるまで、森を出たことがなかったの。冒険への憧《あこが》れはあったんだけど、踏ん切りがつかなくて……本当はちょっと怖《こわ》いの。レッドはどうなの？　怖いと感じたことはないの？　いくらレベルを上げてもノースキルでノーマジック。自分に才能がないって、諦めようと思ったことは？」

「諦めてどうするんだ？　諦めたら、それから先はずっと偽《いつわ》りの人生を送ることになる。そんなのいやだ。俺は真実の人生を送りたいんだ」

「真実の人生って？」

「俺が俺のやりたいと思うことをやるってこと。冒険者として邪悪《じゃあく》な敵を倒し、誰《だれ》にも攻略されていないダンジョンを攻略し、美しい宝石や最強の剣《けん》を手に入れ、世界で一番高い山にのぼり、大勢の美女を娶《めと》って、そしていつか一国一城の主になる！」

「あなた、そんなに強欲《ごうよく》だったの！」

シルフィのその叫びを聞いて、レッドは爽《さわ》やかに笑った。

「ああ、そうだよ。俺にだって欲はある。聖人にはなれないさ。でも冒険者としての活動を通じて、世のため人のためになることをしたいという気持ちも本当だよ？　人助けは気分がいい。ありがとうって云われたら嬉しくなる。それで天気が良ければ最高さ」

レッドはそう云って夜空を見上げた。無数の星々がまたたいている。星は神々の瞳《ひとみ》というが、本当に天界から神々がこちらを見ているのだろうか。

レッドは目線をシルフィに戻《もど》すと、黙って右手を差し出した。シルフィが目を瞠る。

「なに？」

「本気で冒険者になりたいんなら、俺の手を取れ、シルフィ。それだけでいい。それだけで、俺は君の本気を信じる」

シルフィはほとんど迷わず、レッドの手に手を重ねた。そして二人が微笑み合う。

そこへすかさず第三の手が加わり、レッドとシルフィは驚いて彼女を見た。

「ヒメリア？」

「二人だけずるいです。私も仲間に入れてください」

「君まで冒険者になりたいのか？」

「はい。失われた過去ではなく、自分で歩いていく未来を……私も冒険者になって、人生の宝物を探しに行きたい。今、二人を見ていてそう思いました。それが私の真実です」

「そうか。じゃあ、三人でやるか」

やるべきことは山積みだ。シルフィはルルパトラの許しがいるし、ヒメリアは神との契約もしていない。そもそもブラックとの決戦を控《ひか》えており、イーストノヴァはモンスターの軍勢に襲われる危機を迎《むか》えている。それでも若者たちの心は止められなかった。

「新生チーム鉄剣、結成だ！」

◇

エルフの里というのは、世界中どこへ行っても素朴《そぼく》な田舎《いなか》の村のような生活様式を保っているものだ。つまり藁《わら》ぶきの屋根をした木造建築に住み、森の獣《けもの》を狩《か》ったり野菜を育てたりしており、外部とはあまり交流を持たない。ただしシアルーナの森のエルフたちはイーストノヴァと商取引をしており、エルフのなかでは進歩的な方だった。

だがそんなエルフたちも、今はそれぞれの家に閉じこもって息をひそめている。彼《かれ》らは家の外をうろつく絶望級のモンスターたちを恐《おそ》れているのだ。

そう、エルフの里の広場に、路地に、建物の屋根の上に、総勢百体もの恐るべき怪物《かいぶつ》た

ちの姿があった。鳥、虫、獣、スライム……タイプは様々だが、Bランクモンスターが六十体、ダンジョンの深部や秘境でなければお目にかかれないようなAランクモンスターが三十体、そして倒せばそれだけで吟遊《ぎんゆう》詩人の物語になるSランクモンスターが十体いる。

月明かりの下、女王の住まいの屋根の上に立っていたブラックがそれらのモンスターを眺めて悦《えつ》に入っていると、リユニオがふらりと姿を現した。

「やあ、壮観《そうかん》ですね。この世のものとは思えない」

「どれもこれもまさに化け物。こやつらが我が復讐の夢を叶《かな》えてくれるだろう。エメラジストは、まさしく我輩に無限の魔力を与えてくれたぞ」

「おめでとうございます。ぼくも骨を折った甲斐《かい》がありましたよ」

「うむ、ご苦労だったな」

ここにいるモンスターはすべてリユニオが召喚したもの。そしてこれほどの怪物たちが大人しく出番を待っているのは、ブラックの支配が完璧《かんぺき》であることを意味している。

「ところで、エルフたちはもう用済みじゃないんですか？」

当初は女王を人質に取ることで、今は悪夢のようなモンスターの脅《おど》しによってエルフたちを黙《だま》らせているが、これ以上、生かしておく意味もないはずである。

しかしブラックが憎《にく》むべきはイーストノヴァであり、メルリンデの故郷ではない。

「……いや、生かしておけばシルフィ王女が救出に来るはずだ。ということは、恐らくレッドも一緒だろう。そこで、ここに十体のSランクモンスターをすべて残しておく。あやつが一番危険だからな。最大戦力で罠《わな》にかけて、今度こそ叩《たた》き潰してやるのだ」

ブラックはそう云うと、初めてリユニオを振り返った。リユニオの額に、月明かりを反射してきらめく宝冠《ほうかん》がある。

「おお、第三の目か。役に立っているのか？」

「はい」

「それならよかった。おまえには世話になったからな。我輩のマスタールーンは強力だが、前提として支配したいモンスターを自力で探さねばならんのが問題だった。おまえに巡《めぐ》り合えたのは幸運だったぞ」

はははは！　と、笑ったブラックは、そこで昔を懐《なつ》かしむような目をした。といっても、実のところそんなに古い話ではない。

「シアルーナの森の攻略に悩《なや》む我輩の前におまえが現れてから、もう半年か……」

「モンスターを召喚する代わりに、シアルーナを攻略したらレクナートをぼくに譲《ゆず》ってほしい……ぼくの願いを快諾《かいだく》していただいて、感謝しております、ブラック様」

「うむ、よいよい。しかしそれを使って、おまえはなにを探したかったのだ？」

「昔の知り合いです」

リユニオがそう答えると、ブラックの目が鋭《するど》く冷たいひかりを帯びた。

「昔、か……子供にしては賢《かしこ》すぎるから、見た目通りの年齢ではないと思っていた。若返りの秘薬でも飲んだか？　それとも幻術《げんじゅつ》で子供に化けているのか？」

ふふふ、とリユニオは謎めいた微笑みで質問を躱《かわ》し、代わりに昔語りを始めた。

「ぼくには同志がいました。仲間ではありません。というのも、みんな気位が高くて勝手なやつらで、協調性というものがまったくなかったのです……ぼくを含《ふく》めて。ぼくたちはある同じ目的を持っていましたが、一度として団結しませんでした。各自がそれぞれ行きたいところへ行き、思うまま、好き勝手に行動していたのです」

「なんという無計画なやつらだ」

「無計画……ふふ、そうですね。だから、ぼくたちは失敗した。それでぼくは心から反省したんです。もっとちゃんと協力するべきだったな、って。でもまだ遅《おそ》くはない。だから今からでもやり直そうと思って、彼らを探したいんですよ。そう、散り散りになった彼らをぼくが再集結させて、そして今度はリーダーとしてがんばろうと思います」

「ふうん。それで、レクナートの天啓はあったのか」

「……ありました」

リユニオは嬉しそうな顔をすると、ブラックに向かって恭《うやうや》しく一礼した。

「ブラック様、どうやらあなたが、ぼくを同志の一人とめぐり合わせてくださる。ぼんやりとしたヴィジョンだったので、はっきりとした状況《じょうきょう》はわかりませんが、あなたが箱を開けて、そのなかに眠《ねむ》っている彼女を目覚めさせてくれたのです」

「箱を開け、目覚めさせる？　棺《ひつぎ》か？　もう死んでいるのか、そいつは。云っておくが、我輩《わがはい》には死者を蘇《よみがえ》らせる力などないぞ。死者が復活したのは後にも先にも一度だけ。千年前、三人のダークロードを討伐《とうばつ》した伝説の英雄ベルセリスだ」

その瞬間のリユニオの表情を、ブラックが見ることはなかった。リユニオが頭を下げていたからだ。そして顔を上げたリユニオはなんでもないことのように云う。

「……本当を云うと、レクナートを手に入れたらあなたとはお別れしようと思っていたんです。でもぼくにはまだあなたが必要なようだ」

「それは結構。ならばこれからも我輩のために働くがよい」

「仰《おお》せのままに」

リユニオは恭しく一礼した。

◇

翌日、冒険者ギルドの受付で働いていたリーヴェが、一仕事を終えて今日のお昼はどうしようと考えていたとき、ヒメリアがやってきた。

「リーヴェさん、こんにちは」

「あら、ヒメリア。一人でどうしたの？　レッドは？」

「シルフィと一緒《いっしょ》に装備や道具の買い出しに行っています。私はお願いがあって……」

ヒメリアはそう云いながらカウンターに小さな包みを置いた。

「開けてください。刃物《はもの》ですから、気をつけて」

「えええ……」

リーヴェがおっかなびっくり包みを開けてみると、出てきたのは真っ二つに折れた中型の剣だった。特筆すべきはその形状で、片刃《かたば》で峰《みね》が櫛《くし》のようになっている。

「なんだ、レッドのソードブレイカーじゃない」

「はい。破損したため彼はこれを捨てるよう云いましたが、私は修理すべきだと思いました。でもどこへ持っていけばいいのかわからなくて……」

「それで私に？　いいわ、じゃあキルゾナ神殿《しんでん》に紹介状《しょうかいじょう》を書いてあげる」

「キルゾナ神殿……ですか？」

「そうよ。これはキルゾナ式ソードブレイカーと云ってね、法と秩序《ちつじょ》の女神《めがみ》キルゾナの名のもとに、地上の警察と司法を代行するキルゾナ神殿で造られているの。相談するなら、キルゾナ神殿の工廠《こうしょう》部ね。でもこれは修理するより新調した方がいいと思うけど？」

「いいえ。レッドがこれをお守りと云っていたので、これでなくては駄目《だめ》なのです」

「……そう。ヒメリアはレッドのことが好きなのね」

リーヴェは特に含むところなく、今日の天気でも話すような気持ちで云った。するとヒメリアが不思議そうに小首を傾《かし》げる。

「私が、レッドのことを好き……そうでしょうか？　私はむしろ、レッドのことを嫌《きら》いになっている気がします」

「えっ？」

嘘《うそ》でしょ、信じられない――とリーヴェが絶句していると、ヒメリアはしばらく黙って考《かんが》え込《こ》んだあと、意を決したようにこう云った。

「実はおとといの夜、レッドと同じベッドで寝《ね》たのです」

「詳《くわ》しく聞かせて」

リーヴェは前のめりになったが、ヒメリアは淡々としたものである。

「そのときはなんとも思わなかったのです」

「なにもなかった?」

「はい、まったく平気でした。しかしなぜか、今になって、あのときのことが何度も思い出されます。しかもなんだか胸がざわざわして……想像してみると、もう二度と同じことはできないと思いました。ほかにもいろいろ、レッドのことを想《おも》うたびに体調が崩《くず》れる気がして、つまり私はなぜか、レッドのことがどんどん嫌いになっているようなのです」

話を聞いてリーヴェは呆気《あつけ》にとられた。見た目のわりに情緒《じょうちょ》が幼い気がしてはいたが、ここまでとは思っていなかったのだ。

——どんな純粋《じゅんすい》な環境《かんきょう》で育ったらこんな子になるのかしら。赤ちゃんじゃないけど、つい最近この姿で生まれてきたばかりだと云われても信じられるわ。

リーヴェはため息をつき、髪《かみ》を掻《か》き上げ、考え考えしながら云う。

「あのね、ヒメリア……人を好きになるとね、その人のことが怖くなったり、その人から逃《に》げたくなったりすることもあるのよ。信じられないって顔してるわね。だったらその指輪、私に返してくれるかしら?」

リーヴェが指差したのは、ヒメリアの左手に輝《かがや》く魔法《まほう》の指輪だった。先日、ダンジョンに入る際にお守りとして渡したものだが、あまり役には立たなかったらしい。

「もう必要ないでしょう?」

「だめです」

ヒメリアは右手で左手を守るようにして、さっと受付から距離《きょり》を取った。その激しい反応を見てリーヴェはくすくすと笑い、ヒメリアもまた自分で自分に驚《おどろ》いた様子だ。

「ほらね。ヒメリア、あなたのレッドへの気持ちは、好きの反対の反対よ」

「好きの反対が嫌いで、その反対ということは、えっと……」

「急がなくていいわ。でも自分の気持ちが知りたいなら、たとえ怖くてもレッドから目を背《そむ》けては駄目よ。彼を見つめていなさい」

「……はい、そうします。それは私も、そうしたいですから」

であれば、いずれ時間が彼女《かのじょ》を大人にしてくれる。なにかのきっかけで、少女はその心に花を咲《さ》かせるだろう。リーヴェはそう思った。

第三話　我らに勝利を

新生チーム鉄剣が結成されてから二度目の朝日が昇《のぼ》ったとき、例の三つ星の宿を訪《おとず》れたレッドは、ルルパトラの部屋の扉をノックした。

部屋のなかには、ルルパトラのほか、シルフィとヒメリアもいた。

「おはようございます、レッド」

「おはよう、ヒメリア。なんだか肩《かた》に力が入って見えるけど、どうかしたかい？」

「いいえ、なんでもありません。それより、あなたに渡したいものが——」

しかしそのとき、シルフィが怒《いか》りを持て余しているような口ぶりで割《わ》り込んできた。

「おはよう、レッド。さっそくだけど、ママは戦わないわ」

「いいえ、行きます。わたくしは女王としてエルフの里を解放する義務があるのです」

「そうは云ってもふらふらじゃない！」

シルフィはベッドから立ち上がろうとしたルルパトラを押し戻した。するとルルパトラは実に簡単に、あっけなく座《すわ》り込んでしまう。

これは無理だな、とレッドは素早《すばや》く思った。

「女王様は休んでいてください。エルフの里は俺《おれ》たちが解放してみせます」

「いいえ、民は未《いま》だブラックのもとで不自由を強《し》いられているはず。それなのに女王たるわたくしだけが、こんなところでぬくぬくとしているわけにはいかないのです」

「駄目だったら！」

シルフィが声を荒《あら》げたが、ルルパトラは頑《がん》として云うことを聞かない。

「さっきからずっとこんな調子なのです」と、ヒメリア。

「そうか……しかし云われてみれば、女王には果たすべき責務があるよな……」

「だったら私が王女として、女王の名代として戦うわ。それでいいでしょう？」

ルルパトラはそんなシルフィを鋭く見つめたが、やがて諦めたようにため息をついた。

「仕方のない子ですね」

「そうよ。私、自分がやりたいと思ったことをやる。ママには休んでてほしいし、ブラックを倒してエルフの里を救うわ。それが終わったら冒険者になる。いいでしょ？」

「時間がないので、ここはわたくしが折れましょう。しかし、冒険者の件はまた別です」

「ああ、そう。いいわ。じゃあ戦いが終わったあとでね」

シルフィは踵《きびす》を返すと、レッドを見てきた。

「やるわよ、レッド。私、がんばるから、見ていてね！」

ああ、とレッドが頷いたのを見て、シルフィが部屋を飛び出していく。それを見送るのもそこそこに、レッドはヒメリアに顔を向けた。

「悪い、ヒメリア。それでなんだっけ？　なにか云《い》いかけてたけど」

「……いえ、いいのです。全部終わったあとにしましょう。待ってください、シルフィ」

そうしてヒメリアまでもが部屋を出ていくのを見たレッドは、自分もルルパトラに一礼して二人を追いかけようとした。ところが。

「少しお待ちを。あなたとはまだ話があります」

ルルパトラにそう引き留《と》められ、レッドは意外に思いながら彼女を振り返った。

「俺に……？」

「ええ。シルフィは、ずいぶんあなたのことを気に入っているようですね。あの子はあれで人見知りするんですよ。人一倍臆病《おくびょう》なくせに、外の世界に憧れて、でも一歩を踏《ふ》み出せない……そんなあの子が急に変わりました。シルフィになにか云いましたか？」

「この件が片付いたら、一緒に冒険者をやろうと約束しました。俺たちはもう仲間です」

するとルルパトラの目が冷たく鋭く細められた。

「本気で事を成そうとする者は、たとえ一人でも行くものです」

「誰もがそうとは限りません。仲間がいることで旅立つ勇気を得る者もいます」

「……ではあなたは、シルフィと一緒に道を歩いてくれるのですね？　一生を添《そ》い遂《と》げてくれる覚悟《かくご》と責任があるのですね？」

「もちろんです！」

レッドが雄々《おお》しく断言すると、ルルパトラはぱっと輝くような笑《え》みを浮《う》かべて、レッドの後ろに視線をずらした。

「だそうですよ、シルフィ。よかったですね」

えっ、と思って振り返るとシルフィがそこにいた。ヒメリアも一緒だ。さきほど部屋を出て行ったはずだが、レッドがついてこなかったので戻ってきたのだ。

シルフィは顔を真っ赤にして目を伏《ふ》せたり、レッドをちらちら見たりを繰《く》り返している。

「レッド、あなた、ママにそんな大見得《おおみえ》を切っちゃっていいの？　取り消すなら今よ？」

「……いや、取り消さない」

レッドはシルフィの手を取り、それからヒメリアがなにか云いたそうな目をしているのに気づいて、もう片方の手でヒメリアの手も取った。

「俺はこうしたいんだ……行こう！」

エルフたちを解放するための戦いが、自分たちを待っている。

◇

そしてイーストノヴァを出発した冒険者たちは、シアルーナの森までの道中、移動しながら作戦会議をやっていた。

主に話しているのは本作戦の指揮官、Aランク冒険者のノパサだ。

「恐らく、待ち伏《ぶ》せの用意はされている。視界の悪い森のなかへ考えなしに踏み込めばやられるだけだ。慎重《しんちょう》に偵察《ていさつ》しつつ、ブラックが支配しているモンスターを見つけたら各自交戦開始。森に深入りしないよう気をつけながら派手に戦ってくれ。だが危なくなったらすぐに逃げるんだ。決して無理をするな。モンスターの撃破《げきは》が目的ではない」

「それはつまり陽動ってことかい？」

ガラガラ声の女冒険者の質問に、ノパサは頷きを返した。

「そうだ。ブラックを倒《たお》さねばこの戦いは終わらない。だからまず偵察を出して目標の位置を特定し、みんながモンスターの注意を引きつけているあいだに、特別編成したチームがブラックを狩りにいく。私は後方で全体の指揮をとるから、攻撃《こうげき》チームのリーダーはエイリークだ。彼もベテラン、立派にやり遂げてくれるだろう」

「エイリーク？　ブラックの相手は、鉄剣レッドじゃないのか？　もう噂《うわさ》になってるぜ。凄い鎧《よろい》を手に入れたとか、ついにスキルに目覚めたとか。真偽《しんぎ》は定かじゃないが、ボルトに勝っちまったってことは頼りにしていいんだろ？」

「ああ。だから彼にはシルフィ王女とともにエルフの里へ向かってもらう。民の救出もまた重要なことだ。もちろん危険だが……できるな、レッド君？」

「任せてください」

レッドの雄々しい返事に、ノパサは満足そうに頷《うなず》いた。

そこへ今度は別の冒険者が威勢《いせい》よく声をあげた。

「陽動って云うけど、倒しちまってもいいんだろう？」

「もちろんだ。倒せばギルドからボーナスも出る」

その途端《とたん》、冒険者たちが一斉《いっせい》に歓声《かんせい》をあげた。金の話が出るとすぐこれだとレッドが苦《く》笑《しょう》していると、ノパサがレッドたちに近づいてきた。

「ところでレッド君、どうしてヒメリアを連れてきた？」

「彼女はもう俺の護衛対象じゃなく、鉄剣の仲間だからです」

その説明でノパサが納得《なっとく》していないのは、表情を見ればあきらかだ。しかし。

「私は記憶喪失なのですが――」

いきなりそんなことを云われてノパサは面食らったようだが、ヒメリアは世間話でもしているような温度感で話している。

「エルフの女王に助言をいただきました。過去だけでなく未来にも、私自身の探求があるのだと。ですから今はレッドの傍《そば》にいたいのです」

「えっ？　それはどういう……」

驚くレッドに、ヒメリアがにこりと笑いかけた。

「過去の私がどこにいるのかはわかりませんが、未来の私はあなたと一緒にいる……ような気がします。大丈夫《だいじょうぶ》、決して足手まといにはなりません」

レッドが固まっていると、シルフィがレッドの肩を強く掴《つか》んできた。

「よかったわね。でもどうせなら、どこかの神と契約《けいやく》してくればよかったのに」

「いや、急いで契約したところで、レベル１は常人と変わらん。契約する神はエーデルワイス神と決まっているエルフと違《ちが》って、人間種族は慎重に考えねば」

と、気を取り直したようにノパサが云うと、ヒメリアがそれに相槌《あいづち》を打った。

「はい。ですがレッドとシルフィが戦士タイプなので、私はヒーラーがいいと思っています。その場合、どのような神と契約するのがいいでしょう？」

するとレッドたち全員が目を丸くした。その反応を見て、ヒメリアが小首を傾げる。

「私、なにか変なことを云いましたか？」

「そうだな……どう話したものか」

レッドは考えを纏《まと》めながら、ゆっくりと話し出す。

「人は神と契約することで初めて魔法を得た。火、水、風、土……色々あるが、傷をたちどころに癒《い》やす回復魔法を授《さず》けてくれる神はただ一柱、慈愛《じあい》の女神ユグディアだけだ。ユグディア神と契約した者だけが、回復魔法を使えるヒーラーとなった。

ダークロードと戦った最初の千年、ヒーラーは命綱《いのちづな》だった。しかし次の千年期に入ると人間同士や異種族間での戦争が起きるようになった。すると敵兵を回復させるヒーラーは真っ先に命を狙《ねら》われるようになったし、拷問《ごうもん》でも回復魔法が便利に使われた。こうした状況を見て、女神は嘆《なげ》き、悲しみ、決断した。私はすべてのレベルシステムの契約を破棄《はき》します、ってね。これが今からおよそ九百年前に起きた、『女神事変』と呼ばれる歴史的大事件のあらましだ。地上からすべての回復魔法が、消滅《しょうめつ》した」

レッドがそう話を結ぶと、ヒメリアが茫然《ぼうぜん》とした様子で云った。

「……そうなのですか。では回復魔法の使い手はもういないのですね。それなのに私はどうして、自分がヒーラーになれると思っていたのでしょう？」

「さあ？　そういうこともあるさ。なにかを勘違《かんちが》いしたんだろう」

ノパサは大したことでもないように片づけたが、レッドは引っ掛《か》かりを感じていた。これはきっとヒメリアの失われた記憶《きおく》と関係がある。だがヒーラーが当たり前に存在したのは大昔のことだ。まさか遙《はる》かな過去からやってきたとでも云うのだろうか？

◇

ミトラの樹《き》はシアルーナの森の目印にして、イーストノヴァとエルフの里の中間地点にあたる。今、ブラックはこの樹の太い枝の上に陣取《じんど》り、配下のモンスターを森のあちこちに潜伏《せんぷく》させていた。

そこへリユニオを乗せた怪鳥《かいちょう》がやってきて、近くの枝に留まった。

「ブラック様、冒険者の連中が森に入ってきましたよ」

「ああ、わかっている。先ほどスキルで操《あやつ》られた偵察の鳩《はと》が我輩の姿を確認《かくにん》していった。予想通りだ。イーストノヴァを攻撃すると宣言した以上、守りを固めるか、さもなくば先手を打って叩くかだが……街に被害《ひがい》を出すより森を戦場に選ぶと思っていたぞ」

「待ち伏せの準備をしていて正解でしたね」

「うむ。イーストノヴァ攻略の景気づけだ。全員返《かえ》り討《う》ちにしてくれる」

◇

そのころ、レッドたちはシルフィの案内で森の抜《ぬ》け道《みち》を進んでいた。どこへ行っても地元民しか知らない秘密の抜け道というのはあるものだが、ここもそのひとつらしい。

慎重にモンスターを避《さ》けながら進むなか、レッドはときどきヒメリアを気遣《きづか》った。

「大丈夫かい、ヒメリア？」

「はい、平気です。体力はあります」

実際、ヒメリアは、普通《ふつう》の娘《むすめ》なら音をあげるような悪路を苦もなく突《つ》き進《すす》んでいた。やけに体力がある。彼女の不死性と関連しているのかもしれない。

森のなかにある緑色の湖沼《こしょう》の縁《へり》を歩いているとき、シルフィが云った。

「でも意外だったわね。あなたがブラックの討伐を他人に譲るなんて」

「相手がエイリークさんだったからね」

二十年前の友情、そして亡《な》きメルリンデへの恩義を持ち出されたら、レッドは譲歩《じょうほ》せざるをえなかった。自分の憎い敵が誰にとっても悪人であればいいのだが、実際は敵にも家族や友達がいたりするので厄介《やっかい》だ。

「偵察によるとブラックはミトラの樹に陣取ってるらしい。エルフの里にいてくれれば俺も一緒に戦えたんだが……」

「……ほかのみなさんは、無事でしょうか？」

「大丈夫さ。みんなBランク以上の冒険者《ぼうけんしゃ》ばかりだし、時間稼《かせ》ぎが目的なんだから無謀《むぼう》な戦いは挑《いど》まないだろう。それにしてもこの湖、ちょっと危険な感じがするな」

「ああ、そういえばこの辺りには沼《ぬま》の主が……」

シルフィがそう云った直後、湖沼から巨大《きょだい》な魚が飛び出してきて、レッドたちは危《あや》うく餌《えさ》になるところだった。どうもブラック配下ではなく、昔からここに住みついていたモンスターらしい。ずぶ濡《ぬ》れになりながらもそのモンスターをどうにか振《ふ》り切り、三人はエルフの里が一望できる場所までやってきた。そこからの眺めに、レッドは息を呑《の》んだ。

「あれは……！」

里の広場に、家々の屋根に、禍々《まがまが》しいモンスターが全部で十体も居座《いすわ》っていた。そのうちの何体かは、レッドも文献《ぶんけん》で見たことがある。風よりも速く雷《かみなり》よりも猛《たけ》き純白のアデプトタイガー、太陽を喰《く》らいし暗黒魔術の使い手エクリプスロード、三面六臂《さんめんろっぴ》の女性型で六種の武器を持つブラッディ・エンブレイス……これらはすべてSランクモンスターだ。ほかの七体はレッドの知識になかったが、威容《いよう》といいオーラといい尋常《じんじょう》ではない。

「もしかして、あいつら全部、Sランクモンスターか……？」

ありえない布陣《ふじん》だ。悪夢を見ているようである。

「レッド、どうしますか？」

「……そうだな。うん、そうだな。戦おう。やつらを倒して、エルフの里を解放する」

レッドは素早く決断すると、決然として冥王の剣を抜いた。

それを見て顔を引きつらせたのはシルフィだ。

「ちょ、ちょっと待ってよ。落ち着いて、レッド。いくらなんでもそれは無謀よ。Sランクモンスターが十体なんて、５倍でブーストをかけたところで勝てるわけないわ」

「だから10倍でレベルブーストをかける」

「できるのですか、10倍ブースト？　ブーストした瞬間《しゅんかん》に激痛の代償《だいしょう》が……」

「大丈夫、ボルトから奪《うば》ったスキルが役に立ちそうだ。ショック死さえしなければね」

「せめて一度、ノパサに相談するべきじゃない？　ほら、通信鏡を預かってるから……」

シルフィはそう云いながら懐《ふところ》に手をやり、通信鏡を取り出してノパサに連絡《れんらく》をつけようとしたのだが、鏡は映像が乱れて安定しない。

「えっ、ちょっと待って。壊《こわ》れちゃったのかしら？　繋《つな》がらないわ」

「いや、これは混線してるんだ。今のシルフィみたいにモンスターの強さに驚いたみんなが一斉に連絡をつけようとしてるんじゃないかな……とにかく、繋がらないなら仕方がない。現場の判断でやるぞ」

「レッド……」

「止めるなよ、シルフィ。エルフの里を取り戻せたら嬉《うれ》しいだろう？」

「だけどあなたに死んでほしくないのよ」

その優《やさ》しい言葉で、レッドは本当に腹を括《くく》ることができた。

「大丈夫、俺は大丈夫だ。ヒメリア、シルフィ、上手《うま》くいくことを祈《いの》っててくれ。オーバー・ウェイクアップ！　レベルブースト、10倍！」

瞬間、体中の神経を稲妻《いなずま》が走り抜けていき、レッドは目の前が真っ白になった。オーバー・ウェイクアップを使っていれば意識を喪失《そうしつ》しないはずなのに、なぜだろう、気が遠くなっていく。いくつもの思い出が蘇り、そして冥府《めいふ》にいるはずのイヴリーザー神が――。

「こっちへ来るでない」

そうイヴリーザー神にキックで追い払《はら》われるのと、二人の娘が倒れかかったレッドを支えてくれたのは同時だった。

「「レッド！」」

レッドはぱちりと目を開け、

「ヒメリア、シルフィ、俺は大丈夫だ」

そう云って、自分の足でしっかりと大地を踏みしめて立った。

今のレッドはレベル５００。この天下無双《てんかむそう》の状態が維持《いじ》できるのは最大で二十四時間、ブースト解除後にはレベル10ダウンの代償が待っている。ヒメリアと出会ったときはレベル57だったのに、ここ三回のブーストでレベル40へ逆戻《ぎゃくもど》りだ。

「……この代償に見合うだけの勝利を手にしてみせる。行くぞ！」

そしてレッドはたった一人、化け物の群れのなかへ突撃《とつげき》した。

◇

「うおおおっ！」

ミトラの樹の上に陣取っていたブラックは突然《とつぜん》、大きな叫《さけ》び声《ごえ》をあげた。眼下で繰り広げられているエイリークたちとモンスターの死闘《しとう》に決着がついたからではない。

リユニオが驚いてブラックを振り仰《あお》ぐ。

「ブラック様、どうしたんです？」

「……エルフの里に配置してあったモンスターが、全部死んだ」

「ははーん、なるほど。レッドですね。そんな真似《まね》ができるのは彼しかいない」

リユニオは騎乗《きじょう》していた怪鳥に合図を出すと、Aランクモンスターの屍《しかばね》の上に舞《ま》い降《お》りた。その前では、エイリークとその仲間たちが疲労困憊《ひろうこんぱい》した様子で膝《ひざ》をついている。どうにか勝ったが、力を使い果たしたといった感じだ。

「ブラック様、こいつらはどうしましょう？」

「捨て置け。まずは全力でレッドを倒す」

「だそうだ。よかったね、命拾いして」

リユニオはそう笑うと、ふたたび怪鳥で飛び立っていった。抜け落ちた魔物《まもの》の羽根が舞い落ちてくるなか、エイリークがブラックを見上げて叫ぶ。

「オーロックさん、もうやめましょう！　こんなことをしてなんになるんですか！」

「黙れ！　復讐《ふくしゅう》は今や我輩の夢となったのだ！　怒りこそ我《わ》が翼《つばさ》よ！」

ブラックはそう叫ぶと、右手を高々と掲《かか》げた。そこに刻まれた聖痕《せいこん》は、恩寵《おんちょう》を持つ者の証だ。そしてブラックの全身が黒い輝きを放つ。

「我が支配下にあるすべてのモンスターよ、エルフの里を目指せ！　そこに我輩たちが真っ先に倒さねばならんやつがいる！」

ブラックの命令は速《すみ》やかに、マスタールーンで支配されたすべてのモンスターに行き渡《わた》った。今、シアルーナの森のあちこちに配置されたモンスターが一斉にレッドを目掛《めが》けて動き出そうとしている。

ブラックとリユニオもまた怪鳥に乗ってこの場を悠々《ゆうゆう》と去り、残されたエイリークは失望に打ちのめされながらも通信鏡を手に取った。

◇

ノパサは青ざめていた。森の手前に陣《じん》を張り、森に入った冒険者たちと魔法で連絡を取りながら指揮をしていたら、信じられないような報告が次々と上がってきたのだ。

「Aランクモンスターが二十体以上？　Bランクモンスターはもっといる？　そんな馬鹿なことがあるものか！　Bランク以上のモンスターはダンジョンならボスクラスだぞ！」

だが結局、それが現実だった。冒険者の常識ではボスクラスのモンスターが森のあちこちにいて群れをなしている。撃破はわずかで、ほとんどが半壊《はんかい》、撤退《てったい》、交戦回避《かいひ》……。

「こんなことが、こんなことが……！」

ここまでの悪夢は予想していなかった。シアルーナの森はもはや地獄《じごく》だ。しかしイーストノヴァに逃げ帰《かえ》ったところで、このモンスターたちが攻《せ》め込んできたら街ごと踏みつぶされるだろう。逃《に》げ場《ば》はない。だが怪我人《けがにん》が次々に担《かつ》ぎ込まれてくるのを見て、ノパサはとにかく態勢を立て直し、作戦を根本から見直さねばならないと思った。

「全員、森から撤退しろ！　情報をギルドに持ち帰って対策を取る！」

軍との共闘《きょうとう》は当然、市民は船で逃がさねばならない。最悪、イーストノヴァはその歴史に幕を引くことになる。そこまで考えて絶望的な気分になりながらも、怪我人の手当てや搬送《はんそう》、各チームとの連絡など、ノパサはやるべき指示を次々と出していった。

だがここに来て、よい報告も上がってきた。

「誰《だれ》も死んでないのか。それはいい、みんな優秀《ゆうしゅう》だな。見事な撤退だ」

もともと陽動が目的で、レッドとエイリークのチームを除いて森に深入りするなと命令してあったのがよかった。顔を輝かせるノパサに、冒険者の一人が云う。

「それが途中《とちゅう》から、モンスターの動きが変わったんです。戦いをやめて森の奥《おく》へ引き上げていったようで、まあおかげで助かりましたが」

「引き上げた……？」

ノパサは眉根《まゆね》を寄せた。あのモンスターたちはすべてブラックの支配下にある。それが急に行動を変えたということは、ブラックがそう命令したのだ。

なにが起こったのかは、まもなく判明した。

「エイリークから連絡が来ました！　ブラックの討伐は失敗、しかし……」

話を聞いたノパサは耳を疑った。レッドがエルフの里を解放したことで、ブラックはモンスターをそちらに向かわせたというのだ。

「ということは、レッド君は、里を制圧していたモンスターたちを倒したのか」

その衝撃《しょうげき》はあっという間に、冒険者たちのあいだに広まっていった。当然、エルフの里にも自分たちが相対したのと同格のモンスターが配置されていたはずだ。それをたった十六歳《さい》の、Fランク冒険者が撃破した。信じられないことだった。

夢の話を聞かされているような皆《みな》に向かって、ノパサは声を張りあげた。

「よし、みんなは怪我人を連れてイーストノヴァまで退避《たいひ》してくれ！　私は今からエルフの里へ向かう！　一緒に来てくれる者はいるか？」

すると冒険者の一人が引きつった声をあげた。

「ど、どういうことですか？　あの化け物どもが、せっかく逃げていくのに！」

「逃げていったのではなく、レッド君に狙いを変えたのだ。今の彼《かれ》は恐《おそ》らく相当強いのだろうが、いかんせん、敵の数が多すぎる。勝てるわけがない。助けにゆかねば！」

すると一人の冒険者が顔を真っ赤にして叫んだ。

「俺も行く！　十六歳のガキが戦っているのに、逃げることはできない！」

「そうだ！　危険がなんだ！　まだ負けると決まったわけじゃないのに、敵が強いからなんだって云うんだ！　俺は勇敢《ゆうかん》で自由に生きる冒険者だ！　俺も戦う！」

「俺たちの祖先はダークロードだって倒してきた！　俺たちだってできる！」

そのように冒険者たちの魂《たましい》が燃え上がるのを目《ま》の当たりにして、ノパサは感動した。

「よし、ならば冒険《ぼうけん》しよう！」

おおっ！　と、打ちのめされていた冒険者たちの目にひかりが蘇った。

レッドの戦いが、仲間たちにも火をつけたのである。

◇

エルフの里の広場では、シルフィとエルフたちが再会を喜び合っていた。彼らは本当に安堵《あんど》した様子で、ある者は目に涙《なみだ》を浮かべてレッドに感謝を述べ、ある者はヒメリアと一緒に怪物《かいぶつ》たちの亡骸《なきがら》を観察し、またある者はシルフィに女王の安否を訊《たず》ねていた。

「みんな落ち着いて。まだ戦いが終わったわけじゃないのよ?」

そう民を窘《たしな》めたシルフィに、なにやら大きな包みを大事そうに抱《かか》えた老齢《ろうれい》のエルフが話しかけた。

「王女様、これを」

「なに？」

と、シルフィが包みを受け取ってほどくと、なかから出てきたのは一本の古びた杖《つえ》だった。先端《せんたん》には緑色の宝石が飾《かざ》られている。

それを一目見るなり、シルフィは顔を輝かせた。

「シアルーナの杖だわ！　よく無事だったわね！」

「やつらはエメラジストとレクナートにしか興味がなかったようで……」

「大事なものなのかい？」と、レッド。

「シアルーナの森に伝わる三種の神器の一つ、この森の名前の由来にもなった杖よ。エメラジストは無限の魔力《まりょく》を、レクナートは千里眼を、そしてシアルーナの杖は……」

そのとき遠くから地響《じひび》きが聞こえてきた。木々がなぎ倒され、鳥や獣《けもの》が騒《さわ》いでいるのが聞こえてくる。そんな不吉《ふきつ》な気配が急速に近づいてくる。

「……モンスターだ。どうやらブラックはエルフの里を奪還《だつかん》されたことに気がついたな。ここへ来る。しかもこれは数が多いぞ」

レッドの言葉に、エルフたちは声を取り上げられたように黙《だま》った。けれどモンスターたちの進撃《しんげき》は止まらない。遠くの方で恐ろしい獣の咆哮《ほうこう》がして、鳥の群れが一斉に飛び立っていった。シルフィが強い調子で云う。

「みんな逃げて！　森の外に冒険者がいるから、彼らに保護を求めなさい！」

「王女様はどうするのです？」

「私はここでレッドと一緒に戦います。臥せっている女王の代わりにみんなを守るわ」

それで半分のエルフは里の外へ向かって走り出したが、もう半分は動かなかった。その顔を見れば、彼らが誰を案じているかがわかる。だが。

「シルフィのことなら心配ない！　早く行け！」

レッドが剣《けん》を振り回して叫んだことで、やっと彼らも動き出した。それからレッドはヒメリアに顔を向けた。

「ヒメリア、君も彼らと一緒に避難《ひなん》した方がいい」

「レッド」

「なんだい？」

「鳥が来ます」

ヒメリアがそう云って指差す方に顔を向ければ、遠い南の国からやってきたような、カラフルで凶悪《きょうあく》そうな鳥のモンスターが先陣《せんじん》を切って突っ込んでくるのが見えた。

「足の速いのがもう来たか！」

レッドは焦《あせ》った。向こうは空を飛べる。エルフたちの方を狙われたら、助けられない。

「こっちへ来い！　俺を狙え！」

するとモンスターはレッドに向かって降下してきた。なにも挑発《ちょうはつ》に乗ったわけではなく、あらかじめそう命じられていたのだろうが、レッドにとっては望むところだ。

「よし！　ディヴァイン・エクスキューション！」

レッドは鳥型モンスターに飛びかかって剣を叩《たた》きつけた。無茶《むちゃ》な体勢だったが、当たれば一撃《いちげき》必殺だ。勢い、屍となったモンスターは地面に叩きつけられてバウンドし、民家に激突《げきとつ》してそれを押《お》し潰《つぶ》した。その轟音《ごうおん》に度肝《どぎも》を抜かれ、破片《はへん》が飛び散り、粉塵《ふんじん》が舞う。

「ちょっと、レッド！」

「建物の被害は諦《あきら》めてくれ、シルフィ」

そうしてレッドは、二体目の鳥型モンスターが近づいてくるのを見て、これも速やかに撃退《げきたい》した。それを何度か繰り返して空の敵は一掃《いっそう》されたが、地響きがもう近い。

「結局、ヒメリアを逃がし損ねてしまったな……」

「はい。私はレッドと一緒《いっしょ》です」

「私たち三人でチーム鉄剣《てっけん》ってことよ」

「そうは云うけど、乱戦になったら厄介だ。せめてモンスターを一望できればやりようはあるんだが、実際は多方向からばらばらに来るよな……」

「やりようって、どういうこと？」

「……以前、大きなアリのようなモンスターの群れに囲まれたことがある。手強《てごわ》くはなかったが、数が多くてきりがなかった。するとラスティが、その群れ全体に向かってディヴァイン・エクスキューションを使い、何体かのアリが倒れて活路が開けた。そのときわかったんだ。遠隔《えんかく》は成功率が落ちる分、複数の敵を同時に狙える」

「……すごいじゃない。さすが二十四時間に一回しか使えないだけのことはあるわ」

「ああ。ただ遠隔の発動条件の一つに、相手を目視するというものがある。なので敵を一度に全部見ることができれば、上手いこと一掃できると思うんだが……」

「それなら私に良い考えがあるわ」

シルフィはそう云って、手にしていた杖を高く掲げた。

「……イーストノヴァ・ダンジョンが発見されてやってきた移民たちとの紛争《ふんそう》中、エルフは結界で森を閉ざしていたわ。ブラックに襲《おそ》われたときは結界を作動させる暇《ひま》がなかったけど、そのおかげで結界の存在は知られてない。この杖が無事だったのがその証拠《しょうこ》よ」

「結界？　ということは、もしかしてその杖は……」

「察しがいいわね。シアルーナの杖は、森の結界を制御《せいぎょ》する鍵《かぎ》よ。この杖を持つ者は森と一つになり、そこにいるものを空間的に支配できる。幻術《げんじゅつ》にかけてさまよわせたり、まったく別の場所にワープさせたり、森のなか限定で色んなことができるのよ」

レッドは思わず天を仰いだ。

「なるほど。紛争時代、エルフの里を攻略《こうりゃく》しようと森に入った冒険者たちが誰一人《だれひとり》生きて帰ってこなかったのって……」

「エーデルワイス様が授けて下さったこの杖のおかげよ。これがあればもう大丈夫。今からこれを使ってすべてのモンスターが同時にあなたの前に現れるように調整するわ」

「できるのか、シルフィ?」

「この杖の制御は、シアルーナの王女のたしなみよ。任せなさーい!」

シルフィは片目を瞑《つむ》って笑うと、両手で杖を高く掲げた。杖の宝石がひかりを放ち、レッドたちを緑色に照らす。その輝きのなかで、シルフィの顔が神がかったものになった。

「森を進んでくるモンスターたちの動きが手に取るようにわかるわ……」

このときシルフィは森全体を見渡《みわた》す神の目でモンスターたちを捉《とら》えていた。そして人間が羊の群れを誘導《ゆうどう》するように、幻術を駆使《くし》してモンスターたちの動きを操ったのである。

「……来るわよ、レッド。準備はいい?」

「いつでも!」

レッドがそう応えて身構えたとき、何十体というモンスターが同時にエルフの里になだれ込《こ》んできた。地獄の門が開いたかのようなその光景に向かって、神の恩寵を解き放つ。

「ディヴァイン・エクスキューション！」

目の前の空間を剣で斬《き》り払うや、レッドの目に映るすべてのモンスターが一瞬《いっしゅん》で絶命した。モンスターたちが大地に倒れる音がしばらく続いたあと、一転して静寂《せいじゃく》が訪れる。今や、山と積み重なったモンスターの死体しか残っていない。そして――。

「な、なんという力だ……！」

驚愕《きょうがく》の声がしたので見上げれば、怪鳥の背に乗ったブラックが信じられぬという顔をしてこちらを見下ろしていた。その傍にはリユニオもいる。

「ブラック！」

聞く者を震《ふる》え上がらせるようなレッドの怒声《どせい》に、ブラックはあくまで強気の笑みを浮かべると、怪鳥に合図を出した。鳥の魔物が翼を大きく広げて、ゆっくりと旋回《せんかい》しながら舞い降りてくる。そしてブラックとリユニオが大地に立ち、役目を終えた怪鳥が飛び去っていくのを待たずにシルフィが云った。

「エイリークさんたちはどうしたの？」

「さてな。あんなドワーフなどより、自分たちの心配をしたらどうだ？」

ブラックの足元で、黒い稲妻が蛇《へび》のように這《は》いまわった。それを見てシルフィが息を呑み、ヒメリアを庇《かば》いつつ後ろへ下がる。

一方、レッドは腰《こし》を落として臨戦態勢だ。

「逃《に》げるかと思ったが、よく俺の前に立ったな」

「我輩《わがはい》が逃げる？　思い上がるなよ。たしかに異常な力だが……あれがなんらかのスキルによるものだとしたら条件も厳しいはず。二度も三度も使えまい！」

戦いの幕は突然切って落とされた。ブラックの足元を這っていた黒い稲妻の蛇が、まさしく電光石火でレッドに襲い掛かってくる。普通なら避けられるものではない。だが今のレッドはレベル500だ。そしてイヴリーザー神によると。

「――この盾《たて》は、どんな攻撃も防ぐ！」

盾を使って雷撃《らいげき》を完璧《かんぺき》に防いだレッドは、勢い、大地を蹴《け》った。

「おまえには話があるが、その前に少し痛い目を見てもらおうか！」

突撃するレッドに対し、ブラックが様々な魔法《まほう》を連続で放ってくるが、レッドはそれを避け、盾で受け、はらはらしているシルフィとヒメリアに見守られながら距離《きょり》を詰《つ》める。

狙いはブラックの命ではない。ブラックが左手に持っているエルフの秘宝だ。

「まずはエメラジストを返してもらうぞ！」

ブラックの左腕《ひだりうで》を斬り落とさんと繰り出した冥王の剣、それをレッドとブラックのあいだに割《わ》り込んできたリユニオが、左腕で軽々と受け止めた。

「……は？」

嘘《うそ》みたいな光景に、レッドは完全に固まってしまった。今の自分はレベル５００で、武器はイヴリーザー神から授かった冥王の剣なのだ。それを生身の腕《うで》で受け止めるなど。

──現実か？　それとも幻術か？

果たして、剣と腕が描《えが》く斜《なな》め十字の向こう側で、リユニオは涼《すず》しげに云う。

「させないよ。第三の目のお告げがあってね、ぼくにはまだブラック様が必要なんだ」

そうして、リユニオは子供では決してありえぬ怪力《かいりき》でレッドを押しのけた。その勢いを利用して後ろへ下がったレッドは、心臓の鼓動《こどう》が耳元で聞こえるようだった。

「ありえない！　その腕はなんだ！　どうなってる！」

激しく問いかけながら、レッドの頭に蘇《よみがえ》るのは先日のルルパトラの言葉だった。

──どういうわけか、あのリユニオという少年の方が、わたくしにはよほど大きく黒い影《かげ》として見えたのです。

「おまえは、いったい……！」

戦慄《せんりつ》したレッドに対し、リユニオが不敵に微笑《ほほえ》んだとき、ブラックが云った。

「下がれ、リユニオ。イーストノヴァを踏《ふ》み潰すためのモンスターをすべてこいつに殺されたのだ。我輩のこの手で八《や》つ裂《ざ》きにしてやらねば気がすまん！」

「……モンスターなら、また召喚《しょうかん》してあげますよ」

「そういうことではない！　負けられんと云《い》っているのだ！」

ブラックに睨《にら》みつけられたリユニオは、やれやれとばかりに肩《かた》を竦《すく》めた。

「……わかりましたよ。これが運命だというのなら、もう邪魔《じゃま》はいたしません。存分に戦ってください」

そう云って後ろに下がったリユニオに、シルフィの声が飛ぶ。

「待ちなさい！　あなたの額に輝《かがや》くそれは、私たちの宝冠《ほうかん》よ、今すぐ返して！」

「このレクナートを？　馬鹿なのかい。必要だから奪ったのに、返すわけないだろう」

「なんですって？」

気色ばむシルフィをリユニオはせせら笑う。その底意地の悪そうな冷たい笑顔《えがお》が、突然、驚《おどろ》きに取って代わられる。彼はシルフィの隣《となり》にいるヒメリアを見ていた。

「……あれ。ブラック様、あの少女、死んだはずですよね？」

「ああ、たしかに我輩の魔法で胸を貫《つらぬ》いた娘だな。あの傷で助かったとは信じられんことだが、今はレッドが優先だ。小娘《こむすめ》一人の生死など、この際どうでもよいわ」

ブラックはそう云うと左手でエメラジストを掲げ、邪悪《じゃあく》な呪文《じゅもん》を唱え始めた。するとあちこちに散らばっている多くのモンスターの屍が、一斉に黒い炎《ほのお》となって燃え上がった。その炎は意思あるもののように空を飛び、次々とブラックの右手に集結していく。集まった無数の炎は小指の爪《つめ》ほどの大きさに凝縮《ぎょうしゅく》され、黒い輝きを放ち始めた。

「俺《おれ》が倒したモンスターの骸《むくろ》を、魔法の媒体《ばいたい》にしたのか……」

「左様、これは生物やモンスターの屍を贄《にえ》とする純粋《じゅんすい》な破壊《はかい》魔法《まほう》だ。モンスターどもの屍がごろごろしていて邪魔だったが、だいぶすっきりしただろう？」

くくくと笑ったブラックが、一転、口元を引き締《し》めた。

「今回はSランクを含《ふく》めた百体近くのモンスターの屍をつぎ込んだ……どれほどの威力《いりょく》になるか、我輩にもわからん。さあ、ゆくぞ。最後の勝負だ」

「……その前に一度だけ云っておく。降伏《こうふく》しないか？」

一瞬、時間が止まったようになった。シルフィとリユニオ、そしてブラックが拍子抜《ひょうしぬ》けしたような顔をするなか、レッドは淡々《たんたん》と続けた。

「イーストノヴァで法の裁きを受けて罪を償《つぐな》え。そうすれば無駄《むだ》な血は流れずに済む」

「なにを云う！　我輩がメルの仇《かたき》を討つように、おまえも仲間二人の仇を討つ……そうではないのか？」

「……そのつもりだったが、おまえの過去を知ってしまった。おまえは自分を助けてくれた神に感謝して忠誠を尽《つ》くしたが、それがたまたま邪神《じゃしん》であったばかりに命を狙われ、恋《こい》人《びと》まで殺されたんだろう。それは、俺にとっても他人事じゃないんだよ」

「……いったい、なんの話だ？」

「神の話だよ。おまえは、俺の未来かもしれない」

「我輩が、貴様の未来……」

そう呟《つぶや》いたブラックが、突然、天啓《てんけい》を得たようにはっとした顔をする。

「まさか、貴様の神は！　いや、貴様の神も？」

どうやら気づいたようだ。だが、この際である。神の名を口にできない者同士、レッドは仇であるはずのブラックに奇妙《きみょう》な共感を覚えながら、自分の胸のうちを明かした。

「……俺は、俺の神が好きだ。あの方はみんなに邪神と思われているが、本当は違う。優しくて面白《おもしろ》い善神さ。それなのにきちんと評価されていない。だからいつか人々の誤解を解き、神殿《しんでん》を建ててあげたい。それが俺の叶《かな》えたい夢の一つだ」

「そんな夢は叶わん！」

ブラックは全身でそう叫ぶと、まるでレッドの夢を真っ黒に塗《ぬ》り潰そうとするかのように、呪《のろ》いの言葉を浴びせかけてきた。

「貴様はこれから一生をかけて、自分の信仰《しんこう》を隠し通さねばならない。愚《おろ》かにも呪われた神の名を口にしたが最後、それまで友と思っていた相手に裏切られ、親愛なる冒険者ギルドにも見放され、邪教徒として審問《しんもん》にかけられることになる。そのとき自分の神は邪神じゃないと云っても、誰も信じてはくれない。たとえそれが真実だとしてもだ！」

「いや、俺はまだそこまで世界に絶望していない。俺ならできると思ってる」

「馬鹿な夢を見るのはやめろ！　他人に期待するな！　我輩が裏切られたように、貴様の夢も裏切られる！　貴様に待っているのは、真っ黒い哀《あわ》れな末路だ！」

「――いい加減にして！　レッドは、あなたとは違うわ！」

シルフィが突然、凛然《りんぜん》たる声をあげて割って入ってきた。その眼が義憤《ぎふん》に燃えている。

「私はレッドの神の名を知ってるけど、もうどうってことないわ！　だって彼は私のために命をかけて戦ってくれたから……彼がいつか英雄《えいゆう》と呼ばれるような人間になったときには、その熱い気持ちは、ほかの人にも伝わっているはずよ！　だからきっと大丈夫！」

「シルフィ……」

「おのれ、エルフの王女が、メルと同じようなことを……！」

ブラックの顔が苦痛に歪《ゆが》んだ。そう、彼はエルフのメルリンデを失ったのだ。しかるにレッドにはシルフィとヒメリアがいる。

ではもし、イヴリーザー神のことが知られた結果、二人を失ってしまったら？

——そのとき俺に、救いはあるんだろうか。

レッドは今、ブラックの姿に自分の未来を見ようとしていた。

「……これが最後だ、ブラック。降伏するのか、しないのか？　返事は？」

「馬鹿め！」

そして黒い星の魔法がレッドに向かって放たれた。それはこの森一帯を吹《ふ》き飛ばすほどの威力を秘《ひ》めていたかもしれない。だが。

「ディヴァイン・エクスキューション！」

レッドは神殺しの恩寵で黒い星を殺すと、そのまま電光石火でブラックに迫《せま》った。強張《こわば》ったブラックの顔を見て、レッドは思う。これが愛する者を守れなかった男の末路だ。復讐に取り憑《つ》かれた、なれの果ての姿なのだ。こうなったらもう、救いはない。だからレッドは覚悟《かくご》を決めた。自分はこうはなるまいと。

「おまえは俺の未来かもしれない……ならばその未来を、斬り捨てる！」

そしてレッドはブラックの体を斜めに斬り裂《さ》いた。盛大《せいだい》に血を吐《は》きながら前のめりに倒《たお》れていくブラックとすれ違《ちが》いざま、レッドは云う。

「……俺はおまえのようにはならないぞ」

そしてブラックはエメラジストを固く握《にぎ》りしめたまま倒れた。それからなんとか立ち上がろうとして、地面に手をつき、自分の血に滑《すべ》り、今度は仰向《あおむ》けになってしまう。

「……とどめがいるな」

レッドが暗い気持ちでブラックの傍《そば》に立つと、ブラックが血まみれの顔で笑った。

「どうした？　勝者のくせに、ずいぶん冴《さ》えない顔をしているではないか」

「……勝者？　なにが勝者だ。ボルトといい、おまえといい、殺すことが勝利だと思ってるその感覚はなんとかならないのか。俺はなにも勝ってないよ。ただ殺しているだけだ」

「ふふふ、甘《あま》いことを……」

疲《つか》れ果てたようなブラックに対し、レッドは剣を逆手に持ち替《か》えた。あとはこれを下に向かって突き刺《さ》すだけ。

そのとき、ヒメリアとシルフィが傍に来て云った。

「レッド、もういいではありませんか。手当てをしてあげましょう」

「いいえ。この傷じゃ、助からないわ。楽にしてあげるのが慈悲《じひ》ってものよ」

二人にまったく正反対のことを云われて、レッドは立ち尽くした。

そんなレッドに、ヒメリアは懸命《けんめい》に云う。

「本当に強い戦士は誰の命も奪わない。それがあなたの理想でしょう？」

「本当の、強さ……」

そのときレッドの耳の奥に蘇ったのは、ボルトと交《か》わした最後の言葉だった。

――でもな、ボルト。本当に強ければ誰も殺さなくていいんだよ。

――なにを云ってやがる？　敵を殺したら、それは強いってことだろうが！

しかし結局、ボルトが正しいのかもしれない。レッドだって実際のところ、ルルパトラを救うためにザムカを殺し、戦いの果てにボルトを殺した。理想の戦士は常に空想の存在であり、現実の戦いは死をもってしか終わらせることができない。

「ヒメリア……本当に強い戦士なんて、ただの幻想《げんそう》だったのかもしれないよ」

だから殺して終わりにする。レッドがそう決意を固めたとき、ヒメリアが懐からなにかを取り出した。それを見てレッドは「あっ」と声をあげた。なぜなら自分の手のひらのようによく知っているものだったからだ。

「俺の、ソードブレイカー……修理してくれたのか？　でも、どうして……」

「……憶《おぼ》えていますか？　最初にブラックに襲われたとき、あなたは倒したモンスターにすら祈りを捧《ささ》げていましたね」

「うん……いくらモンスターとはいえ、操《あやつ》られて死んだんじゃ、気の毒だったからね」

「そんなあなただからこそ、神から恩寵を授《さず》かったのでしょう。でもその力で敵対する者を殺し続けていけば、あなたはいつか人間が変わってしまう。そうはなってほしくないのです。いくら理想が遠くとも諦めないでください。優しいレッドが、私は好きです」

そう云われてレッドは天にも昇《のぼ》るような喜びに包まれたが、ヒメリアもまた驚いた顔をして自分の唇《くちびる》に指で触《ふ》れていた。今この唇がなにを云ったのかを確かめるように。

「好き……なるほど、そうですね。好き。レッド、私はあなたが――」

「危ない！」

シルフィの声がするのと、一条《ひとすじ》の黒い光線がたばしってヒメリアの額を貫くのは同時だった。愕然《がくぜん》として足元を見れば、ブラックがにやりと嗤《わら》っている。

「さっさと殺せばいいものを、その甘さが、こういう事態を引き起こすのだ。本当の強さだと？　我輩はそんな幻想になど付き合わんぞ。マスタールーン！」

ヒメリアの額で覚醒《かくせい》支配の紋章《もんしょう》が光《ひか》り輝く。ヒメリアは声をあげてソードブレイカーを取り落とし、シルフィがそんなヒメリアを抱《だ》き留《と》めて叫んだ。

「ヒメリア！」

「その娘《むすめ》には我輩の代わりに復讐の刃《やいば》となってもらおう！」

「貴様！」

レッドはブラックの意図をただちに理解して激昂《げきこう》した。ブラックは死ぬ。だからヒメリアをマスタールーンで支配して自分の復讐を引き継《つ》がせるつもりなのだ。

「そんなことはさせん！」

レッドは冥王の剣を振《ふ》り下ろしたが、それは大地に突《つ》き刺さった。横から風のように駆《か》けてきたリユニオが、すんでのところでブラックの体をかっさらっていったのだ。

「ブラック様、マスタールーンは人間をも支配できるのですか？」

「……できる。だが割りに合わん。人間は精神支配への抵抗力《ていこうりょく》が、モンスターなどより遙《はる》かに強い。精神の未熟な子供ですら、完全に支配しようとしたらかなりの魔力が必要になる。だから今までやらなかったが、今の我輩にはエメラジストがあるのでな！」

リユニオに抱かれている血まみれのブラックは、左手に握りしめた神秘の宝石を恃《たの》みに、ヒメリアに向かって全身全霊《ぜんしんぜんれい》で魔力を傾《かたむ》けた。

「どうせこれが最後だ。さあ、娘よ！　我輩の復讐を継承《けいしょう》せよ！」

「いや、その前に俺がおまえを殺す！」

「もはや遅《おそ》いわ！」

そしてブラックがヒメリアの支配を完了《かんりょう》しようとした、その瞬間である。

「――――！」

ヒメリアが天に向かって耳を聾《ろう》する絶叫《ぜっきょう》を放ち、そして巨大《きょだい》な魔力が溢《あふ》れかえった。

「うおっ！」

ブラックに挑《いど》もうとしていたレッドは、まるで天変地異が起こったような気がして息を呑《の》んだ。ブラックもまた思わぬ事態に愕然としている。

「なんだ、なにが起こった？　この魔力はなんだ？　天に聳《そび》える柱のような……」

「ヒメリア……この魔力は、ヒメリアからなの？」

シルフィもまた尻餅《しりもち》をついて震えている。レッドはヒメリアを食い入るように見た。彼女《かのじょ》は立ち尽くしたまま天を仰いでいて、その表情はわからない。ヒメリア自身、自分の体から溢れてくる魔力に呑み込まれて溺《おぼ》れているかのようだ。

「これは、覚醒支配の紋章の、『覚醒』の部分か？　モンスターをも進化させる覚醒の力によって、ヒメリアに眠《ねむ》っていた力が引き出された？」

そう筋道立てて考えたレッドは、しかしすぐにかぶりを振った。

「……いや、違う！　人は神と契約《けいやく》することで魔法を得る。レベルシステムの契約をしていないヒメリアに、魔法など！」

だが、そうでないなら、この魔力はなんなのだ？

「神と契約していないのに魔力があるということは、人間……では、ない？」

レッドが困惑《こんわく》気味に呟いたとき、リユニオがブラックを用済みとばかりに転がして、嬉《うれ》しそうな顔をして前に進み出てきた。

「ああ、そうか。そういうことなら、あれしきの傷で君が死ぬはずはない。そして第三の目のお告げはこれだったんだ。ありがとう、ブラック様。やはりあなたがぼくを彼女に導いてくれた。あなたの思いつきと、マスタールーンの覚醒の力が、箱を開けたんだ！」

「リユニオ、なにを云っている？」

ブラックが唖然《あぜん》としたそのとき、ヒメリアが顔を前に戻《もど》した。その視線にさらされた瞬《しゅん》間《かん》、リユニオ以外の全員が威霊《いれい》に打たれて動けなくなった。

そしてヒメリアの口から、人間の魂を凍《こお》らせるような声がする。

「……おのれ、よくも、この私を覚醒《めざめ》させたな」

ひっ、とブラックが息を呑んだ。蛇に睨まれた蛙《かえる》、いや、神に睨まれた人の子といった感じだ。一方、レッドは自分の目と耳を疑っていた。

――彼女は誰だ？　ヒメリアじゃない。ヒメリアはこんな風に喋《しゃべ》らない。

「そして支配しようなどと！　おこがましいにもほどがある！」

次の瞬間、見えざる力によってブラックの手からエメラジストが取り上げられ、ヒメリアの手に吸《す》い込まれるように奪《うば》われた。そしてその華奢《きゃしゃ》な指に力が込められ、美しいものが壊《こわ》れていく音がして、エメラジストが粉々に砕《くだ》け散った。

「馬鹿な、エメラジストが！」

「ありえないわ！　神の宝石エメラジストを破壊《はかい》できるのは神しかいない！」

ブラックが、シルフィが、次々に悲鳴のような声をあげる。

「神だって？　そんな馬鹿な。神々は地上を去った。ヒメリアがそうであるはずがない」

レッドがそう口走ると、ブラックが震える声で云う。

「だが神でないなら、神でないなら、地上に残った、神に等しき力を持つものは……まさか！」

そこでブラックは、それ以上進むことを恐れるように黙った。一方、レッドは冒険者《ぼうけんしゃ》特有の好奇心《こうきしん》によって、ブラックが開けようとしなかった扉《とびら》を押してみた。すなわち。

「……ダークロード？」

レッドがその扉を開けた瞬間、ヒメリアが変貌《へんぼう》した。

銀髪《ぎんぱつ》が漆黒《しっこく》になり、肌《はだ》からは色が抜《ぬ》けてより白く、そして青い瞳《ひとみ》は真っ赤に燃える。その全身から放たれるオーラはまさしく神の気だ。

ヒメリアだったものは妖艶《ようえん》に笑う。

「いかにも私はエヴァニーナだ。この名に覚えがあるなら、ひれ伏《ふ》すがいい！」

魔力が見えない鉄槌《てっつい》となってブラックとリュニオを一撃した。それでリュニオは里の外へ吹き飛ばされたが、ブラックは咄嗟《とっさ》に魔法の障壁《しょうへき》を張って持ちこたえている。

そんなブラックをエヴァニーナは嘲弄《ちょうろう》の目で見下ろした。

「足掻《あが》くか、魔法使《まほうつか》い。だが夢の途中で起こされて私は機嫌《きげん》が悪い。その傷では放っておいても死ぬだろうが、この私が自ら引導を渡《わた》してやろう！」

エヴァニーナがそう云ってブラックに右手を向けると、ブラックの魔法障壁がたちどころに消えてしまった。のみならず、ブラックは自分の体を見下ろして愕然と声をあげる。

「魔法が、我輩の魔法が、消えていく……！」

まるで水が蒸発するように、太陽が西の彼方《かなた》に沈《しず》むように、ブラックから魔力が失われていく。その様子を目の当たりにして、レッドは伝承の通りだと思った。

生と死を司《つかさど》る女神《めがみ》イヴリーザーの妹、夢と眠りを司る女神エヴァニーナ。その力は。

「我《わ》が権能の前では、いかなる力も封印《ねむら》される。終わりだ」

エヴァニーナの右手から放たれた無慈悲《むじひ》なひかりの矢が、ブラックの心臓を貫いた。その瞬間、恐怖《きょうふ》の表情を浮《う》かべたブラックが最後に見たものは、過去の美しい思い出か。それとも深い絶望だろうか。

「メル、僕《ぼく》はもう一度、君と……」

恋人の夢を見ながら仰向けに倒れていく黒衣の魔法使いを見て、レッドは自分のなかからブラックへの怒《いか》りが完全に消えていくのを感じていた。いったい、この男の人生はなんだったのか。二十年も世を恨《うら》んだ末に、復讐《ふくしゅう》も果たせずに死んでいった。

「結局、なにも成《な》し遂《と》げられなかったな。哀れなやつめ……」

せめてメルリンデが生きていればと思っていると、シルフィが身を寄せてきた。一人では重圧に潰されそうなのだろう。レッドとて、伝説の存在を前に平気ではいられない。

レッドはシルフィの存在に勇気を得て、ついに恐るべき女神を見た。ヒメリアの顔をしているがヒメリアではない。守るはずだった少女は、今や別人だ。

「イヴリーザー様の妹、ダークロード・エヴァニーナ……どうやら本物のようだな」

するとエヴァニーナが寂《さび》しげな微笑《びしょう》を浮かべた。

「私が恐ろしいか？」

「息も止まりそうなくらいに」

「ふふ……だがヒメリアを通して見たおまえは、いつも勇敢だったぞ」

「ヒメリアを通して見ていた……どういうことなの？」

茫然《ぼうぜん》と呟いたシルフィに頷《うなず》きを返し、エヴァニーナは語り始めた。

「今から千年前、私は英雄ベルセリスとその仲間たちに敗れた。私が虫けらと思っていた人間たちが、知恵《ちえ》と勇気と力を合わせ、ついに私を打ち負かしたのだ。千年あきらめなかった人間たちの、実に見事な勝利であった。そして私は、人間が好きになったぞ」

「エヴァニーナ……」

レッドはちょっと感動した。伝説では、ベルセリスに敗れたエヴァニーナは、もう二度と人間に敵対しないと約束して姿を消したとある。それきりエヴァニーナは歴史の表舞台《おもてぶたい》から姿を消したが、その後の真実が今、本人の口から語られようとしていた。

「その後、私は眠りの神としての権能を用い、自ら記憶《きおく》と力を封印して眠りについた。千年後に、人間の娘として目覚めることを仕組んで……私も人間として生きてみたいと、そう思ったのだよ。短くも光り輝く彼らの生が、羨《うらや》ましかったのかもしれぬ」

そしてその試みは実現した。千年後、エヴァニーナはまっさらな少女となって海辺に降り立ち、漁村の女性に保護され、ヒメリアと名付けられたのだ。

「だがこんなに早く目覚めてしまうとは……短い夢であったな」

「夢？　では、ヒメリアとは……」

レッドはエヴァニーナのなかにヒメリアを探そうとした。髪《かみ》や目の色が変わったとはいえ、顔かたちはヒメリアそのものである。しかしレッドはどうしても、目の前の少女がヒメリアとは思えなかった。彼女はどこへ行ってしまったのか？

「レッドよ、おまえは記憶と人格の区別をどうつける？　記憶を消せば、そこに新たな人格が生じるのは道理。ゆえに私とヒメリアは同じ肉体を持つ別人格だ。しかし私の意識が目覚めた以上、彼女はもう存在しない。消え去ったのだよ、永遠に。つまりヒメリアとは、人間として生きる夢を見ている私、私の夢、目覚めれば朝露《あさつゆ》のように消えるまぼろしだ」

「そんな……」

シルフィが膝《ひざ》から崩《くず》れ落ちた。レッドも腕をわななかせている。

ヒメリアが永遠に消えただって？

「……いや、そんなことは信じない。エヴァニーナ、悪いけど、頼《たの》むからもう一度自分で自分の記憶と力を封印してくれ。そうすれば――」

「そうしてもまっさらな状態に戻り、新しい私として再出発するだけだ。それはヒメリアではない。ヒメリアはもう消滅《しょうめつ》した。諦めて、現実を受け容《い》れよ」

「いやだ！　そんな運命は認めない！　だってヒメリアは、冒険者になって自分の人生の宝物を探しに行きたいと云ってたんだ！　それは記憶がなくて自分の影ばかり追いかけていた彼女が、未来に向かって自分の人生を歩き出したってことなんだよ！　それを簡単に諦めてしまうはずがない！　ヒメリアは絶対に戻ってくる！」

「レッドよ、そうは云うがな……」

と、エヴァニーナが憐《あわ》れんだとき、彼女の左手で指輪が光った。同じようにレッドの左手でも、指輪が淡《あわ》い熱とともにピンク色のひかりを発している。

「これは……」

云うまでもなく、この一対《いっつい》の指輪はダンジョンへ行くにあたってリーヴェから貰《もら》ったものだ。彼女曰《かのじょいわ》く、男女がこの指輪を交わすと、指輪に込められた魔法が発動し、指輪同士が引き合うことで、お互《たが》いの居場所がなんとなくわかるようになると云う。

「そうか、思い出したぞ。これは愛の女神リーヴェリアの神器だ。引き裂かれた恋人同士をふたたびめぐり合わせるという、ただそれだけのものだが……」

ボルトと戦ったとき、お守りとして渡されたこの指輪は大して役には立たなかった。けれど今、レッドは指輪に導かれるようにして、エヴァニーナの手に手を重ねた。

「ヒメリア……君はどこにいる？　俺は、ここにいるぞ！」

その叫《さけ》びはあらゆる術理を突破《とっぱ》して彼女に届いたに違いない。なぜならその瞬間、エヴァニーナがうっと声をあげて、左目を瞑った。と同時に、頭髪《とうはつ》の左半分が黒髪《くろかみ》から銀色へと、輝くように色が変わっていく。

やがてエヴァニーナが左目を開けたとき、その瞳の色は青だった。

「レッド、戻ってきましたよ」

レッドの顔は喜びに輝いた。それはまさしくヒメリアだったのだ。だが次の瞬間には、同じ顔、同じ唇を使ってエヴァニーナが云う。

「なんと、こんなことがあるのか……私の体に、もう一人いる！」

するとシルフィがヒメリアの周りをまわって、彼女を色々な角度から見た。

「右から見たときと左から見たときで、髪の色も目の色も、雰囲気《ふんいき》すら違うわ。別人の右半身と左半身をくっつけた感じ。どうなってるの？」

「奇跡《きせき》が起こっている」

と、右半身でエヴァニーナが云った。

「だがこの状態はそう長くは続くまい。ヒメリアが消滅するのは、やはり時間の問題だ」

すると左半身のヒメリアが寂しそうに項垂《うなだ》れる。

「そうですね。これはレッドとシルフィにちゃんとお別れを云うために、愛の女神が与《あた》えて下さった時間なのでしょう」

「いや、その前に私が自分で自分を封印すれば、あるいは……」

「そんなことをされては困るよ、エヴァニーナ」

涼しげな少年の声に、レッドははっとして振り返った。そこに立っていたのは、先ほど吹き飛ばされて里の外に転がっていったはずの少年である。どうやら戻ってきたようだ。

「リユニオ……」

レッドは固唾《かたず》を呑んだ。頭の後ろで盛《さか》んに警鐘《けいしょう》が鳴っている。

一方、エヴァニーナはうるさげに眉《まゆ》をひそめた。

「……なんだ、戻ってきたのか。あのままどこかへ行ってくれればよかったのに」

「そう邪険《じゃけん》にしないでよ。ぼくたち、仲間だろう？」

「仲間？　はて、我らが仲間だったことなど一度もないが」

「そうだけど、でも考えてみなよ。二千年前、神々の王が地上を人間たちに譲《ゆず》り渡すと決めたとき、それに最後まで反対して神々と決別した、たった十二人じゃないか。これはもう仲間だと思う。どうしても仲間じゃないって云うなら、臣下でもいいけど」

「やれやれ、相変わらず不遜《ふそん》よな……ルクシオンの息子《むすこ》として神々の上に君臨していたときから傲慢《ごうまん》なところが気に入らなかったぞ、ラムグリアス王子」

「ラムグリアス……！」

レッドは首を絞《し》められているような声でそう繰《く》り返した。

時空神ラムグリアス。それはベルセリスが倒した三人のダークロードのうちの一人だ。

シルフィがレッドに寄《そ》り添いながら云う。

「ダークロードは不死不滅《ふめつ》。倒されても早ければ数十年、遅くとも数百年で復活する。だから倒さずに封印するんだけど……ラムグリアスは封印できなかった。それが千年前のことだから、復活していてもおかしくないわ。でもまさか、こんな子供が……！」

「子供だって？　この姿はただの偽装《ぎそう》だよ。人間たちも侮《あなど》ることはできないから正体を隠していただけさ。でもエヴァニーナも見つかったし、もういいかな」

リユニオはそう云ってレクナートを外すと、それを無造作に手放した。エルフの宝冠が大地に落ちる。その瞬間、リユニオが変貌した。体つきは子供から青年へ、髪は伸《の》び、その色は黒から金色に輝いて、背には白い翼《つばさ》が生え、どこからともなく生じた黒い蛇が服の代わりにその身を覆《おお》う。かくしてレッドの前に、異形の美青年が現れた。

「ダークロード・ラムグリアス。ここに見参」

「久しいな、ラムグリアス。それで、まだ地上を諦《あきら》めていないのか？」

「当然だよ。本当なら、ぼくは王神ルクシオンの息子として次の地上の支配者になるはずだったんだ。それなのに父は、こともあろうに地上を人間たちに譲り渡してしまった。だが奪われたものは必ず取り戻す！　レクナートの力でダークロードを再集結させ、それをぼくが統率《とうそつ》し、今度こそこの地上から人間たちを一掃《いっそう》するんだ！」

「……呆《あき》れたやつだ。皆《みな》、この二千年で大なり小なり人間たちへの見方を改めたのに、おまえはなにも変わらんのだな。ベルセリスに敗北してなにも学ばなかったのか？」

「いや、違う。ぼくは勝った。ベルセリスを殺した。絶対に殺した。しかし生き返ったんだ。あんなことができるのは神々のなかでも一柱しかいない。君の姉上だ！」

そう云ってラムグリアスは、火でもつきそうな眼差《まなざ》しでレッドを睨んできた。

「出てこい、イヴリーザー！　そこにいるんだろ？　あのとき、レッドは炎に焼き尽くされた。ぼくの目はごまかせない。たしかに死んだ。それなのに生き返った。そんなことをするのは、できるのは、おまえだけだ！」

突然《とつぜん》、神の怒りの矛先《ほこさき》が向けられ、凍りついたレッドを庇ってくれたのは、他ならぬイヴリーザー神だった。

『レッドよ、ちょっと口を借りるぞ』

頭のなかにイヴリーザー神の声が響《ひび》いたかと思うと、レッドは自分の体を取り上げられてしまった。神は地上に降臨することを禁じられているが、契約者《けいやくしゃ》の肉体を借りて威《い》を示すことはある。今、それがレッドの身に起こり、レッドの口を使って神が語り出した。

「久しいのう、ラム王子。復活おめでとう。そろそろ御父上《ルクシオン》に詫《わ》びに来たらどうじゃ？　心配しておったよ。たった一人の息子じゃからのう」

「黙《だま》れ！　それよりなぜあのとき、ぼくの邪魔をしたのか説明しろ！」

「ただの恩返しじゃよ。我は、妹がダークロードとなったことが残念じゃった。その後、モンスターを率いて人間たちを殺し始めたときは打ちのめされた。だが人間たちは屈《くっ》しなかった。守るべきものを守り、生き残っては命を繋《つな》ぎ、千年かけてダークロードに抗《あらが》い続け、ついにはダークロードたちの心を変えてくれた。ベルセリスとその仲間たちもまた、妹を真っ向から打ち破り、改心させてくれるに至ったのじゃ。

　さて、ニーナが眠りについたあと、ベルセリスは最後の戦いに向かった。そう、おまえじゃ、ラムグリアス。ベルセリスは奮闘《ふんとう》したが、惜《お》しいところで死んでしまった」

「惜しい？　ぼくは手加減していたんだ。時間と空間を支配する権能を使わず、相手に希望を持たせてやってから、最後に本気を出して勝負を決めた。ぼくの勝ちだ」

「そういうおまえの戦いぶりがなんかむかついたし、妹を改心させてくれた礼もあるから、生き返らせてやったのよ。そうしたらおまえ、不意打ちを喰《く》らってやられたのう」

　わははははは、と自分の体が笑うのを聞きながら、レッドは思った。

　――そういえば俺を生き返らせてくれたとき、千年前にも一度やって女神様たちのお茶会でつるし上げられたって愚痴《ぐち》ってたな。そういうことか。

「ああ、ちなみにあのときの戦いは神々みんなで見ておった。大爆笑《だいばくしょう》じゃったよ？　ラム王子、あんな大口叩《たた》いておいて負けちゃったよ、って。ユグディアのやつも腹を抱《かか》えて大笑いしておったくせに、あとで真面目ぶって一度死んだ人間を生き返らせるなと説教してきたときは本当にむかついたがのう」

そうした話を聞いているあいだ、ラムグリアスはぶるぶると震《ふる》えていた。大地の底から突き上げてくるような神の怒りが、ついに噴火《ふんか》する。

「……負けてない！　貴様の卑怯《ひきょう》な手助けがなければ、ぼくは負けていなかった！　だから、ここからやり直す！　人間たちを滅《ほろ》ぼし、ラムグリアスは最強だと証明してやる！」

その瞬間、レッドはイヴリーザー神の支配から自分の肉体を取り戻して叫んでいた。

「いい加減にしろ！」

「なんだ、人間。ぼくは今、イヴリーザーと話しているんだ。引っ込《こ》んでいろよ」

「黙れ、おまえの理屈《りくつ》は根本的に間違《まちが》っている。ルクシオン神がいつ、次の地上の支配者はおまえだと約束したんだ？　おまえが勝手にそう思っていただけだ。それを横取りされたと逆恨《さかうら》みして地上に混乱を引き起こそうとするなら、今ここで俺がおまえを倒す！」

「ははは、イヴリーザーの加護を受けているからといって強気だな。さすが、死んでも生き返るやつは恐《おそ》れを知らない！」

「安心しろ。俺に与えられた復活の機会は一度だけ、二度目はない。だからこの勝負は公平なもの。俺を殺せばそれで決着だ」

レッドのその眼光から、ラムグリアスは真実を読み取ったらしい。

「……正気か？　もう復活できないのに、ぼくに戦いを挑もうというのか。ダークロードは神を名乗る資格を失っただけで、その力は神であったころとなんら変わりない。つまりおまえは神に挑もうとしているんだよ？」

「神の力が絶対なら、どうして俺たちの先祖を滅ぼせなかった？　ダークロードが未《いま》だに地上から人間たちを一掃できていないのはなぜだ？」

「おまえたちが生意気だからさ！　おまえ、ぼくに勝つ気でいるな？」

「勝たなきゃ、ヒメリアを守れないだろう」

「レッド……」

ヒメリアが嬉《うれ》しそうに目を輝かせた。そう、エヴァニーナがヒメリアに道を譲ってくれたとして、ラムグリアスが大人しく諦めるとは思えない。

「それにダークロードとの戦いがふたたび始まろうと云うのなら、戦って自由と独立を勝ち取ってこそ、この地上を譲ってくれた神々に胸を張れるというものだ。だからラムグリアス、おまえのダークロード再集結計画《リユニオン》は、ここで終わらせる！」

『よくぞ申した！』

頭のなかに、イヴリーザー神の喜びに満ちた声が響き渡った。その声はきっと、エヴァニーナやラムグリアスにも聞こえただろう。

『レッドよ、しかと聞け。神々が地上にレベルシステムを持ち込んだのは、人間同士や異種族間で戦うためでも、神々の宗教ゲームに興を添えるためでもない。人間たちを滅ぼそうとするダークロードに一発ぶちかますためじゃ。これはまさに本分ぞ。神々は力を与え武器を与えたが、戦うのはおまえたちじゃ。その結果、勝利して生き残るか、敗北して死ぬるか、それはおまえたち次第《しだい》じゃ。その手で自らの運命を切り開くがよい！』

そして神は去り、レッドはたった一人、天地の狭間《はざま》に残された気分だった。

「リーザは去ったか……そしてこれは面白いことになったな」

エヴァニーナは愉快《ゆかい》そうにくつくつと笑って云う。

「なるほど、ラムグリアスの云い分にも一理ある。一度殺した相手が復活してやられたというのでは、素直《すなお》に敗北を認められないのも無理はない。反則だからな。よかろう、ならばレッドよ、ラムグリアスよ、勝負せよ。勝った者が望みのものを得るであろう」

「というと？」

訊《たず》ねたレッドに、エヴァニーナが云う。

「人間が神に勝つ。ベルセリスの起こした奇跡が嘘《うそ》ではなかったのだと、おまえが証明してほしい。もしおまえが負ければ、私はやはり人間は虫けらだ、ベルセリスは私を欺《あざむ》いたのだと思って、ラムグリアスと手を組み、滅ぼすことにするぞ」

レッドは唸《うな》った。やはりエヴァニーナは神だ。運命に挑むのが人の性なら、人を試《ため》すのは神の性。これは神たる者のふるまいだ。

「神よ、俺《おれ》に試練を与えようというのだな。だがその試練に俺が勝ったら——」

「私は私を封印し、ヒメリアとしておまえのもとへ」

「よし！　ならば眠りの女神よ、御照覧《ごしょうらん》あれ！」

レッドは冥王の剣《けん》を手に、ラムグリアスの前に立った。この成り行きを前にして、ラムグリアスは実に嬉しそうである。

「勝者は望みのものを得る……つまり、こいつを殺せばヒメリアは消え、エヴァニーナはぼくの臣下に。ならば、話は簡単だ」

「ねえ、レッド。大丈夫《だいじょうぶ》なの？　これって負けたら世界が——」

自分にそう呼びかけたシルフィの鼻先で、いきなり空間が爆発《ばくはつ》した。横からエヴァニーナが手を出してその爆裂《ばくれつ》を握りつぶさなければ、今ので死んでいただろう。

レッドが戦慄《せんりつ》し、シルフィが腰《こし》を抜かすなか、今の攻撃《こうげき》を仕《し》掛《か》けたラムグリアスがレッドを冷たく見下ろしてくる。

「……ぼくは人間が嫌《きら》いだ。エルフやドワーフなんかよりよほど大嫌《だいきら》いだ」

「人間も、ダークロード・ラムグリアスには特別な因縁《いんねん》を感じてきたよ……兄上」

そう、時空神ラムグリアスはルクシオンの子であり、人間種族もまたルクシオンによって創造された神の子である。ゆえに人間種族にとってダークロード・ラムグリアスは兄であり、ほかのダークロードよりも因縁のある存在だった。

「ぼくは兄で神だ。人間種族は弟妹《ていまい》だ。それが兄を差し置いて地上の支配者になろうなど……許せるものではない。消し去ってやるぞ！」

「神のくせに小さいやつめ。本当なら人間種族の兄として崇拝《すうはい》されていたものを！」

――行け、勝て、生きろ。

――俺たちの魂《たましい》を受け継いでくれ。

あの二人の言葉を思い出し、レッドは全身に勇気と闘志《とうし》がみなぎるのを感じた。

「行くぞ！」

レッドは盾《たて》を構えて地を蹴《け》り、ラムグリアスに向かって突進《とっしん》した。レベル５００のパワーに身を任せ、嵐《あらし》のように剣撃を浴びせかけるが、ラムグリアスはそれを両腕《りょううで》でほとんど受けきってみせた。なかには胴体《どうたい》に当たったものもあるが、斬《き》れない。

「か、硬《かた》すぎる……！」

「ははは、どうした、人間？　使えよ、ディヴァイン・エクスキューションを。あれなら、ぼくを一撃《いちげき》必殺できるかもしれないぞ？」

あきらかに挑発《ちょうはつ》している。乗るべきかどうか駆け引きに悩《なや》んでいると、シルフィを守るように立って戦いを見守っていたエヴァニーナが云《い》った。

「恩寵《おんちょう》ディヴァイン・エクスキューションは女神キルゾナが与えたもの。彼女は神々の処《しょ》刑人《けいにん》であり、唯一《ゆいいつ》、神殺しの権能を持つ者だ。もしその権能が分け与えられているとしたら、不死不滅のダークロードにも、本当の死が与えられる」

するとと座《すわ》り込んでいたシルフィが杖《つえ》を支えに立ち上がりながら、震える声で問う。

「二度と復活しないってこと？　じゃあダークロードを、本当の意味で倒せるの？」

「可能性はある」

「……なら、その可能性に賭《か》けよう！」

レッドは腹を括《くく》ると、ラムグリアスに向かって再度の突撃《とつげき》を試みた。ラムグリアスは優《ゆう》雅《が》に両手をひろげ、まるでレッドを出迎《でむか》えるかのようだ。

――考えがあるようだが、その企《たくら》みごとぶった切ってやる！

「ディヴァイン・エクスキューション！」

レッドは駆け抜けざまにラムグリアスの胴体を横一文字に斬りつけた。手ごたえがおかしい。慄然《りつぜん》としながら振り返ると、ラムグリアスもレッドを振り返ったところだった。

「効かない」

得意そうなラムグリアスのその顔に、理不尽《りふじん》な強さに、いっそ腹が立つ。

「……おかしい。神の恩寵、神の剣で傷一つつけられないなんてことがあるか？」

「いや、からくりは読めた」

エヴァニーナはそう云って、ラムグリアスを指差して微笑《ほほえ》んだ。

「ラムグリアスは時空の支配者だ。自分の体が傷つくと、その瞬間に時間を巻き戻してなかったことにしているな。自分が傷を負うルート、死ぬルートへの突入《とつにゅう》をキャンセルし続けている……と云ったらわかるか、レッド？」

「なんとなくわかる。わかるが……」

時間を巻き戻しただって？

「そんなことをするやつを、どうやって倒せばいい……！」

「倒せるわけがないだろう！　君がぼくを倒す未来があるとして、その未来はぼくが摘《つ》み取り続けるんだよ？　どうやって勝つの？　だいたい、遊んでやってるだけだっていうのがわからないかなあ。君なんか、その気になったらいつでも殺せるんだよ？」

レッドは愕然とした。

――遊びだと？　俺にとっての全力が、神にとっては遊びなのか？

「あははは！　いいなあ、その顔。ベルセリスもそんな顔をした。そしてぼくに殺されたんだ。イヴリーザーがインチキをしなければ、ぼくの勝ちで終わってたんだよ！」

そこから、ラムグリアスは攻勢《こうせい》に出た。それを必死で防ぎ、隙《すき》を見て反撃《はんげき》に出るが当たらない。ラムグリアスの動きの次元が上がっている。

「速い！」

「そして強い！」

ラムグリアスの蹴りがレッドをやすやすと吹《ふ》き飛ばした。転がった勢いを利用して体勢を立て直したが、鎧《よろい》がなければ今のでどうなっていたことか。

「頑丈《がんじょう》だなあ、その鎧。イヴリーザーめ、そんなものを人間に下賜《かし》するとは」

「……くそ！」

ラムグリアスがまだまだ余力を残しているのがわかってしまう。

——今の俺はレベル５００だぞ。レベルブーストを最大の10倍で使ってるんだ。それが手も足も出ないなんて、ベルセリスはこんなのをどうやって倒《たお》したんだ？

卑怯な不意打ちでたまたま勝てただけなのか。挑んではならない相手だったのか。そのときレッドの剣を躱《かわ》したラムグリアスが、レッドの顔に顔を接して云う。

「……おまえたち人間はたしかにダークロードを倒してきた。だが一人で倒したやつはいないぞ？　たった一人のダークロードを倒すために、ハイレベルの戦士や魔法使いが百人、二百人という数で取り囲んで、総がかりで挑んで、ほとんど殺されて、最後の一人がやっと刺《さ》し違《ちが》えるというような勝ち方をしてきたんだ。七つの恩寵を持つベルセリスですら仲間がいた。それなのにおまえは、たった一人でぼくに勝てると思い上がっていたのか？」

ラムグリアスの冷たい悪意が、レッドの心を凍らせていく。

「……遊びは終わりだ。空間ごと引き裂《さ》いてやるぞ！　まずはその右腕《みぎうで》からだ！」

ラムグリアスは目に見えない剣を振り上げ――。

「スペースソード！」

――やられる！

空間断絶の力で、右腕を切断されるのだ。レッドはそう覚悟《かくご》して身構えたが、しかし。

「あれ、なにも起きない……？」

ただ森の風が面を吹いていくだけ。地上とは打って変わって平和な空から降り注ぐ太陽のひかりが、レッドを照らしているだけだ。

いったい、なにが起きたのか。ラムグリアスがなにかを察知したようにそちらを見る。その視線を追いかけたレッドは、杖を構えるエルフの娘の姿をそこに見た。

「……たしかに一人じゃ勝てそうにないわね、レッド」

「シルフィ！」

これまでエヴァニーナに庇《かば》われていたシルフィが、シアルーナの杖を輝《かがや》かせてラムグリアスに対峙《たいじ》しているのだ。

「エヴァニーナ、この戦い、私も参戦していいわよね？」

「もちろんだ、シルフィ。おまえはチーム鉄剣《てつけん》の一員、むしろいつまで傍観《ぼうかん》しているものかと思っていた。結束こそ人間たちの最大の強さ。あのベルセリスも仲間の助けがなければ我らに勝てはしなかったのだから、おまえたちもレッドを助けねばな」

「……待て！　おまえ、ぼくになにをした！」

ラムグリアスは空を飛ぼうとして失敗を繰り返している鳥のように、あるいは陸に打ち上げられた魚のように、思い通りにならないものをなんとかしようと腕《うで》を振っている。だがなにも起こらない。

「……空間が、ぼくの制御《せいぎょ》を受け付けない！」

「あなたにはなにもしてないわ。ただこの杖の権能を使って、この森で好き勝手させないようにしてるだけ」

「その杖は、エーデルワイスの神器か！　たしか森を迷宮《めいきゅう》に変えたり、森に入ってきたやつを幻術《げんじゅつ》にかけたりする杖で……まさか！」

「一《いち》か八《ばち》かだったけど、この森においては、あなたよりこの杖の方が強いみたいね」

ラムグリアスは時空の支配者だが、森はエーデルワイス神の領域だ。この森における空間の支配権は、どうやらぎりぎり、シアルーナの杖にある。

レッドはそう理解して、新しい朝日を見たような思いでシルフィに目をやった。

「シルフィ……！」

「仲間でしょ？　生きるときも死ぬときも、一緒《いっしょ》よ、レッド！」

「ふん、笑わせるな！　たとえ空間支配《かたよく》が封《ふう》じられても、ぼくにはまだ時間支配の翼がある！　すべて巻き戻してやり直してやるぞ！　タイムリ――」

「そうはさせません」

ヒメリアがそう云って左手をラムグリアスに向けた瞬間、ひかりの輪がラムグリアスの首を絞めつけた。ラムグリアスが呻《うめ》き声をあげて片膝《かたひざ》をつく。

レッドは驚《おどろ》いてヒメリアを見た。右半身はエヴァニーナだが、左半身はヒメリアだ。ヒメリアは自分の半身に向かって云う。

「おまえたちもレッドを助けねば……あなたはそう云いました、エヴァニーナ。つまり私も参戦していいのですね？」

「ああ、いいとも。娘《むすめ》よ。我が封印の権能、使いこなしてみせよ」

それを聞いてレッドは息を呑んだ。

「ヒメリアがエヴァニーナの力で、ラムグリアスの時間支配の権能を封じた……？」

「はい。シルフィが空間支配の権能を封じてくれたので、私は時間を担当しようと思いました。できる気がしていましたが、できましたね」

ふふふと笑ったヒメリアを、ラムグリアスが憎々《にくにく》しげに見た。

「ふざけるな、エヴァニーナ！　なにを好き勝手させてる！」

「夢が醒《さ》め、露《つゆ》となって消えたはずの娘が戻ってきたのだ。天命に逆らい、愛する者のために死力を尽《つ》くそうとしているのを妨《さまた》げるのは無粋《ぶすい》というもの」

「しかしレッド、長くは持ちません。夢と眠りを司るエヴァニーナの封印の権能、どうやら私には、完全に使いこなすことはできないようです」

もしそれができたら、ヒメリア一人でラムグリアスを無力化できたかもしれない。だが現実はシルフィと分担してそれぞれ時空支配の権能を封印するので精一杯《せいいっぱい》だ。

一方、シルフィの持つシアルーナの杖も、杖の先端《せんたん》の宝石が激しく明滅《めいめつ》している。森の空間の支配権をめぐって、ラムグリアスと激しい応酬《おうしゅう》を繰り返しているのだ。

「やっぱり神の力を完全に封じるなんて無理ね……」

神を鎖《くさり》で繋いだところで、鎖が引き千切られるのは時間の問題である。

「もって三分ってところかしら？」

「レッド、それまでに決着をつけられますか？」

時間支配の権能が封じられている今なら、ディヴァイン・エクスキューションが決まればラムグリアスを倒せるはずだ。近接のチャージタイムは六十秒、理論上は三回撃《う》てるが実際のチャンスは一度だけだろう。外したら次はない。それでも。

「やってやる！」

レッドが燃え上がる一方、エヴァニーナがラムグリアスを冷たく嘲笑《あざわら》う。

「両翼《りょうよく》をもがれたな、ラムグリアス。遊んでいるからこうなるのだ」

「ふん、ぼくにはぼくの流儀《りゅうぎ》がある。神たるものが人間ごときを相手に最初から全力で戦うなど見苦しいというものだ。それに権能を封じられても、ぼくは強いぞ！」

次の瞬間、レッドは胸に強烈《きょうれつ》な打撃《だげき》を受けて一メートルほど吹き飛ばされていた。一瞬《いっしゅん》でラムグリアスが懐《ふところ》に入ってきて、渾身《こんしん》の一撃でレッドの胸を鎧の上から殴《なぐ》ったのだ。

――み、見えなかった。

「やっぱり頑丈だなあ、その鎧。心臓をぶち抜いてやるつもりだったのに」

ラムグリアスはのどかにそう云うと、ふたたび襲撃《しゅうげき》に転じる。尋常《じんじょう》でなく速い。だが今度はレッドも反応した。二撃目に合わせてカウンターの突《つ》きを放つ。

電光のごときその突きを、しかしラムグリアスは神速の体捌《たいさば》きで躱してのけた。

「ご自慢《じまん》の一撃必殺の剣も、当たらなきゃ意味がないだろう！」

そして今度はラムグリアスのカウンター、と見せかけて、ラムグリアスの体に巻きついていた黒い蛇《へび》が飛び掛《か》かってきた。一瞬の隙をつかれ、蛇がレッドの首に巻きついて、凄《すさ》まじい力で絞《し》め上げてくる。レッドはたちまち目の前が真っ暗になり――。

……。

「――どうした、レッド。このまま負けたら、男ではないぞ？」

真っ暗になったはずの視界で、レッドは信じられない男の姿を見ていた。

「ブラック……！」

なにが起きているのか、レッドは混乱した。死んだはずのブラックが目の前にいる。ではここは冥府《めいふ》か。自分は蛇に首を絞められて死んだのだろうか？

と、そんなレッドの心を読んだかのようにブラックが云う。

「安心しろ、貴様はまだ生きている。意識が飛んだだけだ。しかしどうやら、イヴリーザー神の信徒たる貴様には、死者と交信する力が備わっているようだな」

そうだった。ソウルマスターによるスキルの獲得《かくとく》条件は二つ。殺して奪《うば》うか、死者の霊《れい》と対話して平和的に譲ってもらうか。

「つまり俺はソウルマスターの力でおまえの霊魂《れいこん》と話しているのか。だがなぜおまえがイヴリーザー様のことを……」

「死者の魂がすぐに冥府へ行くとは限らん。我輩《わがはい》は亡霊《ぼうれい》となってその後の成り行きを見ていたのだ。おかげで貴様の神の名前も知れたし、貴様の右手に喰われた魂の存在を感じることもできた。そしてやっとわかったぞ。貴様がトリニティドレイクを倒したとき、レベルブースト5倍と叫んでいたのが不可解だったが、貴様、あのじじいのレベルブーストを本当に使っているな。ということは、貴様は死者のスキルを奪えるのだ。そうだろう？」

レッドはなにも云わなかったが、沈黙《ちんもく》こそが答えだ。

「ふふふ、やはりな。ならば我輩の魂も喰らえ。そしてマスタールーンを奪うがよい」

「……なに？」

「貴様に助力してやると云っているのだ」

それはまったく信じられないことだった。

「……なぜだ？　リユニオは、いや、ラムグリアスは仲間じゃなかったのか？」

「お互い、利用し合っていただけだ」

「だがマスタールーンを奪ってどうする？　俺は戦士で魔力《まりょく》を持たない。無用の長物だ」

「わかっておらんな。モンスターを支配しようとするから魔力がいるのだ。自分で自分に使う分には、魔力はいらん」

レッドは頭に落雷《らくらい》があったような衝撃《しょうげき》を受けた。

「自分で自分にマスタールーンを使う！　ということは、ただ覚醒《かくせい》の恩恵《おんけい》だけが……！」

「そういうことだ。マスタールーンは貴様の潜在《せんざい》能力を完全に引き出す。もう一段階、強くなれるぞ？」

レッドは息を呑《の》んだ。その力は欲《ほ》しい。勝つために、生き残るために。

「……だが、やっぱりわからない。なぜ、おまえが俺を助ける？」

「無論、貴様の行く末を見届けるためだ。貴様は我輩のようにはならんと吠《ほ》えたが、我輩には見えるのだ。夢も希望も真っ黒に塗《ぬ》り潰《つぶ》されて、世を恨む怪物《かいぶつ》となった貴様の姿がな……そうとも、このまま冥府でイヴリーザーに裁かれてたまるか。貴様に魂を喰われてでも地上に残り、貴様の哀《あわ》れな末路を……この目で見てやるぞ」

「いや、俺は、真っ赤に輝く最高の未来を掴《つか》んでみせる！」

次の瞬間《しゅんかん》、レッドは手にしていた剣でブラックの胸を刺し貫《つらぬ》いていた。それはもとよりヴィジョンに過ぎない。しかしやけに生々しい手応えがあった。

そしてソウルマスターの餌食《えじき》となったブラックが、消えゆく間際《まぎわ》ににやりと笑う。

「死神に仕え、人を殺し、スキルを奪う。将来が楽しみだな」

「ああ。俺も、おまえに俺のハッピーエンドを見せてやる日が楽しみだよ」

――だからブラック、しかと見ていろ。俺の辿《たど》り着く未来の色が、赤か黒か。

「イヴリーザー様が人々に愛されるようになったら、俺の勝ちだよ……」

……。

「レッド！」

シルフィの声ではっと目を覚ましたレッドは、半分無意識で剣を振《ふ》ってラムグリアスに斬りつけた。ラムグリアスがそれを後ろに跳《と》んで躱すと、蛇も離《はな》れた。

「一瞬、意識が飛んでいたみたいだね。どんな夢を見ていたんだい？」

「……ブラックに会ってきた。おまえによろしくと云っていたぞ」

なに？　と、首を傾《かし》げたラムグリアスの前で、レッドは自分の額に手をあて、思い切ってスキルを発動した。出し惜しみはなしだ。一気呵成《いっきかせい》に決着をつける。

「マスタールーン！」

レッドの額に覚醒支配の紋章《もんしょう》が刻まれ、それを見たラムグリアスが目を瞠《みは》った。

「それはブラック様の恩寵……なるほど、魂と一緒にスキルを喰ったな。それがイヴリーザーがおまえに与えた恩寵の正体か。だが人間ごときの潜在能力が覚醒したところでなにが変わる？　それとも神に挑《いど》めるような、秘《ひ》められた力があるとでも云うのかい？」

そう問われ、レッドは心の奥《おく》に隠《かく》した傷をえぐられたような痛みを味わっていた。自分に秘めたる力があるのかといえば、ある。忌々《いまいま》しいが、存在する。

「……顔を見たこともない父親が、俺にたった一つ残してくれたものがある」

「はあ？　なんだい、それは」

「血だ」

瞬間、レッドのなかで父の血が目覚めた。全身に力がみなぎり、溢《あふ》れたものがオーラとなって体から吹き荒《あ》れ、赤い髪《かみ》が燃えるように逆立つ。そして両目は熱く滾《たぎ》った。金色の瞳《ひとみ》の瞳孔《どうこう》が縦型に変化し、まばたき一つで竜《りゅう》の眼と化す。

こうしたレッドの変貌《へんぼう》を目の当《ま》たりにし、ラムグリアスは愕然《がくぜん》として仰《の》け反《ぞ》った。

「このオーラは、神気！　おまえ、半神だったのか！」

そう、自分は半神。父神が母の幸福を踏《ふ》みにじって生まれてきた子だ。この事実は、レッドには未だに消化できないことだった。だから神の血が薄《うす》く、人間とまったく変わらないことを喜んでいたが、今は違う。今だけは、神の血を引いていてよかった。

「しかも、その竜眼《め》は……！」

「今度こそ倒すぞ、ラムグリアス！」

そして猛攻《もうこう》を仕掛けたレッドは、世界がこれまでとはまったく違って見えていた。ラムグリアスの動きが見えるし、その攻撃もかわせる。感覚は鋭《するど》く、集中すれば時間の流れが遅《おそ》くなったかのように感じられた。そして肉体はこれまで以上に強靭《きょうじん》無比だ。

──速い！　強い！　神はこんな風に世界を見て、こんな風に動けるのか！

レッドは今やラムグリアスを圧倒《あっとう》していた。力勝負に勝ち、速さでも上回る。向こうは致命傷《ちめいしょう》を避《さ》けることに必死で、小さな傷を受けることは諦めていた。美しかった肉体も、今や傷だらけで血まみれだ。

「おのれ、おのれ！」

「どうした、ラムグリアス。権能を封じられても強いんじゃなかったのか？」

レッドはそう挑発したが、ラムグリアスは乗ってこない。ディヴァイン・エクスキューションを警戒《けいかい》しているのだ。

「レッド……」

祈《いの》るようなシルフィの声が聞こえた。ヒメリアの限界も近い。時空支配の権能がどちらかでもラムグリアスに戻《もど》れば詰《つ》みだ。チャンスは一度。なんとか避けられない状況《じょうきょう》に追い込まねば。そう思いながら放った裂帛《れっぱく》の突きが、ラムグリアスの左頬《ひだりほお》に大きな傷をつけた。

「くそっ！　権能、時空支配の権能さえ戻れば……！」

その焦《あせ》りをなんとか利用できないか。そう思ったレッドは、敢《あ》えて大振《おおぶ》りの一撃を仕掛け、そのままバランスを崩《くず》してみせた。レッドを狙《ねら》ってくるならカウンターを狙う。そうでないなら、ラムグリアスが向かうのは。

はっ、と笑ったラムグリアスが、シルフィに向かって突撃する。

「おまえを殺して空間の権能を取り戻す！」

――やはりシルフィを狙ったか。

ラムグリアスはエヴァニーナの肉体を傷つけたくないので、やるならシルフィだと思っていた。だからレッドは、ラムグリアスがシルフィに向かったのと同時に叫《さけ》んだ。

「シルフィ、俺を呼べ！」

事前に示し合わせた作戦ではない。出たとこ勝負もいいところだ。しかし『俺を呼べ』という一言で、シルフィはすべてを理解したらしい。以心伝心、シルフィがシアルーナの杖の力をレッドに使う。次の瞬間、景色が歪《ゆが》んで、レッドはシルフィを背にして立っていた。ラムグリアスからしてみれば、目の前に突然レッドが空間転移してきたのだ。

完全な不意打ち。回避《かいひ》不能の行き止まりがそこにある。瞬時《しゅんじ》にラムグリアスは頭を切り替《か》え、右手でレッドの首をもぎとりに来たが、レッドはすべて読み切っていた。

ラムグリアスの攻撃を盾で完璧《かんぺき》に受け流し、剣に技と心を乗せる。

――一人では勝てない。二人でも勝てない。でも、三人なら勝てる！

「ディヴァイン・エクスキューション！」

そしてレッドは神の威風《いふう》を斬り裂いて、ラムグリアスに必殺の一撃を決めた。

一瞬、世界全体が真っ白に染まって、時間さえ止まったような気がした。

レッドの目の前で茫然《ぼうぜん》としたラムグリアスは、しかしとても穏《おだ》やかな顔をしている。

「……大したものだ。さすがイヴリーザーの剣だな」

「いや、おまえを斬ったのは冥王の剣じゃない。ただの鉄剣だ」

露と消えたはずのヒメリアが蘇《よみがえ》ってきて、時間支配の権能を封じてくれた。シルフィもまた杖を使って空間支配の権能を封じ、レッドの意図を酌《く》んでテレポートによる奇襲《きしゅう》を成功させてくれた。新生チーム鉄剣、三人で成しえた、神殺しの一手だ。

ヒメリアとシルフィが息を凝《こ》らして見守るなか、ラムグリアスは傷を手で押《お》さえながらも苦しんだ様子がない。

「不思議だ。なんだかすっきりしている」

「それが敗北だ、ラムグリアス。怒《いか》りが癒《い》えていくのがわかるだろう？　死力を尽くして戦って、そして負けたとき、私は私の戦いの終わりを悟《さと》った。おまえはどうだ？」

エヴァニーナの言葉に、ラムグリアスは淡《あわ》い笑《え》みを浮《う》かべると、憑《つ》き物《もの》の落ちたような目をしてレッドを見つめてきた。

「ぼくの負けだ。勝者よ、最後に望みのものを云え。褒美《ほうび》を取らせよう」

そう聞いて、レッドはほとんど即答《そくとう》していた。

「じゃあ父親に、ルクシオン神に謝《あやま》ってほしい。二千年の親不孝を詫びるんだ」

「ああ、それは気が重いな……だが、いいだろう。地上を去り、天へと帰ろう」

そこでラムグリアスの命は尽きた。崩れ落ちた神の体を、レッドは咄嗟《とっさ》に剣と盾を捨てて抱《だ》き留《と》める。軽いなあと思いながらマスタールーンを解除すると、逆立っていた髪と竜眼が元に戻った。そして頭のなかにイヴリーザー神の声がする。

『よくやった、レッド。見事な勝利じゃ』

『イヴリーザー様』

『ふっふっふ。神といえども死んだら我《わ》が管理下じゃ。ラム王子め、本当なら冥府の獄《ごく》に繋いで刑期《けいき》百万年と思っておったが、おまえが最後にあんなことを云ったからのう……』

どうしてやろうか、イヴリーザー神が迷っているのが伝わってきた。レッドは咄嗟にラムグリアスの亡骸《なきがら》を両腕で抱き上げると、天を見上げ、声に出して云う。

「イヴリーザー様、この一連の戦い……俺は万事《ばんじ》を尽くしましたが、ついに理想の勝利を得ることはできませんでした」

『本当に強い戦士は誰《だれ》の命も奪うことなく勝利する、というやつか。おまえが理想とするその勝利は、敵をも救って友にしたいと云うことじゃ。それはまさに天の理想、地上に生きる人の子らには遠すぎて手が届かぬ夢にすぎぬ』

「しかし神なら、地上では叶《かな》わない夢も叶えることができるでしょう」

いくら口で理想を唱えても、レッドは生き残るために現実的な選択《せんたく》をしてきた。死神に仕え、人を殺し、スキルを奪う。だから負けなかった。けれど勝ってもいない。人の求める理想が血にまみれているはずはないのに、それはいつも遙《はる》か彼方《かなた》にある。

「どうか、どうかイヴリーザー様……」

レッドは遠い空を見上げて、ひたすらに祈った。

──俺は本当の勝利が欲しい。

『よかろう！　おまえの望み通り、ラムグリアスはルクシオンのもとへ連れていく。息子《むすこ》の裁きは、父親に任せようではないか』

次の瞬間、羽根のように軽かったラムグリアスの体が、空気に溶《と》けるように消えてしまった。冥府の王に導かれ、時空の支配者が天へと帰っていく。

戦いの終わりは誰の目にもあきらかで、シルフィが顔を輝かせて駆《か》けてきた。

「レッド、今の神の声、私にも聞こえたわ！　これってつまり、勝ったわよね！」

「ああ、俺たちに地上を譲《ゆず》ってくれたルクシオン神に息子をお返しできた。これでやっと気分がいい。あとはラムグリアスが心を入れ替えてくれたら、本当に俺の勝ちだ！」

レッドは喜びと感激のままに走ってきたシルフィを抱きしめて、そのまま勢いで唇《くちびる》を重ねてから、お互《たが》い頬を赤らめて目を逸《そ》らした。

そこへもう一人、こちらに静々と歩いてくる娘がいる。レッドはヒメリアかと思ったが、口を開いたのは右半身のエヴァニーナだった。

「レッドよ、約束だ。私は私を封印《ふういん》しよう」

「すまない、エヴァニーナ。本当ならその肉体はあなたのものなのに……ありがとう」

「いいさ。もともと私は人間になる夢を見たかったのだ。また目を閉じて、夢の続きを見るとしよう。ヒメリアとなって、おまえとともに生きる夢を……」

エヴァニーナはそう云って、空に憧《あこが》れるように手を伸《の》ばした。

「そしてヒメリア、これは私からの贈《おく》り物《もの》だ。私とおまえで、契約《けいやく》を」

「……レベルシステム！　そうか、ダークロードはそう名乗っているだけで実際は神だから、その気になればできるのか」

「冒険者《ぼうけんしゃ》になるなら、必要だろうからな」

エヴァニーナがいたずらっぽく微笑んだとき、記憶《きおく》と力が抜《ぬ》け落ちていくように、彼女《かのじょ》の頭髪《とうはつ》の右半分の色が黒から銀色へと変わり始めた。瞳の色も燃えるような赤から、落ち着いた青色へ。自らの記憶と力を封じる権能の発動だ。

――神よ、エヴァニーナ神よ。願わくは、よい夢を。

祈りは天に。そして目の前の少女から、神の息吹《いぶき》は完全に途絶《とだ》えた。

「……ヒメリア？」

「はい、私です。どうやらエヴァニーナは眠《ねむ》ったようですね」

レッドは心の底から安堵《あんど》して、思わず座り込みそうになった。

「よかった、本当によかった……」

嬉し涙《なみだ》を浮かべたレッドに対し、ヒメリアは満足そうに微笑むと、地面に視線をさまよわせ、そこにきらりと光るものを見つけて拾い上げた。ソードブレイカーだ。

「本当なら私はエヴァニーナの目覚めとともに消えるはずでした。でも戻ってこられました。それはきっと、あなたが目印になってくれたからだと思うのです」

そう云って、ヒメリアはレッドにソードブレイカーを差し出してきた。

「どうか心に明るい炎《ほのお》を灯《とも》して、これからも私の目印《レッド》でいてくださいね」

「ああ、約束するよ」

そうしてソードブレイカーを受け取ったとき、指と指が触《ふ》れた。それがなにかの引き金になって、レッドはヒメリアと口づけを交《か》わしていた。目を閉じ、目には見えない愛のありかを探し当ててから、また目を開ける。そうしてヒメリアを愛《いと》しく思っていると、すぐ傍《そば》でめらめらと燃え上がる炎の気配がした。もちろんシルフィだ。

「レッド。私とキスして、ヒメリアともキスして、あなたはいったいどうするつもり？」

「二人とも俺の妻にするつもりだよ。俺たち、三人で結婚《けっこん》しよう」

レッドがそのように正面突破《とっぱ》を試みると、シルフィは目を丸くして仰《あお》のいた。そこへ追撃《ついげき》をかけたのがヒメリアだ。

「いいですよ」

「ヒメリア！」

あっさりと承諾《しょうだく》したヒメリアを、シルフィは信じられないように見た。しかしヒメリアこそ、シルフィの反応が不思議なようである。

「シルフィは厭《いや》なのですか？」

「厭じゃないけど、突然《とつぜん》すぎるというか、急展開というか……結婚はまだ早いわ！　まずはお付き合いから始めましょう！　でもママになんて云えばいいと思う？」

「それなら俺がこのあと、ルルパトラ女王に話すよ。シルフィを俺にくださいって」

レッドが即座《そくざ》に決断すると、却《かえ》ってシルフィの方が怯《ひる》んだらしい。

「ゆ、勇気あるわね……それとこの場合、どっちが第一夫人になるのかしら？」

「いや、どちらかが第二夫人で、どちらかが第三夫人だ。出会った順番というものがあるからね。第一夫人としては、お迎《むか》えしたい方が別にいる」

シルフィもヒメリアも目をぱちくりさせ――。

「誰よ、それは！」

「今はまだ、恐《おそ》れ多くてその名を口にできない。でも、いつかきっと……」

レッドがそう云って青空を見上げると、イヴリーザー神の含《ふく》み笑《わら》いが聞こえた気がした。

八歳《さい》のとき、冥府に迷《まよ》い込《こ》み、イヴリーザー神と出会ったときのことを今でもはっきりと憶《おぼ》えている。あれこそ運命、あれこそレッドの、初恋《はつこい》であった。

「誰なのよ！」

と、シルフィがレッドの首を絞《し》めてきたとき、大勢の足音と話し声が聞こえてきた。見れば先に逃《に》げたエルフたちと冒険者たちで、先頭にいるのはノパサとエイリークだ。

「おお、レッド君！　ここに来る途中《とちゆう》で逃げていたエルフたちを見つけて、みんなで戻ってきたのだ！　戦いはどうなった？　ブラックは？　モンスターの軍勢は？」

「ああ、オーロックさんが死んでいる！」

そうしてその場はたちまち賑《にぎ》やかになった。ここで起こったことをどう説明しよう。ヒメリアがエヴァニーナであることは絶対云えない。スキルのこともまだしばらくは隠しておきたい。辻褄《つじつま》合わせが大変そうだ。しかし、なにはともあれ。

「我らの勝利です！」

エピローグ

イーストノヴァから馬車を乗り継《つ》いで数日の距離《きょり》に、霧深《きりふか》い森がある。その森の奥には青い宝石のような湖があり、湖のほとりには古い城が建っていた。今、この城には一人の姫君《ひめぎみ》がわずかな従者とともに静かに暮らしている。

だがその日、いつも静かな城は宴《うたげ》の準備で騒《さわ》がしくなっていた。冒険《ぼうけん》に出ていた姫君の息子が、久しぶりに帰ってくるのだ。しかも二人の婚約者《こんやくしゃ》を連れて。

湖に架《か》かる橋の上で、親子は二年ぶりの再会を果たしていた。

「ただいま、母さん！」

「おかえり、レッド」

レッドは母と一通りの挨拶《あいさつ》を交わしてから、かちこちに緊張《きんちょう》しているシルフィと、まったくいつも通りのヒメリアを紹介《しょうかい》し、城のなかへと向かった。

湖を渡《わた》る風に吹かれながら石階段を上る途中、古びた城を見上げてシルフィが云う。

「あなたの実家って、結構近いのね」

「この国のなかでは辺境だけど、イーストノヴァからは国境を越《こ》えてすぐだからね」

冒険者が活躍《かつやく》する街はいくつもある。それこそ都だってかまわない。しかしレッドがイーストノヴァを選んだのは、近いからだった。

そのとき、先を進んでいた母が振り返って云う。

「数日で行き来できるのだから、もっと頻繁《ひんぱん》に帰ってきなさい」

「手紙は出してるから、それでいいでしょう」

「いいえ、不十分です。今日はあなたの話をたくさん聞かせてもらいますからね。可愛《かわい》らしいそのお嬢《じょう》さんたちについても」

するとヒメリアがなにかに気づいたような顔をした。

「レッドのお母さんは、なんだか雰囲気《ふんいき》がルルパトラ女王に似ていますね」

「世の母親っていうのは、そういうものよ」

シルフィのぼやきに、レッドは声をあげて笑った。

……。

さて、ここで数日前に行われたあの戦いの顛末《てんまつ》について語っておこう。

戦いが終わったあと、エルフの里にやってきたノパサたちにレッドはこう云った。

『ここに配置されていたモンスターはみんな幻術だったんです。妙《みょう》に手ごたえがないと思ったら、木製の模型を魔法《まほう》で強いモンスターに見せかけていただけだったんですよ。エルフたちを逃がしたあとに魔法が解けて、モンスターの軍勢がなだれ込んできて……やつらに踏み潰されたのか、模型はもう跡形《あとかた》もないですね』

その後、モンスターに包囲されたレッドはブラックに降伏《こうふく》すると見せかけて不意打ちで倒すことに成功。それを見たリユニオは逃亡《とうぼう》し、配下のモンスターは支配を解かれて森の奥に姿を消した……ということにしたのである。

エルフたちは避難《ひなん》していたから目撃者《もくげきしゃ》はいないし、完璧な筋書きだった。

唯一、エイリークだけが『でもあのときのオーロックさんの驚きようは……』と疑義を挟《はさ》んだが、ボスクラスのモンスターの群れをFランク冒険者が一人で倒したなどという夢物語を信じる者がいるはずもなく、レッドは幸運だったということでみんな納得《なっとく》した。

しかし、あとになってシルフィがレッドに不満をぶつけてきた。

『どうしてあんな嘘《うそ》をついたのよ。本当のことを話せば一気に英雄《えいゆう》になるチャンスだったんじゃないの？』

『いや、モンスターの討伐《とうばつ》は、その亡骸をもって証拠《しょうこ》とするのが常識だ。でもそれはブラックの魔法ですべて失われてしまった……証拠もないのに倒したなんて云っても信じてはもらえないよ。だから今回はきっぱり諦《あきら》める。手柄《てがら》は主張しない。そう決めたから、話を小さく纏《まと》めたんだ。ヒメリアのことも、俺《おれ》の恩寵《おんちょう》のことも、俺たちだけの秘密だよ』

『レッド……』

『いいんだ、シルフィ。次のチャンスはまたいつか巡《めぐ》ってくるさ。それに俺はこの戦いで一番いい宝物を手に入れた』

『宝物？　そんなのあったかしら？』

『あるとも。それは君たち二人の愛だ。だから今回の冒険は大成功なんだよ！』

　こうしてレッドは名より実を取ったのである。それでもブラックの野望を打ち砕《くだ》いたという功績だけで、Ｆランク冒険者からＣランク冒険者へと一気に昇格《しょうかく》した。二階級昇格はたまにあるが三階級昇格は異例のことで、望外の大出世にレッドは大喜びした。

　次にシルフィだが、彼女は砕け散ったエメラジストを復活させる方法を探索《たんさく》せよというルルパトラ女王の命令で森を出た。表向きは責任を取らされたかたちだが、実際は冒険者になりたいという娘の願いを聞き入れてくれたのだ。その証拠にルルパトラは『不可能と思ったらいつでも帰っていらっしゃい』と、最初からシルフィを許している。

　またレッドとシルフィの婚約《こんやく》についてもあっさり認められた。ただし『まずはお付き合いから』というシルフィ自身の意向もあり、現状は婚約者という関係である。

　そのため、ヒメリアとの結婚も延期になった。レッドは先にヒメリアとだけ結婚しようとしたのだが、肝心《かんじん》のヒメリアが首を縦に振ってくれなかったのである。

『それではシルフィだけ仲間外れではないですか。結婚するなら、三人一緒です』

というわけで、今は二人ともレッドの婚約者、そして新米冒険者だ。

そう、シルフィとヒメリアは正式に冒険者になった。二人ともまだ駆け出しでランクはH。そのためリーダーのレッドがCランクとはいえ、チームランクはFだった。

新生チーム鉄剣の冒険は始まったばかりである。

ほかの面々についても触れておこう。

ブラックの亡骸はエイリークが引き取った。メルリンデと同じ墓に入れてあげたいということで、彼《かれ》は今ダンジョンにもぐったり古い資料を当たったりして、メルリンデの手がかりを探している。二十年前に亡《な》くなったエルフの娘の骨を拾おうというのだから、彼は途方《とほう》もない冒険を始めてしまった。

ノパサは今回の作戦のリーダーとして一番表彰《ひょうしょう》されそうになったが、『私はなにもしていない。直接モンスターと戦った者たちを褒《ほ》めてくれ』と固辞した。レッドが三階級昇格したのも、実はノパサが強く推《お》してくれたからで、彼は本当に人格者だ。

ギルドマスターのジャンは、ボルトがあなったことについて責任を感じていた。才能ある若い冒険者を導いてやれなかった、と。それで彼は近々、冒険者たちを動員してダンジョンに巣くう犯罪者の一掃《いっそう》作戦を行うという。この作戦にはボルトの仲間だった三人も参加するそうだ。それが彼らが冒険者を続ける条件らしい。

受付嬢《うけつけじょう》のリーヴェとは、ヒメリアがこんな話をしていた。

『愛の女神《めがみ》の名前がリーヴェリアとは知りませんでした。リーヴェさんとお名前が似ていますが、なにか関係がありますか？』

『名前を神様からもらうのはよくあることよ。ベルセリスだって親からもらった名前はセリスだったけど、ベルウィック神と契約してベルセリスに改名したわけだし。それとも私が愛の女神リーヴェリアの化身《けしん》だと思った？』

リーヴェはそう云《い》って笑っていた。

そしてレッドは二年ぶりの里帰りを決めた。そろそろ母に顔を見せねば親不孝になるし、ヒメリアとシルフィを紹介したかったからだ。かくしてCランクに昇格した祝い金で買った山のような土産《みやげ》と、二人の恋人《こいびと》を連れ、帰郷を果たしたのである。

……。

ヒメリアとシルフィは広間で食事をしながら母と話をしている。レッドは三人をその場に残し、一人、バルコニーに出て午後の湖を眺《なが》めていた。

「なかなかいい城だな」

「ああ、名城だよ。母が越してくるまではちゃんと代々の番人がいて城を管理していた。おじいさまは俺たちに冷たい仕打ちをしたけど、こういう城をくれて生活の面倒《めんどう》も見てくれているあたり、まったくの無慈悲《むじひ》ではなかったんだな」

レッドはそう云って振り返った。バルコニーには天気のいい日にお茶をするときのテーブルセットがあり、その椅子《いす》に三人の人物が座を占《し》めている。

一人は四十歳くらいの、茶色い髪に青い目をした長身痩躯《そうく》の男だった。長い脚《あし》を前に投げ出すようにして座《すわ》っている。それがレッドを見上げてにやりと笑った。

「やったぜ、レッド。Cランク冒険者になって、綺麗《きれい》な女を二人も恋人にして……順調に夢を叶えてるじゃないか！」

「全部ラスティのおかげだ。今だから云うけど、あのときラスティが声をかけてくれなかったら、イーストノヴァを去っていたかもしれない。ありがとう」

「いいってことよ」

そんなラスティの隣《となり》に座っている、いかめしい顔の老人が云う。

「レッドよ、冒険者はCランクくらいのときが一番楽しい。上級冒険者になると富や名声と引き換《か》えに責任や立場で縛《しば》られるからな……中級冒険者の方が、自由で、頼《たよ》りにされて、稼《かせ》ぎもそれなりで、充実《じゅうじつ》している。そしてその時期に死ぬほど冒険したやつが、真の冒険者になるのだ。だから冒険しろ。そして母上と、未来の妻を大切にな」

「はい、キナンさん」

レッドは殊勝《しゅしょう》に頷《うなず》くと、椅子にちょこなんと座った紫紺《しこん》のローブの幼女を見た。

「……イヴリーザー様、二人に会わせてくれてありがとうございます」

「気にするな。今や英霊《えいれい》となってソウルマスターに収まっておる魂《たましい》を、我のパワーでちょっと出しただけじゃ。それよりおまえ、我の神殿《しんでん》を建てるというのは本気なのか？」

「はい。だってイヴリーザー様が邪神《じゃしん》と思われているなんていやだと思ったあのときの気持ちは、今も変わっていません。それに……」

そこで言葉を切ったレッドは、勇気を奮い起こして云った。

「それに俺は、イヴリーザー様のことが大好きですからね」

するとイヴリーザー神は全身を震《ふる》わせ、花が咲《さ》くような満面の笑みを浮かべた。

「なんと愛《う》いやつ！　よかろう、ならば世界中に我を崇《あが》める神殿を建てまくり、盛大《せいだい》なお祭りを催《もよお》しまくれ！　このイヴリーザーの名を神々の頂点に輝《かがや》かせるがよい！」

「はい！」

イヴリーザー神を世界一の神にする。冒険者として、これ以上の目標はない。レッドが晴れやかに返事をすると、イヴリーザー神は満足そうに頷いた。

「そのときおまえには、大人モードになった我の姿を特別に見せてやろう」

「イヴリーザー様、それは……」

と、レッドがちょっと頬を赤らめたとき、バルコニーにヒメリアとシルフィが出てきた。

「レッド、誰と話しているのよ？」

「……なんでもない。ただの独り言だよ」

レッドはシルフィにそう答えて彼女の傍まで行き、その体を軽く抱き寄せた。エルフの姫君は満更《まんざら》でもなさそうに口元を緩《ゆる》めている。

一方、ヒメリアはテーブルとそれを囲む三つの椅子をじっと見ていた。そこにはもう誰もいない。ただ湖からの風が吹《ふ》いてくるだけだ。

「……レッド、ここはいいところですね」

「ああ、でも数日過ごしたら、またイーストノヴァへ戻るよ。俺たちは冒険者だからね」

湖を渡る自由な風は、次の冒険からの誘《さそ》いだった。


（了《りょう》）

あとがき

子供のころからゲームで、漫画で、小説で、いろんなファンタジーに触れてきました。きっかけはドラクエです。おそらくドラクエをプレイしていなければファンタジーを好きになることもなく、ファンタジー小説に手を出すこともなかったでしょう。

しかしファンタジーを好きになったおかげで小説を読むようになり、自分で小説を書いてみようという気を起こし、小説家を目指すならと思ってファンタジー以外の多くの小説も読んで、書いて、いろいろあって、今こうして本を書いています。

そんな私にとってファンタジー小説を一冊の本として世に出すことは一つの夢でした。その夢が叶った。嬉しいです。読んでくださってありがとう。

ちなみに主人公の名前がレッドなのは、私が赤を自分のラッキーカラーだと思っているからです。もともと好きな色は青ですが、デビュー作の受賞時のタイトルが『メリル・レッドゾーン』だったので、赤を愛するようになりました。

ここからは謝辞です。

イラストを担当してくださった辰馬大助先生、ありがとうございました。イラストを誰にお願いしようか話し合っていたとき、担当さんが候補にあげてくださったイラストレーターさんのなかで、一番いいと思ったのが辰馬先生でした。キャラクターの目に力があって、見た瞬間「これだ！」と思いました。

レッドたちを素敵に描いてくださって感謝しています。見開きのカラーイラストのシルフィは最高でした。太腿のあたりが特に。次巻があったら、またよろしくお願いします。

担当編集者様、いつもお世話になっております。

ここで読者の皆様に打ち明けると、この物語は最初はもっとコメディに寄っていました。それを担当さんとドッタンバッタンやりながら今のかたちになったわけです。

私は最初のバージョンより今のバージョンの方が面白いと思っています。読者の皆様はどうでしたか？　もしこの物語が面白かったら、それはきっと担当さんのおかげです。

そしてＨＪ文庫編集部の皆様をはじめ、多くの方のお力添えがあって今回もまた本を出すことができました。ありがとうございます。

デビュー作の『エロティカル・ウィザード』や二作目の『箱入りお嬢様』をコミカライズしてもらえたり、こうして新しい本を出せたりして、みなさんのおかげで幸せです。

それではまた次の本でお会いできることを願って。

令和七年三月吉日　太陽ひかる　拝

HJ文庫
1233
https://firecross.jp/

英霊たちの盟主《ソウルマスター》 1

Fランク冒険者、死者のスキルを引き継ぐ無双の力で一撃必殺

2025年5月1日　初版発行

著者── 太陽ひかる

発行者─松下大介
発行所─株式会社ホビージャパン

〒151-0053
東京都渋谷区代々木2-15-8
電話　03(5304)7604（編集）
03(5304)9112（営業）

印刷所──株式会社DNP出版プロダクツ
装丁──木村デザイン・ラボ／株式会社エストール

Printed in Japan

ISBN978-4-7986-3840-9　C0193